W0345598

Le Roi

THORARINN GUNNARSSON

Les Chroniques du Chevalier-Dragon	
Le Seigneur-Dragon de Mystara	
1. L'Écuyer	*J'ai lu* 4734/**4**
2. Le Chevalier	*J'ai lu* 4735/**4**
Le Roi-Dragon de Mystara	
1. Le Prince	*J'ai lu* 4797/**4**
2. Le Roi	*J'ai lu* 4798/**4**

THORARINN GUNNARSSON

Les Chroniques du Chevalier-Dragon

Le Roi-Dragon de Mystara

★★

Le Roi

TRADUIT DE L'AMÉRICAIN
PAR FRÉDÉRIQUE LE BOUCHER

ÉDITIONS J'AI LU

Collection créée et dirigée
par Jacques Sadoul

Titre original :

DRAGONKING OF MYSTARA

U.S., CANADA,
ASIA, PACIFIC & LATIN AMERICA
Wizards of the Coast, Inc.
P.O. Box 707
Renton, WA 98057-0707
+1-206-624-0933

EUROPEAN HEADQUARTERS
Wizards of the Coast, Belgium
P.B. 34
2300 Turnhout
Belgium
+32-14-44-30-44

Visit our website at http://www.tsrinc.com

Copyright © 1995 TSR Inc. All rights reserved.
TSR Inc. is a subsidiary of Wizards of the Coast, Inc.
Pour la traduction française :
© Éditions J'ai lu, 1998

A la mémoire d'Ayrton Senna da Silva.
1960-1994

A ces héros qui prouvent,
par leur façon de vivre et parfois de mourir,
que certains rêves n'ont pas de prix
et qui redonnent,
dans un monde déserté par les preux chevaliers
en armure,
sa vraie place à l'aventure.

WENDAR
CORDILLERE WENDARIENNE
GUETTE-DRAGONS
HAUTES-TERRES
L'Aalban
La Traagën
PASSE DE L'EST
La Dol-Anui
Graez
Lindën
Nordeën
Gué-Aalban
Traagën
Braastar
Beraän
MONTS DU COLOSSE
MASSIF DES HAUTES-TERRES
L'Areste
Braejr
NOUVEAUX TERRITOI
DES ELFES
Terreia
La Rivière Rouge
ANCIENS TERRITOIRES
DES ELFES
TERRES
BRISEES
SIERRA D'ARGENT
Ardelphia
Corunglain
DAROKIN
FOR
D'ALFH

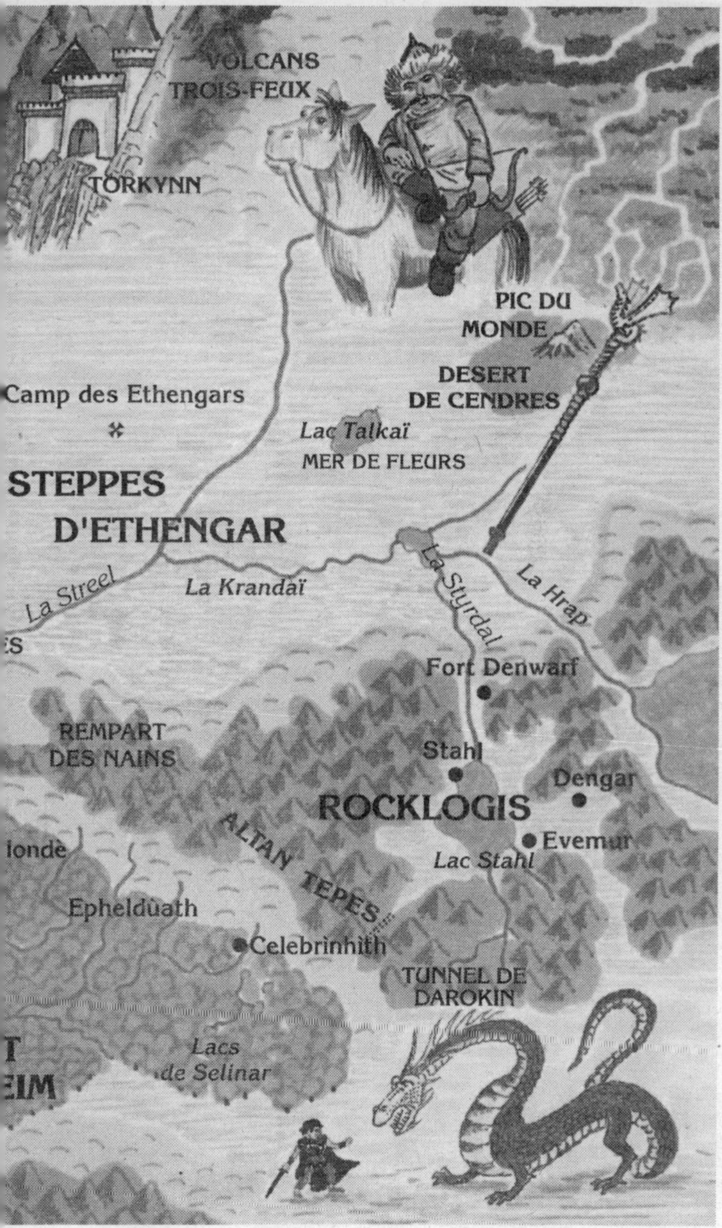
VOLCANS
TROIS-FEUX
TORKYNN
PIC DU
MONDE
DESERT
DE CENDRES
Camp des Ethengars
Lac Talkaï
MER DE FLEURS
STEPPES
D'ETHENGAR
La Streel
La Krandaï
La Styrdal
La Hrap
Fort Denwarf
REMPART
DES NAINS
Stahl
Dengar
ROCKLOGIS
ALTAN TEPES
Evemur
Lac Stahl
Epheldùath
Celebrìnhith
TUNNEL DE
DAROKIN
Lacs
de Selinar

Résumé du tome 1

Sacrilège ! Qui a osé profaner le Temple pour s'emparer de l'artefact suprême, le Collier des Dragons ? Les Alphatiens, qui depuis plusieurs mois envahissent les terres du Normonde ? Les Flaems, toujours en quête de l'arme fatale qui leur permettra de vaincre leurs ennemis jurés ? Les renégats, qui n'ignorent rien des secrets de Brise-Bise et n'hésiteraient pas à les vendre au plus offrant ? Ou... le Chevalier-Dragon ? Tous désormais se tournent vers le Porte-Parole du Parlement des Dragons : vengeance, Markhaën ! hurlent-ils. Il faut trouver les coupables et récupérer notre trésor.

Markhaën ne tarde pas à réagir. Sur son ordre, le fougueux Jherdar entraîne ses troupes vers les colonies alphatiennes et Kharenndaën, Grande Prêtresse du Tout-Puissant chargée de surveiller le Chevalier-Dragon dans sa résidence des Hautes-Terres, est convoquée à Brise-Bise pour rendre compte des agissements des pyromages flaemois et de son fidèle compagnon.

Ainsi les dragons attaquent les Alphatiens dans le Grand Nord, songe l'Empereur Cornélius. Ne serait-ce pas l'occasion rêvée d'envahir Alphatia ? Jherridan Maarsten, roi des Flaems, se dit qu'avec le soutien de Cornélius il va peut-être pouvoir former sa coalition contre ses rivaux. Mais Thelvyn n'a nullement l'intention de guerroyer pour le compte des Flaems. En outre, Kharenndaën l'a averti que de graves soupçons pèsent sur lui et sur les magiciens flaemois. Il doit coûte que coûte retrouver le Collier des Dragons pour prouver son innocence. Qui mieux que Messire George peut l'y aider ?

Le drakhumain ne se fait pas prier, il a même amené Solveig Pluie d'Or en renfort. Une visite nocturne à l'Académie de Magie du Peuple Flaem s'impose. Mais le vieux chevalier fait chou blanc. Qu'à cela ne tienne ! S'il a volé le collier, Kalestraan n'a pu agir sans le concours des renégats et Messire George a toujours rêvé de fourrer son long nez crochu dans le trésor de ces dégénérés...

Pendant que Messire George vole vers Darmouk, fief de Kardayeur, le plus puissant des rois renégats, Thelvyn et Solveig assistent au bal donné en l'honneur de l'ambassadeur de Darokin. Mais en rentrant du palais ils sont attaqués par deux dragons noirs. Ulcéré que ces derniers aient osé frapper à deux pas de son palais, Jherridan Maarsten entend bien riposter. Quand Cornélius l'informe que les dragons ont passé une alliance avec les Alphatiens, il décide d'envoyer l'armée chasser les dragons de la Cordillère Wendarienne. Kharenndaën est donc obligée de retourner auprès des siens — ce qui fournit à Thelvyn un prétexte pour refuser de prendre la tête des forces : comment se battre s'il est cloué au sol ? Mais Kalestraan ne manque pas d'ingéniosité : il n'y a pas que les dragons qui volent, les tapis aussi et parfois les capes...

Thelvyn est malgré tout résolu à éviter le conflit. Las ! les dieux en ont décidé autrement : sa mère lui apparaît en rêve et lui enjoint de prendre la défense des Flaems. Trop heureux de l'envoyer à la Frontière, Jherridan consent à renoncer à une bataille rangée.

Thelvyn se chargera lui-même des dragons. Ravi de le voir partir, Kalestraan lui remet sa fameuse cape magique… Cadeau d'adieu ?

A peine Thelvyn rentre-t-il chez lui pour essayer la cape que Seldaëk lui apprend que Messire George s'est fait capturer à Darmouk. Seul, le Chevalier-Dragon peut le sauver, mais Seldaëk a tout de même alerté Kharenndaën. Si les dragons d'or ont bien répondu à l'appel, sans l'intervention de Thelvyn, les plus puissants d'entre eux auraient péri. Désormais, Markhaën a une lourde dette à payer : non seulement le Chevalier-Dragon lui a sauvé la vie, mais il a tué Kardayeur pour défendre sa sœur. En signe de reconnaissance, il lui abandonne le trésor du plus puissant des rois renégats. Hélas ! le Collier des Dragons n'en fait pas partie et, à peine délivré, Messire George doit se remettre en quête de l'artefact volé.

De retour dans les Hautes-Terres, Thelvyn est contraint d'emmener ses hommes vers la frontière nord du royaume. Les dragons ouvrent les hostilités… Thelvyn gagne la bataille mais il a perdu sa cape magique et doit rester sur ses gardes. Or voilà que Jherridan le rappelle à Braejr ! Et Kharenndaën est si loin…

Non, pas si loin : juste de l'autre côté de la cordillère. Répondant à l'appel du Tout-Puissant, la prêtresse a rejoint Ombrelac. Mais ce que son dieu lui prédit menace de la séparer de Thelvyn à jamais : la guerre est inévitable ; l'avènement du Roi-Dragon est proche et le Chevalier-Dragon doit s'effacer. Est-ce à dire que Thelvyn va périr au combat ?

1

THELVYN TRAVERSAIT LES ÉPAISSES FORÊTS DE RÉSINEUX, À mi-chemin entre Traagën et Braastar, la plus vaste cité du royaume. Ce premier jour de chevauchée vers le sud n'était pas sans lui rappeler sa vie d'aventurier en herbe, lorsqu'il faisait ses premières armes aux côtés de Messire George. Il souriait au souvenir de l'adolescent qui se morfondait dans son petit hameau perdu aux confins de la Frontière, impatient d'atteindre sa majorité pour enfin pouvoir suivre le vieux chevalier dans ses pérégrinations à travers le vaste monde. Si, à l'époque, le personnage le fascinait, il l'intriguait plus encore : était-il bien un simple marchand, comme il le prétendait lui-même, ou quelque audacieux aventurier, comme tout le village le murmurait derrière son dos ? Que n'aurait-il donné, à présent, pour repartir sur les routes, l'insouciance de ses seize ans en bandoulière ! Certes, l'aventure n'était pas sans danger et les voyages n'étaient pas de tout repos ; mais, aujourd'hui encore, il aurait troqué fastes et intrigues de Cour contre cette vie-là sans un regret.

Rien de tel pour oublier ses soucis que de jouer au chevalier errant qui court les bois en solitaire. Enfin libre ! Enfin, plus de décisions à prendre ! Et non des moindres, de celles dont dépend le sort d'armées ou de nations entières. A peine en prenait-on une qu'elle en appelait une autre et ainsi de suite, indéfiniment : un véritable engrenage ! Même s'il savait ce répit de courte durée, il se jurait bien d'en savourer chaque minute.

Thelvyn détestait la politique depuis toujours. Et ce n'était certes pas d'apprendre à en maîtriser peu ou prou les rouages qui l'avait réconcilié avec elle. Bien au contraire. Il en venait presque à préférer l'armée. Au moins, sur le champ de bataille, il était son propre maître et personne ne venait lui demander des comptes. A la seule perspective de retourner à Braejr pour disputer avec un monarque enfiévré par ses désirs de vengeance et une clique de magiciens sournois tramant leurs sempiternels complots, il avait envie de prendre ses jambes à son cou. D'autant plus que, maintenant, les dragons avaient attaqué ses hommes pour de bon. Et ce, bien en deçà des frontières des Hautes-Terres. Il craignait fort qu'en apprenant la nouvelle le Roi Jherridan n'ait une fois de plus changé son fusil d'épaule pour revenir à ses projets insensés de conflit armé.

Il repensait à la bataille qu'il avait livrée la semaine précédente et, surtout, à cette maudite cape volante qui l'avait littéralement laissé tomber. Il se demandait si son prédécesseur avait vraiment eu besoin d'un tel procédé pour se déplacer dans les airs. La légende faisait du premier Chevalier-Dragon un sorcier exceptionnel dont les pouvoirs rivalisaient avec ceux des Immortels. Rien n'empêchait donc de penser qu'il ait été à même de voler ou de se téléporter à volonté. Thelvyn avait entendu parler de magiciens si puissants qu'ils pouvaient combattre un dragon adulte, sans le secours d'aucune arme ensorcelée. Après tout, si ça se trouve, je peux en faire autant, moi aussi, se disait-il.

Son bonheur de chevaucher à travers bois fut d'autant plus vif, le lendemain matin, qu'il le savait devoir s'amenuiser à mesure qu'il se rapprocherait de Braejr. Il y manquait pourtant quelque chose pour qu'il soit vraiment parfait : la présence de ses anciens compagnons d'aventure. Toujours convalescente, Solveig resterait cloîtrée chez lui tant qu'elle ne serait pas complètement rétablie et Messire George poursuivait toujours, on ne sait où, sa quête du Collier des Dragons. Cela faisait belle lurette que Thorinn Terreur des Ours était retourné à Dengar pour assumer ses devoirs princiers. Quant au Mage Perrantin, il était sans doute plongé dans un vieux grimoire poussiéreux, quelque part dans sa contrée natale de Darokin. Oui, ses anciens compagnons étaient tous loin de lui, à présent, et sa nouvelle amie, Kharenndaën, était désormais passée à l'ennemi — du moins, en théorie. Il ne savait même pas ce qu'elle était devenue.

Il franchissait la lisière d'une petite clairière, quand, tout à coup, le ciel s'assombrit. Il leva machinalement les yeux, à l'instant même où trois dragons rouges fondaient sur lui, emplissant toute la trouée de leur masse titanesque, tant et si bien qu'ils semblaient avoir avalé la lumière.

Thelvyn ne dut son salut qu'au réflexe de sa monture. Saisi d'effroi, Cadence se cabra avec un hennissement de terreur et prit la fuite au triple galop. Projeté à terre, Thelvyn gisait encore sur l'herbe drue, les bras en croix et le souffle coupé par la violence de sa chute, quand, croyant déjà refermer ses gigantesques crocs acérés sur sa victime, le premier des trois dragons claqua des mâchoires, juste au-dessus de lui. A une seconde près, il finissait broyé dans un estomac de dragon !

Dépité, son agresseur tournait la tête en tous sens, comme s'il se demandait où il avait bien pu passer et... Bon sang ! mais il allait se poser, l'imbécile !

Craignant de périr écrasé, Thelvyn invoqua aussitôt son armure. Au même moment, la terreur des dragons le submergea et seule la rassurante étreinte de son harnois ensorcelé l'empêcha de céder à la panique. Il dégaina précipitamment son glaive, le brandit à bout de bras vers le ciel et fit appel au pouvoir tranchant de sa lame.

La décharge catapulta le dragon dans les airs, si brutalement qu'il heurta de plein fouet un de ses congénères. Etourdis par le choc, les deux dragons battirent frénétiquement des ailes pour conserver leur assiette et se posèrent en catastrophe à distance respectueuse. Cependant, les babines écumantes de flammes, le troisième assaillant avait repéré sa proie et se préparait à utiliser son souffle. Thelvyn lui décocha une décharge en pleine tête et se releva d'un bond. A demi assommé, le dernier dragon rouge s'empressa de rejoindre ses compagnons. Tous trois restèrent un instant immobiles, dardant sur lui des regards meurtriers ; puis, ayant probablement estimé que le combat était perdu d'avance, ils prirent leur essor et s'éloignèrent à tire-d'aile.

La bataille n'avait duré que quelques minutes, juste le temps de prendre l'ennemi au dépourvu et de l'éliminer avant qu'il ne puisse invoquer son armure. Mais, une fois l'effet de surprise passé, à quoi bon s'acharner sur lui ? Autant sagement se replier avant de se faire estropier. Apparemment, les dragons avaient su tirer les enseignements de leurs erreurs passées : ils savaient désormais que, face à un tel adversaire, employer la force ne leur serait d'aucun secours et, réprimant leurs habituels accès de fureur, ils avaient appris à jouer de la ruse et de la dissimulation.

J'ai tout intérêt à rester sur mes gardes, songeait le jeune homme en les regardant disparaître à l'horizon. Ses adversaires s'étaient armés de patience :

quand une tentative échouait, ils changeaient de tactique et recommençaient. Pourtant, Thelvyn doutait fort qu'ils ne récidivent de sitôt. Pour avoir une chance de l'emporter, il leur fallait tromper sa vigilance. Or, leur première attaque l'avait alerté. Désormais, il resterait sur le qui-vive et ils avaient vraisemblablement déjà renoncé à lui tendre une nouvelle embuscade en chemin.

Les dragons savaient pertinemment qu'ils ne pouvaient rien contre les défenses magiques du Chevalier-Dragon. A cet égard, la Guerre du Chevalier-Dragon leur avait servi de leçon. Il ne leur restait donc qu'une seule solution : terrasser Thelvyn Œil de Renard. Sans son armure, le Chevalier-Dragon n'était rien de plus qu'un clerc quelconque aux pouvoirs misérablement limités.

Bon, inutile de s'affoler, se raisonnait Thelvyn. Chaque chose en son temps. Le plus urgent, maintenant, c'est de remettre la main sur ce maudit canasson. La perspective de gagner Braejr à pied n'avait effectivement rien de réjouissant, d'autant plus que tous ses vivres se trouvaient dans les sacoches de sa selle. Il n'eut pas à chercher bien loin. Cadence était certes un remarquable coursier, aussi rapide qu'endurant, mais courage et intelligence n'étaient pas au nombre de ses qualités. Livré brusquement à lui-même, l'étalon n'avait rien trouvé de mieux que de brouter paisiblement en attendant son cavalier.

Sa monture ayant eu tout le temps de se reposer, Thelvyn décida de repartir sur-le-champ. Il sauta en selle et reprit le sentier forestier. Mais le cœur n'y était plus. La forêt avait perdu tout son charme et, tout à coup, cette paisible chevauchée vers le sud n'avait plus rien d'une promenade bucolique. Il savait que les dragons le tenaient à l'œil et se demandait s'il ne ferait pas mieux de rebrousser chemin. Et s'ils attaquaient le camp en son absence ? Non, ils ont déjà bien trop à faire avec moi, se disait-il. Si rien ne prouvait que leur première offensive sur l'Armée des Hautes-Terres ait été commanditée par le Parlement des Dragons, quant à cette dernière embuscade, du moins, cela ne faisait aucun doute. Tout portait donc à croire que, désormais, les jours du Chevalier-Dragon étaient comptés.

Le surlendemain, Thelvyn franchissait les portes de Braejr. Il ne s'était pas fait annoncer et voyageait sans escorte. Aussi fut-il stupéfait de voir l'accueil qu'on lui réservait. Les soldats en patrouille rompaient les rangs pour venir le saluer ; les badauds s'agglutinaient sur son passage pour l'applaudir ; les gamins couraient derrière son cheval en hurlant ; les boutiquiers et les chalands se précipitaient hors des échoppes pour l'acclamer. La nouvelle de son arrivée se répandait à travers toute la ville comme une traînée de poudre et les gens affluaient de toutes parts pour lui faire une haie d'honneur digne d'un véritable héros. Un tel triomphe populaire exigeait assurément quelque décorum et Thelvyn décida d'invoquer son armure pour donner plus de lustre à l'auguste personnage qui déchaînait à ce point l'adoration des foules.

Cette spectaculaire ovation était manifestement spontanée et, au début, Thelvyn se demanda ce qu'il avait bien pu faire pour mériter un tel succès. Son récent combat contre les dragons n'avait rien eu de glorieux. Il avait remporté la victoire à l'arraché — si l'on pouvait bien parler de victoire quand les troupes du vainqueur ont souffert plus de dommages et de pertes qu'elles n'en ont infligé au vaincu. Apparemment, le compte rendu de la bataille avait dû subir quelques remaniements avant de parvenir aux oreilles des Braejrois. Cependant, il s'imaginait mal les détromper maintenant. Il résolut donc d'accepter de bonne grâce cet hommage aussi vibrant qu'inattendu, en croisant les doigts pour que tous ces braves gens n'aient pas à regretter leurs louanges dans les jours à venir.

Mais, s'il craignait de trahir la confiance du peuple, il craignait plus encore la réaction du roi devant l'accueil que ses sujets lui avaient réservé. Ses récents différends avec Jherridan avaient déjà sérieusement tendu leurs rapports — il est de ces intonations, de ces petits mots assassins glissés au cours de la conversation qui ne trompent pas — et il en venait à se demander si Jherridan ne jalousait pas tant les pouvoirs du Chevalier-Dragon que l'estime dont jouissait le commandant de son armée. Un retour triomphal dans la capitale n'était sans doute pas des plus indiqués pour améliorer leurs relations.

Heureusement, le jour déclinait et l'heure tardive lui procura un excellent prétexte pour rentrer directement chez lui. Arriver au palais sous les ovations de la foule, tel le vainqueur qui vient cueillir ses lauriers, aurait bien été la dernière chose qu'il souhaitait. Après les applaudissements et les vivats, le silence de son logis lui parut encore plus sinistre : il ne lui rappelait que trop cruellement l'absence de Kharenndaën. Tandis qu'un jeune écuyer s'occupait de Cadence, Thelvyn s'empressa de rejoindre ses appartements pour se défaire de la poussière et de la fatigue du voyage dans un bon bain. Quand il fut enfin prêt à descendre, l'heure du dîner avait sonné et Solveig l'attendait déjà dans la grande salle du manoir. Même si elle donnait admirablement le change, avec sa bonne mine et son air bravache, la belle barbare marchait encore lentement et avec une singulière raideur : en dépit des soins les plus attentifs et des recours répétés aux potions, onguents et sorts les plus puissants du médicastre royal, sa guérison n'était pas encore achevée. Les jeunes gens bavardèrent aimablement durant tout le repas, mais ce ne fut pas avant d'avoir soigneusement refermé les portes du salon derrière eux que Thelvyn relata ses mésaventures dans le Nord.

— Tu vois qu'il n'y a vraiment pas de quoi pavoiser, conclut-il. Et je me demande ce que l'on a bien pu raconter aux Braejrois pour qu'ils en viennent à me porter en triomphe. J'imagine qu'entre la façon dont les événements se sont réellement déroulés et le récit qu'on leur en a fait la vérité a dû se terrer dans son puits.

— Oh ! A trois ou quatre détails près, ça se tient, fit évasivement Solveig. Quant à moi, tu semblais avoir remporté la victoire comme une fleur et j'ai cessé de me faire du souci. Mais, au bout de deux ou trois jours, je me suis quand même dit que tout ça semblait un peu trop facile et j'ai commencé à me douter qu'il avait dû se passer quelque chose.

— Je ne suis pas vraiment ton raisonnement, mais la conclusion est correcte. Cette satanée cape volante s'est métamorphosée en bout de chiffe inutilisable et n'a plus rien voulu savoir. J'ai d'ailleurs l'intention d'en toucher deux mots à Kalestraan. Il faut absolument qu'il trouve le moyen de la protéger contre une magie adverse. Mais je ne me fais guère d'illusions. Les pouvoirs de ces maudits pyromages flaemois ne sont sans doute pas de taille à rivaliser avec ceux d'un dragon. Ah ! si seulement Perrantin était là !

— En tout cas, maintenant, le traité de paix avec les dragons est bel et bien enterré et ce n'est pas demain que tu leur feras accepter une nouvelle trêve ! A mon avis, ils ne laisseront pas tomber avant de s'être débarrassés du Chevalier-Dragon pour de bon.

Quoiqu'il eût donné cher pour y échapper, Thelvyn savait qu'il lui faudrait se présenter à la Cour dès le lendemain matin. Certes, il était urgent qu'il s'entretienne avec le roi, mais il y avait deux sujets qu'il n'avait nullement l'intention d'aborder : il était hors de question que Jherridan soit mis au courant de l'embuscade dont il avait été victime en revenant à Braejr. D'abord, parce que c'était la deuxième tentative d'assassinat perpétrée contre lui dans les Hautes-Terres et que la première était précisément ce qui avait incité Jherridan à prendre les armes contre les dragons. Ensuite, parce que, s'il avait tout fait pour disculper le Parlement des Dragons lors de ce premier attentat, il aurait bien du mal à en faire autant pour le second. Enfin, le roi ne devait surtout pas soupçonner que les dragons n'en avaient bel et bien qu'après le Chevalier-Dragon et qu'ils entendaient se débarrasser de lui à tout prix.

Son arrivée au palais, ce matin-là, n'eut rien à envier à son entrée triomphale de la veille. Des tables drapées de blanc avaient été dressées dans les jardins ; douceurs et délicats nectars y côtoyaient boissons chaudes et petits pains fantaisie — sans doute plus appropriés à une heure aussi matinale — et tous les courtisans et notables locaux — du moins ceux qu'on avait réussi à tirer du lit dès potron-minet — se tenaient au garde-à-vous devant le buffet. Jouant à merveille son rôle d'hôte prodigue et de monarque comblé, Jherridan se pavanait devant ses invités. Quant au Supérieur de l'Académie, la mine revêche et le regard hautain, il boudait dans son coin.

Thelvyn se serait volontiers passé d'une telle mascarade. La situation désespérée dans laquelle se trouvait actuellement le royaume ne se prêtait guère aux réjouissances et il ne se sentait vraiment pas d'humeur à faire des ronds de jambe, d'autant moins qu'il s'était préparé à une longue et âpre discussion avec le roi et ses magiciens : il n'était franchement pas dans l'état d'esprit seyant à ce genre de festivités mondaines.

Quand l'assemblée fut enfin au complet, on porta un toast au héros du jour. Jherridan lui remit une médaille et le gratifia de nouveaux titres — pour la plupart dépourvus de toute signification concrète, mais néanmoins très impressionnants — en l'assurant de son indéfectible soutien, de son absolue confiance, de sa royale estime et de son éternelle gratitude. Thelvyn s'était déjà vu décerner de tels honneurs, cinq ans auparavant, et il savait, par expérience, que toutes ces belles paroles seraient bien vite oubliées s'il s'avisait de ne pas faire ce que les Flaems attendaient de lui.

Quand l'euphorie des premiers instants fut un peu retombée, Byen Kalestraan s'approcha.

— J'ai eu vent de vos déboires. Il semblerait que vous ayez eu quelques petits soucis avec votre cape. Cela nous apprendra à sous-estimer les dragons ! Sauriez-vous, par hasard, de quel sortilège votre adversaire s'est servi ?

— Non. Il était trop loin pour que je puisse voir ou entendre quoi que ce soit. Les dragons se montrent très discrets à cet égard.

— Ce n'est pas très important, de toute façon. Je suis persuadé que nous réussirons à vous procurer le moyen de vous défendre contre leur magie. Le seul petit problème, c'est que cette protection s'amenuisera à mesure que vous vous écarterez de notre sphère d'influence. Malheureusement, la Frontière n'en fait pas partie. Quoi qu'il en soit, je vais envoyer quelqu'un prendre la cape chez vous pour étudier sérieusement la question.

— Je vous en serais reconnaissant, merci.

A quoi pourra bien me servir une cape volante qui ne fonctionne qu'à l'intérieur du royaume ? se disait Thelvyn en suivant des yeux le pyromage qui s'éloignait déjà. Il connaissait trop ce fourbe de magicien pour ne pas le soupçonner de restreindre sciemment sa mobilité. Une façon comme une autre de le tenir en laisse, non ?

A peine Kalestraan l'avait-il quitté que déjà Jherridan se dirigeait vers lui, s'arrêtant en chemin pour accorder à chacun un mot aimable ou un sourire affable.

— Serait-il possible de vous parler un instant en privé ? lui demanda le roi en désignant un banc à l'autre bout du jardin.

Thelvyn opina et lui emboîta le pas. Il n'attendit pas — comme le voulait l'étiquette — que Sa Majesté se soit assise pour en faire autant, puisque, à l'évidence, Jherridan était bien trop agité pour tenir en place. Il s'installa donc sur le banc de pierre, tandis que son interlocuteur marchait de long en large devant lui.

— Ces honneurs vous étaient dus, Thelvyn, lui assura ce dernier. Mais, le temps des réjouissances étant passé, je tiens à ce que vous me fassiez un rapport détaillé sur cette affaire. Il faut absolument qu'elle soit réglée au plus vite. Peu importe comment vous vous y prendrez. Inutile de me rappeler que vous m'aviez mis en garde. Quelle que soit la façon dont mes chers sujets ont perçu les choses, je crois, quant à moi, en avoir une vision assez nette : si j'ai bien compris, avec plus de la moitié de l'armée derrière vous et face à une douzaine de dragons, c'est tout juste si vous avez réussi à sauver votre vie et celle de mes hommes.

— Effectivement. Et ne croyez pas qu'il sera si simple de mettre un terme au conflit maintenant, rétorqua Thelvyn, intrigué par ce subit empressement à conclure la paix. (A moins que le Chevalier-Dragon n'ait subitement perdu tout crédit auprès de lui... songeait-il.) Après m'avoir obligé à les provoquer, vous n'escomptez tout de même pas que je vais pouvoir faire accepter aux dragons une nouvelle trêve simplement parce que vous avez changé d'avis !

— Bon. Je pense qu'il est inutile de louvoyer plus longtemps, soupira Jherridan. En votre absence, j'ai reçu un important message de l'Empereur Cornélius. Les Thyatiens ont obtenu la certitude que la fameuse alliance passée entre les Alphatiens et les dragons n'était en fait — comme vous l'aviez d'ailleurs deviné — qu'une capitulation pure et simple de la part des Alphatiens. Les dragons ont même assiégé Alphatia pendant plusieurs jours, probablement pour chercher leur mystérieux trésor perdu.

— Ça m'étonnerait qu'ils l'aient trouvé. Et vous savez comme moi où ils vont orienter leurs recherches, après ça.

— Justement. Kalestraan ne cesse de me pousser à faire la guerre aux dragons et je commence à croire que ce n'est pas un hasard. Au fait, je ne voudrais pas vous donner l'impression que je vous fais espionner, mais il paraît que Kharenndaën continue ses allées et venues dans les parages. Je suppose que vous l'avez chargée de trouver le trésor en question.

— Ce n'est pas Kharenndaën, mais un jeune clerc dénommé Seldaëk. Kharenndaën nous l'a envoyé pour qu'il nous aide à trouver le... le truc qu'on a volé aux dragons, répondit Thelvyn, se reprenant de justesse. (Il était tellement agacé par l'attitude de Jherridan qu'il avait bien failli trahir le secret du collier.) Il a emmené Messire George faire quelques petites incursions chez les renégats. D'après ce que nous savons de l'objet volé — sa taille et l'endroit où il a été dérobé, notamment —, il semble que seuls les renégats aient pu s'en emparer, soit pour leur propre compte, soit pour le compte de quelque généreux commanditaire. Comme Kalestraan, par exemple...

— En admettant que les dragons rentrent en possession de leur bien, pensez-vous que cela suffirait à mettre un terme au conflit ?

— Franchement, je n'en sais rien. Les dragons estiment que les Flaems les ont délibérément provoqués et qu'ils les ont menacés sur leur territoire. Ils ne vont pas si facilement oublier un tel affront. Et puis, vous m'avez contraint à prendre votre défense ; ce qui n'était pas fait pour leur plaire, on s'en doute. J'ignore s'ils sont prêts à négocier, mais je peux toujours essayer. Je demanderai à Messire George de parlementer avec eux dès que possible. S'il existe une seule personne au monde qui soit capable d'embobiner un dragon, c'est bien lui.

— Le problème, maintenant, c'est que, s'il n'y a pas de véritable alliance entre les Alphatiens et les dragons, nous perdons notre meilleur argument pour défendre notre propre coalition contre Alphatia. Cornélius se dit toujours intéressé. Mais, à la vérité, la peur des dragons surpasse largement la crainte d'une invasion alphatienne et personne n'osera nous soutenir tant que nous n'aurons pas réglé notre différend avec la Nation des Dragons. De plus, le temps presse. Nous devons agir vite, si nous voulons tirer parti de la défaite des Alphatiens. Leur armée est probablement très affaiblie par leur conflit avec les dragons. C'est le moment ou jamais d'en profiter.

— Je ne peux rien vous promettre. Si vous souhaitez vraiment traiter avec les dragons, vous allez devoir leur manifester votre bonne volonté par quelque geste de conciliation. Autrement dit, donnez-leur ce qu'ils veulent : ordonnez le repli de l'armée.

Jherridan Maarsten fronça les sourcils et réfléchit un long moment. Enfin, il hocha la tête avec une mauvaise grâce manifeste.

— Il semble qu'il n'y ait plus rien d'autre à faire, n'est-ce pas ? fit-il d'un ton résigné. Eh bien, il ne vous reste plus qu'à prendre les dispositions nécessaires pour que cette retraite forcée ne ressemble pas trop à une débâcle.

Une heure plus tard, un écuyer dépêché par Byen Kalestraan se présentait au manoir pour récupérer la cape du Chevalier-Dragon. Thelvyn n'était pas encore rentré du palais ; mais, comme il avait toujours eu l'intention de retourner l'objet du délit à l'envoyeur, la cape était déjà empaquetée dans l'entrée. Quand il rentra chez lui le soir même, une lettre du pyromage l'y attendait déjà. Le magicien y avouait sa frustration. Apparemment, quel qu'ait été le traitement que les dragons lui avaient fait subir, la cape avait définitivement perdu ses pouvoirs. Les magiciens devaient donc recommencer de zéro avec une nouvelle cape avant de pouvoir tester les sorts de protection dont ils comptaient la doter. Kalestraan affirmait avoir besoin de trois ou quatre jours de délai.

Ce contretemps contrariait Thelvyn. Il devait organiser le repli de l'armée et il était pressé de reprendre la route. Les dragons pouvaient profiter de son absence pour semer la destruction et la mort dans tout le nord des Hautes-Terres et il craignait le pire. En outre, qu'arriverait-il si jamais ils s'avisaient de lui tendre une nouvelle embuscade alors même qu'il se trouvait encore dans la capitale ? Il osait à peine l'imaginer. Mais peut-être était-ce précisément ce que Kalestraan attendait, après tout ? Peut-être le problème de la cape n'était-il qu'un prétexte dont il se servait pour le retenir à Braejr ? Peut-être espérait-il que, pendant ce temps, la situation à la Frontière ne s'en détériorerait que davantage ? Ce en quoi il n'avait pas tout à fait tort, d'ailleurs. Allons ! un ou deux jours de retard n'y changeront pas grand-chose, se disait Thelvyn, pour se rassurer. Il n'en demeurait pas moins que son retour dans le Nord donnerait le signal du repli et que le retrait des forces flaemoises acheminerait peut-être les Hautes-Terres vers une trêve. Or, Kalestraan avait vraisemblablement tout intérêt à ce que le conflit se prolonge aussi longtemps que possible.

Ah ! je voudrais bien savoir ce qu'il mijote, celui-là ! songeait Thelvyn. En tout cas, ce n'est certainement pas en adoptant une telle politique qu'il fera taire les soupçons qui pèsent déjà sur lui à propos du vol du collier. Bien au contraire. Après tout, s'il cherchait simplement à assouvir ses pulsions belliqueuses, ce ne serait pas aux dragons qu'il s'en prendrait, mais bel et bien aux Alphatiens...

Pour le moment, le Supérieur de l'Académie semblait se satisfaire de collaborer discrètement à l'effort de guerre, sans plus se piquer de jouer les conseillers avisés. Apparemment, il abandonnait même de bon gré les décisions stratégiques au roi et au Chevalier-Dragon. Cette modestie lui ressemblait si peu que, plus il s'effaçait, plus la méfiance de Thelvyn augmentait.

Puisque les pyromages avaient désormais le pouvoir de communiquer entre eux à distance, Thelvyn requit la présence d'un magicien maîtrisant parfaitement cette technique à ses côtés. Il pourrait ainsi se tenir informé jour et nuit de ce qui se passait à la frontière nord en son absence. Il s'attendait à recevoir de plates excuses et quelque fumeuse explication justifiant un refus poli. Mais, à sa grande surprise, Kalestraan promit de mettre un pyromage chevronné à sa disposition dès le lendemain.

Le hasard voulut que Messire George rentre de sa dernière expédition le soir même. Seldaëk se posa dans la cour à la tombée de la nuit et se hâta de rejoindre le couvert de l'entrepôt. Ce n'était pas parce que le roi était au courant des allées et venues d'un second dragon d'or au service du Chevalier-Dragon qu'il fallait pour autant en oublier toute prudence.

Messire George avait mené ses petites enquêtes tambour battant. Il lui tardait de revenir à Braejr. Il ne se pardonnait pas d'avoir été absent le jour où le roi avait donné un bal en l'honneur de l'ambassadeur de Darokin. C'était en sortant de cette réception au palais que Thelvyn et Solveig étaient tombés dans une embuscade et que la guerrière avait reçu sa terrible blessure. Il ne l'avait appris qu'à son retour de Darmouk. Mais il était si urgent de retrouver le Collier des Dragons qu'il avait dû repartir aussitôt et son inquiétude pour la santé de sa jeune associée n'avait cessé de le ronger depuis lors. Aussi était-il ravi de la retrouver, si ce n'est au mieux de sa forme, du moins à peu près rétablie.

Malgré l'heure tardive, tous trois se réunirent dans le salon pour discuter — pas avant, cependant, que le vieux chevalier n'ait dévalisé le garde-manger et demandé à Thelvyn d'ouvrir une bouteille de son eau-de-vie favorite dont l'exquise saveur lui avait tant manqué, paraît-il, qu'il en avait perdu le sommeil. Quand il se fut confortablement installé dans « son » fauteuil, un verre à la main, il daigna enfin prêter une oreille attentive au récit des événements survenus dans les Hautes-Terres depuis son départ.

— Pour moi, le plus intéressant, dans cette affaire, c'est que Kalestraan et Jherridan semblent ne plus tirer la couverture du même côté, commenta-t-il. Comme tu l'as très justement dit toi-même, mon garçon, Kalestraan ne s'ingénierait pas à mettre de l'huile sur le feu s'il n'était impliqué dans le vol du collier. Je ne trouve pas d'autre explication. D'autant qu'il n'a jamais été aussi près de prendre sa revanche sur les Alphatiens. A mon humble avis, il est dans une fâcheuse posture. Et je ne vois qu'une seule chose qui puisse le tirer de ce mauvais pas : pour être sûr que les dragons ne viendront pas le reluquer de trop près, il faudrait que le Chevalier-Dragon leur donne une telle correction qu'ils ne soient plus en position d'exiger quoi que ce soit. En outre, à moins que Kalestraan ne se réconcilie rapidement avec lui, Jherridan pourrait bien le livrer en pâture aux dragons pour obtenir une nouvelle trêve.

— Excellente idée ! applaudit aigrement la guerrière.

— Mais comment les dragons ont-ils bien pu s'y prendre pour obtenir la preuve que les Alphatiens n'ont pas le collier ? demanda Thelvyn.

— Ça, je n'en sais rien, avoua Messire George. Alphatia est un vaste empire et je ne vois pas comment ils auraient pu le fouiller de fond en comble, surtout si rapidement. Et s'ils détenaient un moyen quelconque de repérer le collier à distance, ils l'auraient indubitablement utilisé ici depuis longtemps.

— A moins que la portée n'en soit trop limitée, hasarda Thelvyn.

— C'est une possibilité. Ce serait intéressant à savoir parce que, s'ils possédaient effectivement un tel détecteur, nous pourrions leur proposer d'explorer les Hautes-Terres à leur guise. A condition qu'ils nous débarrassent de tous les conspirateurs qu'ils parviendraient à démasquer, par la même occasion. Le seul problème étant que, d'après moi, le collier n'est pas ici.

— Mais le collier est-il vraiment la clé de toute l'affaire ? s'enquit Thelvyn. En admettant que nous réussissions à le retrouver, est-ce qu'il suffirait de le leur rendre pour que les dragons acceptent de conclure un second traité de paix ? Franchement, je commence à croire que leur seul intérêt dans ce conflit, c'est qu'ils y voient un excellent prétexte pour me faire passer de vie à trépas.

Messire George resta un moment songeur.

— Je suis sûr que Markhaën n'approuve pas cette politique. Malheureusement pour nous, il se pourrait fort qu'avec sa scrupuleuse honnêteté et la très haute idée qu'il se fait de son rôle de Premier Porte-Parole au Parlement il s'estime obligé de se rendre à l'avis de la majorité, même s'il sait pertinemment que ladite majorité ne voit pas plus loin que le bout de son nez. As-tu trouvé le temps de lui parler à Darmouk ?

— Non. Mais je suis convaincu qu'il connaît trop les désastreuses conséquences que pourrait avoir cette guerre pour ne pas tenter de l'éviter à tout prix. J'ai même toujours pensé que c'était là un sérieux atout dans notre jeu.

— Personnellement, je le crois beaucoup plus retors que ça. Vois-tu, mon garçon, cette attaque à la frontière nord était trop mal organisée pour qu'il en soit l'instigateur. Et puis, tes agresseurs ne savaient manifestement pas que tu avais le pouvoir de voler. Or, Markhaën, lui, le savait pour t'avoir vu utiliser ta cape à Darmouk. En revanche, l'embuscade dans la forêt pourrait bien être son œuvre, d'autant plus que ces trois dragons ont battu en retraite dès que tu as invoqué ton armure. C'était là un excellent moyen de t'éprouver, sans prendre le moindre risque.

— Autrement dit, Markhaën sait désormais à quoi s'en tenir et, la prochaine fois, il ne me ratera pas. C'est bien ça ?

Le vieux chevalier se mit à faire tourner son verre entre ses mains en suivant des yeux les remous du liquide d'un air absorbé. Au bout d'un long moment de silence, il poussa un profond soupir et reposa son verre sur la table basse, intact.

— L'ennui, c'est que, quand un dragon est intelligent, il a tendance à être vraiment très intelligent. Markhaën sait qu'il ne peut pas t'attaquer de front.

Ou il t'ignore et met le reste du monde à feu et à sang — ce qui ne l'avancera guère —, ou il trouve un autre moyen de te vaincre. Ce n'est pas avant d'avoir épuisé toutes ses munitions qu'il se décidera — peut-être — à accepter un traité de paix.

Thelvyn n'avait pas eu besoin de Messire George pour parvenir à cette conclusion. Mais ce qui, dans son esprit, n'était encore qu'une funeste conjecture prenait, dans la bouche du vieux chevalier, la désagréable consonance d'un verdict définitif. Une condamnation à mort, en quelque sorte... Autant dire que, dorénavant, il devait considérer Markhaën comme un implacable ennemi. Ce qui n'avait décidément rien de rassurant. Markhaën ressemblait beaucoup à sa sœur, tant physiquement que psychologiquement : il était aussi sage, aussi calme et aussi patient qu'elle. A ces indéniables qualités, il fallait aussi ajouter une pugnacité et une ruse aiguisées par des années d'expérience militaire. Il était encore jeune, mais c'était un guerrier aguerri et un sorcier de haut vol. Pourtant... il a commis des erreurs dans l'antre de Kardayeur, songeait Thelvyn.

Pendant qu'il était plongé dans ces sombres réflexions, Messire George avait déjà entamé le compte rendu de ses péripéties. A l'entendre, on pouvait s'étonner que Seldaëk ne soit pas encore mort d'épuisement. Il semblait avoir couvert plus de lieues en quinze jours que Kharenndaën en un an de missions diplomatiques. Persuadé qu'ils avaient plus ou moins trempé dans cette affaire, le vieux chevalier s'obstinait toujours à chercher des indices chez les renégats. Mais il s'était surtout attaché à retrouver la bande de dragons noirs à laquelle appartenaient ceux qui avaient attaqué Solveig et Thelvyn à Braejr, le soir du bal de l'ambassadeur. A l'évidence, ces deux mystérieux assassins avaient déjà quelque chose à se reprocher bien avant d'avoir agressé ses amis : le vol du collier, par exemple ? Mais, en définitive, il n'avait toujours pas la moindre idée de l'endroit où se cachait le fameux artefact. Tout ce qu'il avait retiré de ses tribulations, c'étaient une liste assez impressionnante de noms de lieux où il n'était pas et... quelques bonnes courbatures !

Thelvyn aurait bien voulu lui prêter main-forte, mais son devoir l'appelait ailleurs et il n'en avait tout simplement pas le temps. De toute façon, il devait bien reconnaître qu'ayant passé plus d'un siècle à parcourir le monde à la recherche de pièces de collection et de trésors perdus, Messire George était beaucoup mieux placé que lui pour mener cette mission à bien. Et puis, le cas échéant, il pourrait toujours occire quelques renégats pour voler au secours de son vieil ami...

Thelvyn se rendit au palais à la première heure. Il devait organiser sans attendre le retrait de ses troupes et, pour ce faire, s'entendre avec Jherridan sur la meilleure stratégie à adopter. Quelle ne fut pas sa déconvenue en trouvant le Supérieur de l'Académie confortablement installé dans le cabinet du roi. Assis en face de lui, Jherridan était accoudé à son bureau, le menton reposant sur le dos de ses mains croisées, le regard las et la mine maussade. Kalestraan l'avait vraisemblablement assailli dès l'aube, reprenant son inlassable litanie sur la nécessité de faire la guerre aux dragons. A peine Thelvyn franchissait-il le seuil que Kalestraan se levait pour partir.

Ils allaient se croiser quand le pyromage l'arrêta d'un geste.

— J'ai deux mots à vous dire, si vous le voulez bien, lui lança-t-il, sur le ton d'un magister s'apprêtant à sermonner le dernier de la classe.

— Mais, je vous en prie, répondit obligeamment Thelvyn.

— Ceux de mes pairs que j'ai envoyés en mission auprès de l'Armée des Hautes-Terres m'ont fait parvenir leur rapport. Ils y décrivent, avec une scrupuleuse minutie tout à leur honneur, le déroulement de votre bataille contre les dragons, poursuivit le magicien d'un air hautain. L'examen de ce compte rendu m'a permis de déceler une grave erreur tactique de votre part. Erreur sans laquelle la situation ne serait assurément pas aussi dramatique qu'elle l'est actuellement.

— Vraiment ? répliqua Thelvyn en coulant un regard inquisiteur vers Jherridan.

Le roi s'était contenté de lever un sourcil, d'un air vaguement interrogateur : de toute évidence, il n'était pas au courant. Mais il ne semblait guère passionné par le sujet, comme s'il n'était pas convaincu que Kalestraan sache vraiment de quoi il parlait.

— Dans tous vos affrontements avec les dragons, reprit le pyromage avec une suffisance des plus arrogantes, vous mettez un point d'honneur à ne pas tuer ni même blesser vos adversaires. Vous vous êtes souvent plaint de ne pas posséder les pouvoirs de votre illustre prédécesseur, mais je me demande si la différence entre le premier et le second Chevalier-Dragon ne tient pas simplement au fait que le premier, lui, n'attachait pas autant d'importance que vous à la longévité de l'ennemi.

— Je suis certes persuadé qu'il s'en moquait éperdument, convint Thelvyn. Mais je ne pense pas que mes précautions soient pour autant inutiles. Si je commence à massacrer tous les dragons qui se mettent en travers de ma route, ils vont finir par se croire obligés de se défendre coûte que coûte. Or, à leurs yeux, la meilleure défense, c'est l'attaque. Autant dire que nous irions tout droit au-devant d'une guerre, une guerre dévastatrice qui ne s'achèverait pas avant que le dernier dragon ait été éliminé, une guerre qui aurait — dois-je vous le rappeler ? — les Hautes-Terres pour champ de bataille. J'ai du mal à imaginer que vous puissiez souhaiter un conflit dont fort peu de vos compatriotes auraient une chance de sortir vivants.

— Je suis parfaitement convaincu que le Chevalier-Dragon agit au mieux de nos intérêts, affirma le roi d'un ton sans réplique. Et je ne doute pas que vous reconnaissiez, comme moi, la pertinence de ses arguments.

— Vous avez probablement raison, Majesté, capitula Kalestraan en courbant la tête. Le but d'une bataille est de détruire l'ennemi, mais j'ai tendance à oublier que la règle générale ne s'applique pas au Chevalier-Dragon.

— Je n'en suis pas moins prêt à défendre les Hautes-Terres, rétorqua Thelvyn, piqué au vif. Mais je le ferais encore mieux si vous pouviez me fournir une cape volante digne de ce nom.

Kalestraan s'inclina une fois de plus, sans toutefois quitter Thelvyn des yeux.

— Vos désirs sont des ordres, Monseigneur, fit-il d'une voix glaciale. Votre cape sera parfaitement au point après-demain au plus tard.

Le magicien s'éclipsa sans ajouter un mot, prenant soin de refermer doucement la porte derrière lui. Thelvyn le regarda sortir en réprimant un frisson. Kalestraan avait rendu les armes un peu trop rapidement à son goût. Ça ne me dit rien qui vaille, songeait-il. Certes, le pyromage n'avait pas tout à fait tort : en épargnant les dragons, il ne se facilitait pas vraiment la tâche. Mais ses raisons n'en étaient pas moins valables. Tant que la guerre ne serait pas devenue une réalité incontournable, il ne pouvait à aucun prix se permettre de tuer des dragons.

Thelvyn passa le reste de la journée en tête à tête avec le roi pour mettre au point une stratégie qui permette à l'armée de se replier en bon ordre sans pour autant livrer les colonies frontalières et tous leurs habitants à la furie des dragons. Il ne fallait surtout pas donner l'impression aux ducs du Nord que le roi les abandonnait. Pour remédier au problème, Thelvyn proposa de ne pas faire reculer les lignes de défense au-delà des villages où la majorité de la population était concentrée. Les soldats en poste à la Frontière viendraient ainsi grossir les effectifs des garnisons locales, pour la plus grande satisfaction de toutes les parties concernées.

Jherridan Maarsten ayant été appelé par d'autres obligations, Thelvyn se retira dans son cabinet de travail, vers la fin de l'après-midi, pour parachever seul les plans qu'ils avaient préalablement arrêtés — certes, la place du Commandant en chef de l'Armée des Hautes-Terres aurait sans doute été à son quartier général, mais la caserne de la porte nord était située trop loin pour qu'il ait le temps de travailler efficacement avant la tombée de la nuit. Par le passé, quand il n'était pas encore accaparé par ses fonctions à la Cour, c'était dans cette pièce qu'il s'isolait pour lire ou étudier son livre de sorts. A cette époque, il n'avait guère d'autre interlocuteur que le roi, au palais. Or, son cabinet jouxtait les appartements royaux. Cette proximité leur convenait parfaitement. Le rôle du Chevalier-Dragon étant assez limité dans les affaires du royaume, les moments de loisir n'étaient pas rares. Mais, dès qu'il avait été promu au rang de Commandant, il n'avait plus eu une minute à lui et n'en avait pas franchi le seuil depuis des semaines.

Penché sur la carte qu'il avait étalée sur son bureau, Thelvyn était tellement absorbé dans ses estimations qu'il n'entendit pas frapper. Aussi fut-il surpris de voir une jeune femme pousser sa porte restée entrouverte. Au premier coup d'œil, la visiteuse semblait un peu plus âgée que lui. Sa peau cuivrée et sa longue chevelure flamboyante attestaient indubitablement ses origines flaemoises. Ses traits délicats et son port de tête aristocratique, communs à toutes les Dames de haut parage, la désignaient comme une fille de la noblesse. Elle était vêtue sans ostentation, mais avec une discrète élégance. Immobile sur le seuil, la jeune femme le dévisageait hardiment.

— Messire Chevalier, excusez-moi de vous déranger jusqu'ici. Je me nomme Alessa Vayledaar et je suis envoyée par Byen Kalestraan pour vous servir, annonça-t-elle avant d'entrer d'un pas décidé, comme si elle était attendue de toute éternité.

Thelvyn la regarda avancer, bouche bée. Elle était étonnamment grande, presque aussi grande que lui. Son attitude témoignait certes d'une belle assurance, mais qui semblait plutôt tenir d'une saine confiance en soi que de l'arrogante impudence des fats. Son regard était franc ; son allure, digne. Pourtant, il se dégageait de toute sa personne quelque chose d'audacieux et de vibrant, comme un trop-plein d'énergie qui semblait avoir envahi tout l'espace dès l'instant où elle y avait pénétré. Pour tout dire, la damoiselle était plutôt avenante. Fichtre ! songea Thelvyn, elle n'a vraiment rien d'une Flaem ordinaire ! Ce qui, dans sa bouche, n'était pas un mince compliment.

— Je... Oui, je suis au courant, parvint-il enfin à articuler, sans être toutefois convaincu de bien savoir ce qu'il disait. Mais j'attendais quelqu'un de plus... euh... enfin, quelqu'un qui pourrait... Comment vous expliquer ? Quelqu'un qui me permettrait de rester en contact permanent, tant avec la capitale qu'avec l'armée, même si je devais me déplacer.

— Oh ! mais je suis tout à fait prête à vous suivre où vous voudrez, affirma Alessa en s'asseyant d'autorité sur la chaise réservée aux visiteurs, devant le bureau. A moins que vous n'y voyiez un inconvénient, bien entendu. Vous auriez peut-être préféré un homme ? Malheureusement, la majorité des pyromages les plus expérimentés ont déjà été dépêchés dans le Nord et je fais partie des derniers encore présents à Braejr.

— Non, non, je n'ai rien à vous reprocher, protesta Thelvyn, qui commençait à recouvrer son sang-froid. Je tenais seulement à m'assurer que vous saviez ce à quoi vous vous exposiez. Il vous faut parfaitement comprendre la situation avant de vous engager : les dragons ont déjà tenté de m'assassiner et j'ai de bonnes raisons de croire qu'ils ne vont pas s'arrêter en si bon chemin. En ce qui me concerne, je suis protégé par mon armure, mais tous ceux qui m'accompagnent risquent tout de même leur vie.

— Je sais qu'une de vos amies a été très grièvement blessée au cours d'une telle embuscade. Cependant, en ces temps troublés, chacun doit savoir prendre des risques. Je suis une médiocre guerrière, je l'admets. Toutefois, en tant que magicienne, je suis parvenue au septième niveau d'expérience.

D'après ce que Thelvyn avait entendu dire sur la formation des pyromages, cela signifiait qu'elle appartenait à l'élite de l'Académie et qu'elle était donc parfaitement à même de se défendre toute seule. Un magicien pourvu d'un livre de sorts fourni, doté de pouvoirs suffisants pour lancer les sorts correspondants avec rapidité et précision, et qui avait assez de présence d'esprit pour ne pas perdre ses moyens en cas de danger constituait une menace bien plus terrifiante qu'un régiment de soldats au grand complet. Parvenue à ce degré de perfection, il n'était pas exclu qu'Alessa soit même de taille à affronter un jeune dragon de corpulence et d'expérience tout à fait respectables.

Thelvyn devait bien reconnaître que la perspective

d'avoir pour compagnie une jeune femme aussi charmante que compétente n'était pas vraiment faite pour lui déplaire. Quand il avait demandé l'assistance d'un pyromage expérimenté, il s'était plutôt imaginé une sorte de vieux mage revêche, quelque acariâtre barbon drapé dans sa dignité... rien, en tout cas, qui puisse s'apparenter à un compagnon de route et encore moins à une présence amicale ; quelqu'un qui ne serait pas perpétuellement accroché à ses basques et donc... susceptible de surprendre certaines conversations qui ne le regardaient pas. Il allait devoir se surveiller constamment, d'autant plus qu'il avait bien du mal à assimiler Alessa à ces maudits fourbes de pyromages flaemois. Il se pourrait fort qu'il ait un peu trop souvent tendance à oublier à qui il avait affaire.

— Soit. Mais avez-vous pris toutes les dispositions qui s'imposent pour une expédition de plusieurs jours en pleine nature ? lui demanda-t-il. Peut-être vous faudrait-il préparer votre paquetage en conséquence, acquérir quelques effets indispensables ? Nous pouvons être amenés à partir vers le nord d'un moment à l'autre.

— Je pense avoir fait le nécessaire. J'ai déjà voyagé et je sais ce dont j'ai besoin. Le temps de passer prendre mes affaires à l'Académie et je pourrai m'installer chez vous en début de soirée.

— Vous installer chez moi ! s'exclama Thelvyn, brusquement alarmé.

— Il me semble bien avoir compris que je devais être à votre disposition jour et nuit...

« Jour et nuit » ! Comme elle y va ! songea Thelvyn en se mordant machinalement la lèvre. Il aurait préféré qu'elle n'utilise pas ce genre d'expression quelque peu... tendancieuse ?

— Oui, bien sûr, vous avez raison, répondit-il d'un

ton peu convaincu. Vous arriverez à temps pour dîner avec nous, j'espère ?

— Oh ! Pardonnez-moi !

Messire George venait de passer la tête par la porte et s'apprêtait déjà à se retirer.

— Entrez ! Entrez donc ! s'écria aussitôt Thelvyn. Je vous présente Alessa Vayledaar, une consœur de Byen Kalestraan qui a bien voulu la mettre à mon service.

— La mettre à... Oh ! vraiment ? Ce brave Kalestraan ! Nous ne manquerons pas de le remercier, n'est-ce pas, mon garçon ?

— Alessa est une magicienne de septième niveau, précisa Thelvyn.

— Vous m'en direz tant ! marmonna le vieux chevalier. Très honoré, fit-il en s'inclinant galamment devant la jeune femme. Vous devez être une remarquable magicienne.

— Et vous devez être Messire George Kirbey, rétorqua Alessa en se levant pour prendre congé. Je ne voudrais pas avoir l'air de critiquer mes pairs, mais j'ai la très nette impression que je vais me retrouver en bien meilleure compagnie que celle à laquelle ils m'ont habituée jusqu'à présent. Maintenant, si vous voulez bien m'excuser, je dois faire mes bagages.

Tandis qu'elle sortait de la pièce, Messire George attacha son regard de fin connaisseur à ses pas. Il attendit un moment, pour être sûr qu'elle ne pouvait plus l'entendre, et se gratta le crâne avec son crochet.

— Encore un de ces fourbes de pyromages flaemois ?

— J'en ai bien peur... et probablement de la pire espèce, répondit Thelvyn en fronçant les sourcils. Pour preuve, elle est partie chercher ses affaires pour s'installer... chez moi.

— Allons bon ! Voilà qui promet d'être intéressant,

commenta le vieux chevalier avec un petit sourire goguenard. Enfin, c'est une puissante magicienne et, comme Solveig n'est pas encore tout à fait rétablie, le combat devrait être équitable.

— Oui, Solveig... Je l'avais oubliée... Encore une chance que Kharenndaën ne fasse plus partie de la maisonnée.

— Pauvre Alessa ! A elles deux, elles n'en auraient fait qu'une bouchée !

— Trêve de plaisanteries ! Nous devrons nous tenir sur nos gardes, le tança Thelvyn. C'est une jeune femme très attirante, mais elle n'en fait pas moins partie de la clique de Kalestraan. Il l'a probablement lui-même choisie pour nous espionner. Elle a peut-être été envoyée pour m'assister, mais son premier devoir est de servir son peuple et plus encore la Guilde. Il est hors de question qu'elle découvre nos petits secrets. Si jamais Kalestraan apprenait que vous êtes un drakhumain...

— Je pense que je saurai m'en souvenir, répondit posément Messire George. Je doute qu'elle essaie de me séduire et je ne risque pas de succomber à ses charmes. Après tout, je n'ai plus rien d'un pu... d'un jouvenceau esseulé, moi...

2

QUAND ON LUI ANNONÇA L'ARRIVÉE PROCHAINE D'ALESSA Vayledaar au manoir, Solveig eut une réaction que ni Thelvyn ni Messire George n'avaient prévue : elle sourit jusqu'aux oreilles. Une petite étincelle malicieuse se mit à danser dans ses prunelles. Il s'en fallut même de peu qu'elle ne se frottât les mains. Certes, sa santé s'améliorait de jour en jour, mais elle ne pouvait toujours pas sortir et s'ennuyait à mourir. Quoi de plus naturel qu'elle se réjouît d'avoir bientôt de la compagnie ? Et puis... la présence d'une jeune femme qui risquait fort de mettre le beau Thelvyn dans tous ses états — et à domicile, s'il vous plaît ! — ne promettait-elle pas quelques savoureux moments de divertissement ? Ce ne serait sans doute pas aussi amusant que de tenir le rôle principal ; mais, après tout, elle n'en goûterait que davantage le spectacle. De toute façon, se disait-elle, il y a peu de chances pour que Thelvyn et cette Alessa Je-ne-sais-quoi s'entichent sérieusement l'un de l'autre. Les Flaems détestaient les étrangers et aucune gente Dame flaemoise qui se respecte ne condescendrait à se faire courtiser par un métèque — d'autant plus que ledit métèque n'était même pas un humain !

En tout cas, il n'y avait guère lieu de s'inquiéter du qu'en-dira-t-on. Auprès d'un dragon, d'un vieux chevalier arborant un crochet en guise de main gauche ou d'une guerrière barbare, une magicienne flaemoise ne pouvait constituer qu'une très nette amélioration dans les fréquentations de ce bien étrange Chevalier-Dragon.

Alessa arriva à la tombée de la nuit, accompagnée par un serviteur qui tirait derrière lui une charrette à bras contenant ses bagages. Pour quelqu'un qui venait tout de même s'installer à demeure, le moins que l'on puisse dire, c'est qu'elle avait le déménagement parcimonieux. Outre quelques grimoires, son livre de sorts et les divers composants nécessaires à la pratique de son art, elle n'avait guère empaqueté que quelques effets personnels dont une tenue de voyage. Le serviteur et la charrette retournèrent à l'Académie, tandis que la magicienne défaisait son paquetage dans la chambre d'hôte que le sénéchal lui avait désignée, après avoir reçu les instructions de son maître par le truchement d'un messager du palais dépêché en toute hâte.

Quand Thelvyn et Messire George rentrèrent pour dîner, quel ne fut pas leur étonnement de trouver Alessa et Solveig en grande conversation dans le salon. Solveig n'était assurément pas d'un naturel introverti, mais, comme elle ne supportait pas les relations superficielles et abhorrait la bêtise — elle avait suffisamment mangé de ce pain-là à Thyatis pour en être dégoûtée à perpétuité —, elle se montrait habituellement d'une indifférence qui frisait parfois l'insolence et qui, en tout cas, n'invitait guère aux confidences. Quoique appartenant à la Guilde des pyromages — ce qui n'était certes pas la meilleure recommandation qui soit aux yeux de la guerrière — et prenant son art très au sérieux, Alessa n'en était pas moins intelligente, facile à vivre et d'un abord engageant. Autant de qualités qui avaient immédiatement attiré la sympathie de Solveig — tout comme celle de Thelvyn, d'ailleurs.

Le dîner fut servi peu de temps après le retour du maître de maison. Alessa l'accompagna à table, mais — hasard ou choix délibéré ? — ne s'assit pas à côté de lui, laissant ce privilège à Solveig. Thelvyn en ressentit, malgré lui, une vive déception. Il se consola, néanmoins, en se disant qu'il avait tout intérêt à garder ses distances.

— Je me suis souvent demandé à quoi pouvait bien ressembler la vie domestique sous le toit du Chevalier-Dragon, fit Alessa, pour engager la conversation.

— Notre petite famille doit vous paraître bien excentrique, lui répondit Thelvyn.

— Pas du tout. Et puis, vous savez, après avoir vécu entourée de magiciens, tous plus tristes et austères les uns que les autres, venir ici, c'est un vrai bol d'air ! Et pourtant, même à l'Académie, la vie me paraissait exaltante, par rapport à celle que j'avais menée chez moi.

— Sans vouloir vous froisser, rétorqua Messire George avec son tact habituel, pris dans leur ensemble, les Flaems ne sont pas vraiment les gens les plus passionnants que l'on puisse rencontrer en ce bas monde. Et, si j'en crois ma grande expérience, les pyromages sont bien les plus assommants de tous.

— Me froisser ? Pensez-vous ! A la vérité, je suis tout à fait de votre avis. On dit que les voyages forment la jeunesse, mais ils permettent surtout de fort instructives comparaisons qui ne sont pas toujours à l'avantage de notre bien-aimée Mère Patrie. Or, j'ai beaucoup voyagé...

Cette réflexion fit sourire Solveig. C'était exactement ce qu'elle avait constaté elle-même. Décidément, cette petite Flaem commençait à lui plaire.

— Pour tout vous avouer, j'avais des motifs très personnels pour solliciter cette affectation auprès du Chevalier-Dragon, reprit Alessa avec une soudaine gravité. J'ai beaucoup entendu parler de ses compagnons et de leur vie aventureuse, et je voulais me rendre compte par moi-même si ce genre d'existence ne correspondrait pas mieux à mon tempérament que celle que je mène à l'Académie. Je ne vous cacherai pas que je n'ai pas vraiment l'intention d'y retourner un jour. Je me suis même demandé si je ne pourrais pas me joindre à vous, Messire George — quand vos affaires auront repris leur cours normal, s'entend.

— Il n'y a pas de mal à satisfaire sa curiosité, répondit Messire George. Et puis, il se trouve que notre magicien attitré s'est justement pris d'une subite aversion pour les voyages.

— Je suis issue de la petite noblesse provinciale, expliqua la jeune femme. Je viens d'une modeste cité située au sud-ouest des Hautes-Terres. Mes parents désapprouvaient mon goût pour la magie et plus encore mon désir d'en poursuivre l'étude. Ils avaient d'autres projets pour moi. Cependant, mes talents de magicienne étaient manifestes et, quand les pyromages de la Guilde leur ont affirmé qu'en tant que « sujets de Sa Majesté » il était « de leur devoir » de me laisser entrer à l'Académie, j'ai sauté sur l'occasion. Comme vous le savez sans doute, les Flaems considèrent la moindre dérogation à leur « devoir envers le royaume » comme un acte de haute trahison.

— Vos talents doivent être impressionnants, effectivement, pour être parvenue si jeune à un tel niveau d'expérience, la complimenta Messire George.

— Peut-être. Voyez-vous, pour un magicien, acquérir de l'expérience, c'est aussi parfaire la maîtrise de ses pouvoirs. Ce qui, à mon sens, devrait être source de fierté et de joie. Malheureusement, plus je progresse, plus je me sens frustrée. A l'Académie, les magiciens confirmés ne prennent aucun plaisir à l'exercice de leur art. Ils ne pensent guère la magie qu'en termes de pouvoir et de prestige. Pour eux, elle n'est qu'un instrument propre à satisfaire leur ambition dévorante. Je ne partage ni leurs conceptions, ni leurs aspirations et je ne me sens pas à ma place parmi eux.

Elle se tut pour jeter un rapide coup d'œil à chacun de ses auditeurs.

— Vous n'êtes pas censés me croire sur parole, bien sûr, reprit-elle. Je sais que vous avez déjà été victimes des manipulations de Byen Kalestraan par le passé et je comprends votre méfiance. Sachez cependant que, même si vous ne m'acceptiez pas au sein de votre compagnie, je ne resterais pas à l'Académie. Je pourrais toujours parcourir le monde en solitaire. J'ai déjà suffisamment voyagé pour être capable de trouver mon chemin toute seule.

— Quelle chance de pouvoir mener sa vie comme on l'entend ! soupira Thelvyn. En ce qui me concerne, ce sont toujours les autres qui ont décidé pour moi. Des dragons au roi, en passant par les pyromages, pas un qui n'ait cherché à me détruire ou à m'asservir.

— A ce propos... il est certaines choses que je dois vous dire, annonça la magicienne avec un flagrant embarras. Et, cette fois, je vous engage à me croire. Cette soif de pouvoir et cet insatiable désir de conquête qui consument mes confrères me sont totalement étrangers et je n'éprouve pas davantage de cette haine implacable qu'ils vouent aux Alphatiens. Mais, ayant récemment rejoint le cercle très fermé des plus éminents pyromages de la Guilde, certains de leurs complots n'ont plus aucun secret pour moi. J'aimerais pouvoir vous en dire davantage. Hélas ! je ne sais pas tout. Je dois pourtant vous avertir : j'ai bien peur qu'il ne se trame actuellement quelque chose de terrible à l'Académie, quelque chose qui peut se déclencher d'un moment à l'autre et dont Byen Kalestraan est l'instigateur.

— Je me doutais bien qu'il manigançait quelque chose, celui-là ! grommela Thelvyn. Il semblait un peu trop coopératif ces derniers temps et si soucieux de se faire bien voir ! Ça ne lui ressemblait décidément pas de nous laisser, le roi et moi, décider de la politique du royaume sans tenter d'y mettre son grain de sel.

— Il a travaillé d'arrache-pied, sans rien laisser filtrer sur la nature exacte de ses recherches, confirma Alessa. Comme vous vous en êtes rendu compte, il n'a cessé de pousser le roi à faire la guerre aux dragons. La Guilde veut impliquer l'armée et le Chevalier-Dragon dans une guerre à outrance que, face à un ennemi largement supérieur en nombre, ils n'ont aucune chance de remporter. Quand les choses commenceront à s'envenimer, le roi comme le Chevalier-Dragon seront discrédités, si tant est qu'ils soient encore de ce monde. C'est sur cette opprobre publique que comptent les pyromages pour s'emparer du pouvoir. Ils espèrent aussi que les dragons seront suffisamment affaiblis par le conflit pour accepter de négocier une trêve avec eux.

Messire George et Thelvyn s'étaient accoudés à la table, tout yeux tout oreilles.

— Voilà un plan qui me paraît bien aléatoire, commenta le vieux chevalier. Mais, somme toute, c'est exactement le genre d'élucubrations auxquelles s'adonnent à longueur de temps ces crétins de pyromages. Hum... je veux dire...

— Oh ! n'ayez crainte ! Je suis tout à fait d'accord avec vous. Leur arrogance les aveugle, renchérit Alessa. L'idée que leurs calculs puissent être erronés ne les effleure même pas. Et, pour corser l'affaire, il ne serait pas étonnant qu'ils aient engagé des assassins chargés d'éliminer le roi ou le Chevalier-Dragon : une façon comme une autre de s'assurer qu'ils atteindront bien leur but.

— Ce ne serait pas la première fois qu'on essaie de me supprimer, convint Thelvyn. Je me suis déjà demandé si l'embuscade que l'on m'avait tendue, le soir de la réception de l'ambassadeur, n'était pas un coup monté des pyromages. A l'époque, je commençais à devenir très influent à la Cour et Byen Kalestraan ne s'en accommodait pas aisément. D'autant plus que mon crédit augmentait au détriment du sien. Cela dit, en m'avertissant, vous prenez de gros risques. A moins que le succès de ce complot ne vous paraisse compromis, évidemment. Peut-être pensez-vous que Kalestraan ne peut pas grand-chose contre moi ?

— J'en suis même convaincue. Après tout, vous semblez bénéficier de la protection des Immortels. Tant et si bien même qu'on pourrait presque vous prendre pour un de leurs disciples... insinua-t-elle en levant un sourcil interrogateur. (Comme Thelvyn feignait l'inadvertance, elle poursuivit :) Je ne prétends pas que les Flaems ne croient pas à l'existence des Immortels, mais ils ont toujours professé un mépris souverain pour tout ce qui touchait à la religion. Les pyromages, encore plus que les autres...

Le dîner terminé, les deux jeunes femmes regagnèrent leurs chambres tandis que Thelvyn et Messire George s'installaient confortablement dans le salon. Le vieux chevalier sortit une de ses sacro-saintes bouteilles et servit un verre à son jeune compagnon avec des précautions de vestale manipulant une relique divine. Thelvyn était si perturbé par les révélations d'Alessa qu'il ne s'avisa même pas de protester.

— Difficile de ne pas la croire, fit-il en portant son verre d'eau-de-vie à hauteur de narines pour s'enivrer de son bouquet. (S'il avait toujours détesté le goût de cet abominable breuvage, il en adorait l'odeur.) Cela dit, ça ne m'étonnerait pas que ces fourbes de pyromages ne nous mettent en garde que pour mieux nous tromper et, par là même, détourner notre attention de leurs véritables projets. Pourtant, cet avertissement a quelque chose de trop vague. Je ne vois pas en quoi il pourrait servir leurs desseins. Et puis, à la réflexion, Alessa ne nous a rien appris que nous n'ayons déjà deviné.

— N'est-ce pas ? Ce qui, en soi, est déjà plus que suspect. Au demeurant, tout ça ne fait que me conforter dans mon opinion : ces chers pyromages sont aussi stupides que nous l'avons toujours pensé. En tout cas, puisque nous savions déjà qu'on essayait d'attenter à ta vie, ça ne change rien à nos plans. La seule chose que nous ignorions, c'est que le roi lui-même puisse être en danger.

— Eh bien, il ne me reste plus qu'à me méfier autant des pyromages que des dragons ! De toute façon, je ne suis pas franchement surpris. J'étais sûr que Kalestraan était derrière tout ça. C'était tout de même curieux que Jherridan change si brutalement de politique et qu'après des années à ruminer sa vengeance contre les Alphatiens il s'acharne subitement à vouloir faire la guerre aux dragons.

Messire George se cala dans son fauteuil, son verre à la main.

— Tout ça commence à devenir un peu trop tortueux à mon goût. Je vais même te dire une bonne chose, mon garçon : ça sent le roussi et, en d'autres circonstances, j'aurais déjà pressé tout le monde de plier bagage pour filer en douce pendant qu'il en était encore temps.

Cela faisait déjà un bon moment que Thelvyn se disait exactement la même chose. Quant à lui, il estimait pouvoir faire confiance à Alessa. Elle était trop différente de toute cette clique de pyromages sournois et arrivistes pour ne pas avoir envie de leur fausser compagnie. Et puis, elle avait suspecté qu'il pouvait être clerc. Or, si elle avait fait part de ses soupçons à Byen Kalestraan, ce dernier se serait assurément empressé d'en tirer parti. Il ne lui aurait été que trop aisé de réveiller la notoire méfiance que tous les Flaems éprouvaient à l'égard des prêtres pour discréditer Thelvyn à la Cour. Le plus sage serait encore de réserver son jugement sur Alessa Vayledaar jusqu'à ce qu'il ait appris à la connaître un peu mieux, décida-t-il en son for intérieur.

Plongé dans son livre de sorts, il veilla tard cette nuit-là. Il était doué pour la magie, lui aussi ; peut-être même plus doué qu'Alessa, bien que ses autres tâches l'aient trop accaparé pour qu'il ait eu le temps d'en approfondir l'étude. Il savait qu'il ne parviendrait jamais à rattraper son retard ; pas assez vite, du moins, pour que ses talents de magicien puissent lui être d'une quelconque utilité face aux dragons. Mais il se trouvait dans une situation si désespérée qu'il était prêt à se raccrocher à n'importe quoi. Messire George passa une bonne partie de la nuit à ses côtés, profitant de l'occasion pour mettre ses comptes à jour. Cela faisait trop longtemps qu'il avait négligé ses affaires et, comme Solveig ne pouvait pas s'en occuper, il y avait de grandes chances pour que les choses aillent de mal en pis s'il n'y mettait bon ordre.

Tentant d'engranger autant de sorts que sa mémoire voulait bien en ingurgiter, Thelvyn était si concentré qu'il sursauta quand on frappa à sa porte. Il était plus de minuit et il fallait que l'affaire soit urgente pour qu'un visiteur ose se présenter chez lui à cette heure indue. Ses gens ayant depuis longtemps cessé leur service, il alla ouvrir lui-même, Messire George sur ses talons. Quelle ne fut pas sa surprise en trouvant sur le seuil un Taëryn hirsute et pantelant ! Le garçon ouvrait des yeux comme des soucoupes et semblait à peine tenir sur ses jambes. A le voir aussi affolé, on aurait pu penser qu'il avait le diable aux trousses.

— Monseigneur ! Monseigneur ! Venez vite ! haleta le jeune page. Des dragons ! Des dragons plein le palais ! Sa Majesté... je crois que... Oh ! Vite ! Vite ! Il n'y a que vous qui puissiez sauver le roi !

— N'y a-t-il donc aucun garde sur place ? s'enquit Thelvyn en se demandant combien de sentinelles demeuraient en faction devant la porte du roi à cette heure et s'il restait quelques guerriers dignes de ce nom à Braejr après que tous les hommes valides avaient été envoyés à la frontière nord.

— Si, si, quelques-uns. Et puis des pyromages aussi. Maître Kalestraan est déjà là-bas avec plusieurs de ses confrères. Mais ils disent qu'ils n'ont pas assez de pouvoir pour se battre contre des dragons. C'est Maître Kalestraan lui-même qui m'envoie vous chercher.

Thelvyn se retourna vers Messire George.

— Voulez-vous venir avec moi ?

— Ça vaudrait mieux. Et puis, ce serait tout de même dommage d'héberger un expert ès dragons et de ne pas mettre à profit ses incomparables talents en pareilles circonstances, n'est-ce pas, mon garçon ?

Le vieux chevalier s'en fut aussitôt chercher son épée et son attirail habituel dans sa chambre.

— Tu vas rester ici, Taëryn, ordonna Thelvyn. Tu sais que Solveig est encore convalescente. Elle n'est pas en état de combattre et je veux que tu l'empêches de nous suivre. Et, si jamais les dragons venaient me chercher jusqu'ici, tu fais sortir tout le monde, compris ?

— Vous pouvez compter sur moi.

Au même moment, Messire George parvenait au pied de l'escalier, tenant dans la main droite une sorte de pic à glace qui, pour être un modèle réduit, n'en était pas moins impressionnant.

— Ce n'est pas exactement le genre d'arme qui convient pour affronter des dragons, mais nous devrons faire avec, marmonna-t-il en appareillant son manchon.

— Je crains qu'ils ne soient déjà loin, lui dit Thelvyn en sortant.

Quand le vieux chevalier l'eut rejoint, il claqua la porte pour que Taëryn ne puisse pas l'entendre, puis ajouta d'un ton funeste :

— Ce qui m'inquiète, c'est ce qu'ils ont laissé derrière eux...

Taëryn n'avait rien exagéré. Il suffisait de voir le portail béant et les deux cadavres affreusement déchiquetés des sentinelles qui gardaient l'entrée du palais pour mesurer la gravité de la situation : un terrible danger menaçait le souverain et, avec lui, le royaume tout entier. Thelvyn s'immobilisa sur le seuil, aux aguets. Il n'y avait aucune lumière aux croisées. Ce qui, en soi, était déjà alarmant, même à une heure aussi avancée de la nuit. Bien qu'il ait les sens aussi aiguisés qu'un elfe, il ne décela aucun mouvement suspect à l'intérieur et n'entendit pas le moindre frôlement.

Apparemment, ils arrivaient après la bataille et les dragons étaient déjà repartis comme ils étaient venus. Mais Thelvyn ne se fiait pas aux apparences justement. Si ça se trouve, ils sont tapis dans l'ombre à attendre que je me rue à l'intérieur, comme un imbécile, songeait-il. A moins qu'une fois leur forfait accompli ils n'aient filé tout droit chez lui ? Non, probablement pas. A quoi bon l'attaquer de front ? A trop le provoquer, ils finiraient par déclencher ce qu'ils cherchaient à éviter. Ils savaient ce qu'il en coûtait d'exciter la fureur d'un Chevalier-Dragon. Le harceler ne servirait à rien. Ce qu'ils voulaient, c'était le tuer avant...

— Ça me paraît bien calme, chuchota Messire

George. En tout cas, s'il y avait un dragon dans les parages, je devrais le sentir. Or, je ne sens rien. Maintenant... je ne suis pas infaillible.

— Inutile de retarder l'échéance, décida Thelvyn.

Il invoqua aussitôt son armure et retira son heaume.

— Il faut que je fasse une petite tournée d'inspection à l'intérieur, poursuivit-il. Mais pas question que vous veniez avec moi. Je suis le seul qui ait une chance de s'en sortir vivant.

— Et d'un, je n'ai rien à craindre des dragons. Et de deux, je viens avec toi, protesta Messire George.

— Que vous risquiez stupidement votre vie ne nous avancera à rien. Restez ici et empêchez quiconque de franchir cette porte avant que je n'aie pu m'assurer qu'il n'y a aucun danger.

Il coiffa son heaume d'un geste autoritaire propre à clore le débat.

Thelvyn savait pertinemment que le vieux chevalier accourrait à la première alerte, mais il espérait avoir le temps de régler le problème avant que cet intrépide invétéré ne parvienne sur les lieux. Dédaignant le portail principal — trop ostensiblement ouvert pour être honnête —, il avait l'intention de se faufiler par l'entrée nord, là où les soldats de la Garde Royale avaient leurs quartiers. Peut-être réussirait-il à passer inaperçu ?

Arrivé sur place, il ne fut guère surpris de trouver la porte enfoncée. Les dragons ne pouvaient attaquer le roi sans avoir préalablement éliminé la soldatesque du palais : un petit raid dans la Salle de Garde s'était imposé. Dans la cour intérieure, tout semblait normal. En revanche, le massif vantail de bois avait volé en éclats et des cadavres atrocement mutilés jonchaient les pavés des chambrées. Les dragons avaient surpris l'ennemi dans son sommeil. Les soldats n'avaient même pas eu le temps de s'armer et encore moins de sonner l'alarme. Thelvyn traversa rapidement ce charnier. La cible des assaillants était ailleurs.

Il doutait que les dragons puissent être à l'étage. Les galeries voûtées étaient trop étroites pour qu'ils aient pu passer. De toute façon, les appartements royaux étaient situés au rez-de-chaussée. Thelvyn avançait aussi vite que la prudence l'y autorisait, glaive au clair. Le palais était plongé dans l'obscurité la plus totale, comme si tous les flambeaux, lanternes et lampes magiques avaient été mouchés d'un seul coup par quelque puissant sortilège. Quoiqu'il ne soit nullement incommodé par les ténèbres, sa visière limitait son champ de vision et il était constamment obligé de tourner la tête de droite et de gauche pour scruter les alentours.

Les appartements du roi étaient déserts et tout y était parfaitement en ordre. Ils ont dû lui tomber dessus dans une autre partie du palais, se dit Thelvyn. A moins qu'il ne soit parvenu à s'enfuir à temps... D'après Taëryn, Byen Kalestraan et consorts étaient arrivés au début de la bataille. Peut-être avaient-ils réussi à mettre le roi à l'abri ? Auquel cas, les dragons rôderaient encore dans le palais, cherchant toujours désespérément leur proie...

Parvenu à une intersection, il regardait de tous côtés avant de la traverser, quand il aperçut une silhouette noire dans le couloir de droite. Il recula précipitamment. Qui que soit cet intrus, ce n'était assurément pas un dragon. C'est alors que l'image du colosse qui avait tenté de l'assassiner, la nuit de la réception de l'ambassadeur, lui revint subitement en mémoire. Après tout, rien ne prouvait que les dragons n'aient pas pris forme humaine pour se faufiler aisément dans les corridors du palais. Mais, ce pouvait tout aussi bien être un garde, un magicien ou même un simple écuyer qui essayait de trouver le roi dans l'obscurité. Prudence ! s'exhorta-t-il. Prudence !

Quand il se pencha une seconde fois pour risquer un coup d'œil, il reconnut Messire George qui avançait vers lui à pas de loup, son épée brandie dans la main droite et son pic prêt à frapper. Il le laissa approcher et le saisit au poignet, juste au-dessus du terrifiant dard d'acier, pour l'attirer à lui, en le muselant d'un « chut ! » éloquent.

— Merci de surveiller le portail comme je vous l'avais demandé, murmura-t-il, grinçant.

— J'ai aperçu un dragon qui pointait son museau à la grande porte, expliqua le vieux chevalier. Il était plaqué contre la muraille, mais, comme je vois aussi bien que toi dans le noir, je l'ai immédiatement repéré. Il semblait attendre quelqu'un et je me suis dit que je ferais aussi bien de te prévenir que nous avions de la compagnie.

— Tout à fait ce que je rêvais d'entendre ! fit Thelvyn d'un ton acerbe. Et pour arranger les choses, je n'arrive pas à mettre la main sur Jherridan. D'après Taëryn, c'est Kalestraan lui-même qui l'a envoyé m'avertir. Avec un peu de chance, il a déjà rejoint le roi. J'espère qu'ils ont pu s'échapper.

— Crois-tu qu'ils seraient partis sans demander leur reste ? Tel que je le connais, Jherridan serait bien capable de jouer les capitaines de vaisseau : « Je coule mais ne me rends pas » !

— Jherridan, peut-être. Mais Kalestraan sait qu'il n'est pas de taille à lutter contre un dragon et je ne pense pas que ce soit la bravoure qui l'étouffe ! Si ça se trouve, ces deux-là sont en train de filer ventre à terre vers l'Académie pendant que nous risquons notre vie pour eux. Mais je veux en avoir le cœur net. Pensez-vous que ces dragons aient pu changer de forme pour fouiller le palais ?

— Changer d'apparence à volonté est un talent

inné chez les draks, mais seulement latent pour un dragon. Je maîtrise mes métamorphoses depuis l'âge de cinq ans. C'est dire ! Les dragons ne possèdent pas un tel entraînement. Et puis, ils ne savent pas se battre avec des armes. C'est tout juste s'ils parviennent à se tenir debout quand ils prennent forme humaine. Changer d'apparence ne leur faciliterait vraiment pas la tâche.

— Il est donc peu probable que nous rencontrions un dragon changé en homme ?

— Ça m'étonnerait. Il se peut toutefois qu'un commando de dragons requière les services de spécialistes expérimentés. Si nos assaillants en avaient prévu l'utilité, rien n'empêche de penser qu'ils aient enrôlé des dragons prenant forme humaine à volonté. Mais, dans ce cas, ils leur ont sans doute confié une mission de reconnaissance : évaluer la situation, localiser les gardes ou le roi, par exemple. En tout état de cause, ils ne les auraient pas exposés au combat. Tu vois, mon garçon, c'est pour ça que tu as besoin de moi : parce que, à part un dragon, je suis bien le seul à détenir ce genre d'informations. Et puis... je peux aussi reconnaître un dragon à vue, quelle que soit son apparence d'emprunt. Je peux même sentir sa présence avant de le voir, s'il n'est pas trop loin.

— Eh bien, allons de ce pas mettre tous ces beaux talents à contribution, lâcha Thelvyn, impatient d'en finir.

Il se dirigea vers l'escalier qui menait à l'étage. Des galeries du premier, on pouvait surveiller les pièces qui formaient le cœur du palais : le Grand Hall d'Honneur, la Salle du Trône, la Salle des Banquets et même le vaste vestibule sur lequel s'ouvrait la porte principale. Le premier étage n'était occupé que par les chambres des rares serviteurs et intendants qui demeuraient au palais : une quinzaine, en tout.

Là, de nouveaux signes de déprédation apparaissaient : des portes arrachées de leurs gonds, des meubles réduits en miettes, des tentures lacérées... et des cadavres, des corps si horriblement déchiquetés qu'ils semblaient avoir été claqués contre les murs jusqu'à ce que mort s'ensuive. Aucun humain n'aurait eu assez de force pour faire une chose pareille. Or, comment des dragons auraient-ils pu réussir à se frayer un passage dans des galeries aussi exiguës ? Et même s'ils y étaient parvenus, jamais ils n'auraient pu franchir le seuil de ces chambres pour se saisir de leurs victimes sans provoquer l'effondrement du mur tout entier ! Plus étrange encore : les auteurs de ce carnage semblaient avoir su à l'avance quelles chambres seraient occupées ou non. Les pièces vacantes avaient été laissées en l'état. Thelvyn commençait à se dire que quelque créature terrifiante hantait ce palais, un traqueur-né doublé d'une bête féroce d'une abominable cruauté.

Plus Thelvyn avançait, plus les spectacles d'horreur s'accumulaient et plus l'effroi le gagnait. Il n'avait pas vraiment peur pour sa vie : il se savait protégé par son armure ; mais il était saisi d'une sorte d'appréhension, du sentiment de plus en plus poignant que quelque chose d'affreusement anormal se passait en ces lieux, quelque chose qu'il ne comprenait pas. Une sensation d'urgence s'emparait de lui. Il lui fallait absolument débusquer ces monstres et les renvoyer en enfer avant qu'il ne soit trop tard. Du calme ! se disait-il. Pas de précipitation ! La peur est mauvaise conseillère. S'il se laissait submerger par la panique, il ne pouvait que commettre de ces erreurs que plus d'un guerrier aguerri avait payées de sa vie.

La première galerie débouchait sur le palier d'une tour d'angle qui s'ouvrait lui-même sur une seconde galerie dominant le mur nord du Grand Hall d'Honneur. Thelvyn s'accorda un instant de répit avant de s'y engager à pas mesurés pour jeter un coup d'œil en contrebas, par-dessus la rambarde. Quelque chose d'imposant se déplaçait dans le noir, juste au-dessous de lui, une forme indistincte, bien trop grande pour être un humain et néanmoins trop petite pour être un dragon. Quelle que soit cette créature, Thelvyn sut immédiatement que c'était à elle que tant d'hommes devaient d'avoir trouvé la mort dans de si atroces souffrances.

— En bas, souffla-t-il en pointant l'index à l'intention de Messire George qui le suivait. Il faut absolument que je sache ce que c'est que cette horreur.

— C'est peut-être un wiverne, suggéra le vieux chevalier d'un air dubitatif. Quand ils sont de cette taille, ils peuvent se montrer extrêmement dangereux. De plus, comme ils font un peu partie de la famille, les dragons sont en droit de les soumettre à leur volonté et même de les enrôler, le cas échéant.

Ils reculèrent pour emprunter l'escalier qui menait au rez-de-chaussée. Parvenu aux derniers degrés, Thelvyn s'avança prudemment, rasant la paroi jusqu'à ce qu'il puisse pencher discrètement la tête à l'angle du mur. La créature s'éloignait en direction de l'entrée. Thelvyn ne distinguait qu'une vague silhouette noire qui, vue de dos, ressemblait certes à un dragon, mais à un dragon qui aurait rétréci, si ce n'était de moitié, du moins d'un bon tiers.

Il décida de la pister en longeant la muraille. Il était résolu à l'affronter et à la détruire ou, à défaut, à la mettre en fuite. Quelques instants plus tard, elle pénétrait dans le vestibule. Thelvyn lui emboîta le pas, en se plaquant contre la pierre pour se garder de la clarté lunaire qui inondait la pièce, puis se rencogna sous une arcade. Messire George se faufila derrière lui. Hasardant un regard inquisiteur à l'extérieur de sa cachette, Thelvyn vit alors la créature se diriger vers la porte principale, dans un pinceau de lumière argentée.

Il retint une exclamation de stupeur. C'était bien un dragon, un dragon d'or à en juger par l'éclat de sa carapace. Thelvyn s'y connaissait assez pour être à même de discerner un mâle d'une femelle, mais ce petit dragon ne semblait posséder aucun des traits distinctifs ni de l'un, ni de l'autre. Quand il s'écarta pour laisser Messire George jeter un coup d'œil par-dessus son épaule, une horrible pensée lui traversa l'esprit.

— Les dragons n'iraient pas jusqu'à envoyer leurs petits pour accomplir ce genre de besogne, tout de même ? demanda-t-il d'une voix étranglée.

Messire George se retourna vivement, offusqué.

— Je... je ne crois pas, bredouilla-t-il. S'il y a une seule chose que les dragons chérissent plus que leur vie, c'est bien leur progéniture. Ils n'exposeraient jamais des enfants à pareil danger.

— Ça ressemble pourtant bien à un petit dragon d'or.

— Tu n'as jamais vu de très jeunes dragons. Et puis, il y a quelque chose qui cloche. On dirait certes un dragon d'or, mais il possède certaines caractéristiques des dragons rouges. Il est assurément beaucoup trop menu pour un dragon d'or, mais il n'est pas beaucoup plus petit qu'un dragon blanc ou qu'un dragon bleu.

— Vous êtes bien sûr que ce n'est pas un petit ? insista Thelvyn.

— Absolument certain. La crête et les cornes seraient à peine formées ; le cou et le museau, bien plus courts. Je ne suis même pas persuadé que ce soit un vrai dragon. Il y a quelque chose qui ne colle pas. Je ne sais pas quoi, mais il y a quelque chose d'anormal.

Thelvyn était certes résolu à chasser coûte que coûte ces assassins du palais, mais, de là à s'en prendre à un petit ! Il ignorait pourquoi, pourtant, ce jeune dragon d'or lui rappelait Kharenndaën. Le mieux, se dit-il, c'est de l'effrayer pour qu'il puisse se sauver. Brandissant son glaive à deux mains, il sortit de sa cachette.

Ce fut là son erreur. Debout devant la porte ouverte, le dragon surveillait la cour. Il dut pourtant sentir sa présence car, tout à coup, il pivota d'un bloc pour lui faire face. Cependant, loin de fondre sur l'ennemi, il se figea. Comme son adversaire n'attaquait pas, Thelvyn hésita. Peut-être était-ce bien un petit, finalement ? Peut-être était-il paralysé d'effroi ? Au même moment, un autre dragon surgit des ténèbres pour se ruer sur lui. Pris au dépourvu, Thelvyn réagit instinctivement et, balançant son glaive de côté, le visa à la tête. La première décharge s'écrasa contre un bouclier magique qui se désintégra sous le choc et la seconde frappa le dragon entre les deux yeux. Assommé, il perdit connaissance. Mais, emporté par son élan, il glissa sur le sol pour percuter Thelvyn de plein fouet, l'écrasant contre la muraille. Pris en étau entre la paroi et l'énorme masse inerte, Thelvyn crut périr étouffé.

Quand il réussit enfin à s'extirper pour affronter son premier adversaire, il reçut un coup de queue qui le catapulta à l'autre bout du couloir. Il perdit l'équilibre, lâcha son glaive pour amortir sa chute et heurta le mur opposé. Avant qu'il n'ait pu se redresser, son rival était déjà sur lui, s'échinant à lui tordre les bras pour l'immobiliser. Jamais aucun dragon n'avait essayé de le capturer auparavant et Thelvyn ne s'attendait pas à ce genre de tactique. Las ! c'était sans doute la meilleure qu'un dragon puisse employer contre lui. Son armure le protégeait des coups, mais elle ne pouvait lui procurer la force de résister à la poigne de fer d'une créature aussi puissante. Désarmé et privé de sa liberté de mouvement, Thelvyn se retrouvait sans défense.

Sûr de son fait, le petit dragon d'or emprisonna les bras de sa victime pour la clouer au sol, puis s'acharna sur les fermoirs de son heaume. Ses serres étaient trop longues pour qu'il parvienne aisément à les soulever, mais à force de griffer et de triturer en tous sens, il parvint à ses fins et arracha l'armet pour le jeter au loin. Pour la première fois de sa vie, Thelvyn se voyait terrassé par un dragon. D'un seul coup de patte, celui-ci pouvait lui briser la nuque et régler le problème du Chevalier-Dragon d'une manière aussi radicale que définitive.

Tout à coup, le dragon sursauta avec un hurlement de douleur, relâchant brusquement son emprise. Thelvyn en profita pour lui échapper et se précipita sur son glaive. Quand il se retourna, Messire George se tenait à côté de son adversaire qui se débattait furieusement. Arc-bouté sur ses jambes, la main refermée sur son manchon, le vieux chevalier retirait le pic qu'il avait enfoncé jusqu'à la garde dans le flanc gauche du dragon. Il avait visé juste : au niveau du cœur. Libéré, le dragon recula sur ses postérieurs, tout chancelant, et tomba brusquement à la renverse. Messire George venait d'accomplir l'impossible : tuer un dragon d'une seule main.

Thelvyn jeta un rapide regard circulaire. Le dragon qu'il avait assommé s'était réveillé et semblait déjà prêt à reprendre l'offensive. Pourtant, au lieu de charger bille en tête, il se réfugia dans l'ombre à reculons, s'assit et commença à exécuter des signes cabalistiques avec ses griffes. Bon sang ! songea Thelvyn, stupéfait. Ce dragon-là pratique la magie des mortels ou je ne m'y connais pas ! S'il avait cédé à la curiosité, il aurait volontiers attendu pour voir de quoi il retournait. Mais c'était prendre un gros risque et, le jeu n'en valant pas la chandelle, il leva son arme pour foudroyer une nouvelle fois son rival qui retomba sur le sol, inerte.

Il alla récupérer son heaume, tout en scrutant les coins sombres de la pièce. Aucun dragon n'avait accouru à la rescousse, mais il était désormais persuadé qu'il y en avait d'autres, dissimulés dans l'obscurité des couloirs du palais. Il faut faire vite, maintenant, songea-t-il en coiffant son armet. Je dois les débusquer avant qu'il ne soit trop tard.

— C'est bizarre, commenta Messire George, qui le rejoignait après avoir vérifié de plus près l'état de leurs assaillants. Ces deux-là sont morts. Même celui que tu t'es contenté d'assommer. Un dragon, si jeune soit-il, devrait résister mieux que ça.

— Et ce n'est pas tout, renchérit Thelvyn à mi-voix. Celui qui m'a emprisonné dans ses serres n'avait pas la force d'un dragon et l'autre employait des sorts de mortels. Vous aviez raison, ces deux-là ne sont pas de vrais dragons. Je les soupçonne même d'être des humains changés en dragons par magie. Et vous voyez de qui je veux parler...

— Ce n'est pas faute d'avoir été avertis, lui rappela Messire George. (Il lui agrippa subitement le bras.) Regarde !

Le cadavre du dragon que le vieux chevalier avait poignardé s'agitait sur le sol, comme pris de convulsions. Soudain, il se ratatina d'un seul coup pour prendre la forme d'un homme, un homme au teint cuivré et aux cheveux roux, drapé d'une longue robe à col rigide.

— Un pyromage ! s'exclama Thelvyn dans un souffle. Alessa ne nous avait pas menti. Je n'ai plus une minute à perdre. J'espère que Jherridan est encore en vie et j'ai intérêt à me dépêcher si je veux qu'il ait une chance de le rester. Et, cette fois, je tiens à ce que vous demeuriez en arrière. Les choses commencent vraiment à se gâter. Je suis sûr que ces fourbes de pyromages me réservent quelques mauvaises surprises de leur cru — sinon, ils ne m'auraient pas attendu pour filer — et je crains le pire.

Il se précipita dans le grand couloir qui menait au cœur du palais. Sachant qu'il avait affaire à des magiciens, il n'osait imaginer dans quelle sorte de pièges il pouvait tomber. Cependant, avec la haute opinion qu'ils avaient d'eux-mêmes, les pyromages avaient toujours tendance à sous-estimer leurs adversaires. Je ne dois pas avoir grand-chose à redouter, se dit-il pour se rassurer. Le tout, c'est de rester vigilant.

Comme il passait le coin du couloir, il vit une flaque de lumière sur le sol, juste devant la Salle du Trône. Il hésita un instant, puis se dirigea prudemment vers les portes grandes ouvertes en longeant le mur. Parvenu à l'entrée, il s'adossa contre la paroi et risqua un coup d'œil à l'intérieur. Au centre de la pièce, une énorme sphère de cristal reposait sur un trépied de métal noir. C'était du cristal lui-même qu'émanait la lumière : une sorte de halo d'un blanc étincelant qui formait un cercle blafard sur les dalles, refoulant l'obscurité dans les coins de la salle. Derrière le cristal, dressé sur l'escalier conduisant au trône, se tenait le plus gros dragon d'or qu'il ait vu cette nuit-là.

Saisissant son glaive à deux mains, Thelvyn franchit le seuil. A peine faisait-il un pas que deux dragons sortaient de l'ombre, de part et d'autre de la porte, pour lui couper toute retraite. Au pied de l'estrade gisait un corps drapé d'une ample robe d'écarlate bordée d'hermine. Jherridan ! se dit aussitôt Thelvyn. Peut-être n'est-il pas trop tard ? Peut-être est-il seulement blessé ?

Il brandit bien haut sa massive lame magique et s'avança entre les rangées de bancs, sur l'étroit tapis qui conduisait au trône. L'orbe de cristal se trouvait droit devant, lui barrant le chemin. A coup sûr, un champ de force qui décuple la puissance des sorts, songea-t-il. Ainsi, dans la bataille qui s'annonçait, ni la force physique, ni les talents de guerrier n'entreraient en ligne de compte. Seuls, la ruse, le pouvoir de concentration et la maîtrise de la magie feraient la différence. A ce petit jeu-là, se dit Thelvyn, face à un dragon d'or ou à un pyromage expérimenté, je n'ai aucune chance. Je n'ai plus qu'à m'en remettre aux sortilèges de mon armure.

Le dragon d'or descendit de son piédestal pour se placer juste derrière le cristal. Thelvyn s'immobilisa et se campa fermement sur ses jambes, prêt à parer l'offensive. Le premier assaut n'allait plus tarder. C'est à ce moment précis qu'il aperçut Messire George. Le vieux chevalier se faufila au fond de la galerie et se rencogna dans l'ombre, sur le flanc droit de l'estrade, prêt à voler au secours du roi. Il faut que je gagne du temps, résolut Thelvyn. Assez, en tout cas, pour qu'il puisse tirer le corps de Jherridan en lieu sûr.

— Ton apparence ne m'effraie pas plus qu'elle ne m'abuse, lança-t-il avec défi. Tes pouvoirs ne peuvent rivaliser avec ceux des sorciers de Blackmoor, et tu le sais aussi bien que moi.

— Certes. Mais, sans eux, que deviendrais-tu ? rétorqua le dragon sur le même ton. Pourras-tu te mesurer à moi, si tu n'as plus la puissance du Chevalier-Dragon pour te protéger ?

Tout à coup, Thelvyn eut l'impression qu'une chape de plomb s'abattait sur ses épaules. Son harnois avait toujours été un peu encombrant, certes, mais il ne lui avait jamais semblé plus lourd qu'une simple cuirasse matelassée. C'était la première fois qu'il en éprouvait véritablement le faix et, fichtre ! mais il pesait un homme mort ! Il comprit aussitôt ce qui se passait. Ce qu'aucune magie adverse n'était jamais parvenue à accomplir, cet orbe maudit, lui, le pouvait. Thelvyn ne savait pas exactement comment il agissait. Peut-être réussissait-il à annuler l'effet des sortilèges ou, au contraire, à en drainer l'énergie pour la retourner contre celui qu'ils étaient censés protéger ? Quoi qu'il en soit, et si incroyable que cela puisse paraître, cette misérable boule de cristal réussissait bel et bien à pénétrer les défenses magiques du Chevalier-Dragon.

Les trois dragons passèrent à l'attaque en même temps, projetant la patte en avant pour lui décocher une lance aveuglante. Il eut la sensation de recevoir trois gigantesques épieux dardés par des catapultes.

Son armure ensorcelée amortit le choc, mais elle n'avait déjà plus assez de pouvoir pour le protéger efficacement. Les boucliers intégrés se déclenchèrent, mais ils ne firent guère qu'émousser le tranchant des projectiles sans en amoindrir l'impact. Thelvyn tomba à genoux, le souffle coupé. Il savait pourtant que le combat ne faisait que commencer. Rassemblant son courage, il se prépara à endurer les salves magiques qui se mirent alors à le mitrailler sans relâche. Chaque fois, il avait l'impression qu'une gigantesque massue d'acier chauffée à blanc martelait son armure. Il commençait à étouffer : les plates métalliques de son harnois fumaient comme si elles étaient sur le point de fondre. Il faut que je tienne encore un peu, s'exhortait-il. Il devait laisser le temps à Messire George de conduire le roi en sûreté. Si, à ce moment-là, les dragons l'avaient attaqué de front, jouant de leurs serres ou du terrible fouet de leur queue pour lui briser les os, jamais il n'aurait pu y survivre. Mais ces trois-là craignaient trop les pouvoirs du Chevalier-Dragon pour oser l'approcher. L'indéniable avantage de la magie, c'est qu'elle leur permettait de combattre à distance.

Thelvyn se protégea de la seule manière dont il pouvait encore le faire : en utilisant un sort élémentaire, à la portée du premier apprenti magicien venu. Il réservait les pouvoirs du Chevalier-Dragon à sa contre-attaque et devait ménager les sortilèges de son armure. Il savait que l'occasion ne se présenterait pas deux fois et comptait porter un coup décisif. Cependant, il lui fallait à tout prix parer ces lances de feu qui le pilonnaient dans le dos, sous peine de finir en... rôti bardé d'acier ! Il baissa la tête pour s'absorber dans son incantation. Il aurait besoin de toute sa force de concentration pour maintenir son bouclier en place. A la moindre seconde d'inattention, le mur invisible se désintégrerait et il ne pourrait plus utiliser ce sort avant de l'avoir à nouveau mémorisé. Quand il osa enfin se redresser, Messire George et le roi avaient déjà disparu.

Le moment tant attendu était arrivé : il allait enfin pouvoir passer à l'offensive. Mobilisant ses dernières forces, il se leva et brandit son glaive. Son bouclier magique se désagrégea aussitôt. Il devait désormais s'en remettre uniquement au peu de pouvoirs que son armure possédait encore pour se défendre. Il tendit sa lame à bout de bras, la pointe dirigée sur l'orbe de cristal. Le dragon d'or réagit immédiatement et se plaça devant l'artefact pour lui faire un rempart de son corps.

Thelvyn savait pertinemment qu'il n'était pas de taille à rivaliser avec des pyromages chevronnés. En matière de magie, il n'avait tout simplement pas l'expérience nécessaire. Il ne lui restait donc plus qu'un seul recours : faire appel à ses pouvoirs cléricaux. Puisque, d'où il était, il ne pouvait atteindre le cristal sans se débarrasser d'abord du dragon qui le défendait, il n'avait plus... qu'à changer de place ! La téléportation n'était certes pas un sort de clerc ordinaire ; mais, après tout, il n'avait rien d'un clerc ordinaire. A peine formulait-il mentalement sa prière qu'il disparaissait pour réapparaître de l'autre côté de la sphère de cristal, dans le dos du dragon. Stupéfait de le voir se volatiliser dans les airs sous ses propres yeux, ce dernier hésita un instant, puis tourna la tête en tous sens. Enfin, percevant la menace, il se retourna d'un bond. Mais déjà Thelvyn invoquait la puissance destructrice de sa lame en l'abattant de toutes ses forces sur l'orbe étincelant. De multiples fissures lézardèrent la surface du cristal qui, libérant toute son énergie, explosa dans une gerbe de flammes. Emporté par la bourrasque, Thelvyn fut catapulté contre le mur avec une violence inouïe. Heureusement, les sortilèges de son armure avaient retrouvé toute leur puissance à la seconde où l'orbe volait en éclats. Le bouclier corporel se déclencha automatiquement pour amortir le choc.

Thelvyn n'en fut pas moins assommé. Pendant un bon moment, il fut incapable de bouger, luttant désespérément pour recouvrer ses esprits en même temps que son souffle. Sa tête carillonnait à toute volée et il ne sentait plus ses membres. Quand il réussit enfin à fixer son regard, il ne vit que nuages de fumée et flammes dévorantes. Il lui sembla qu'il pleuvait des blocs de pierre. Il ferma les paupières et attendit que la douleur martelant ses tempes veuille bien s'estomper. Enfin, quand il eut les idées assez claires pour essayer de se relever, il sentit une main le saisir par le bras pour l'aider. Il se laissa soulever et s'appuya pesamment du bras gauche sur l'épaule secourable, tout en ôtant son heaume de la main droite. Messire George se tenait à ses côtés.

Il rengaina son glaive et regarda autour de lui. La déflagration avait littéralement soufflé la Salle du Trône et tout ce qui se trouvait au-dessus. Il n'y avait même plus de toit, seulement un immense trou ouvert sur la nuit. Les murs avaient été pulvérisés et, projetés à travers l'espace comme des boulets de baliste, les moellons avaient tout balayé sur leur passage. La seule muraille qui ait résisté était précisément celle contre laquelle Thelvyn était venu finir sa course. Par chance, elle s'appuyait sur les remparts de la cité et bénéficiait de leur solidité à toute épreuve. Poutres, lambris, balustrades, escaliers, galeries suspendues, meubles, rayonnages... ce n'était pas le bois qui manquait ici — étant le matériau le plus courant et le moins onéreux du royaume, il régnait en maître à tous les étages. Autant dire que le tiers du palais était en feu.

Aucun des trois dragons n'avait survécu au désastre. Leurs cadavres à moitié carbonisés gisaient sous les gravats.

— La méthode est efficace, mais peut-être un peu extrême, commenta doctement le vieux chevalier.

Thelvyn secoua la tête.

— Je n'y suis pour rien. Cet orbe était un véritable concentré d'énergie magique. Je n'ai jamais vu pareille puissance. Quand je pense qu'il a presque réussi à annihiler les pouvoirs de mon armure ! Je n'en reviens pas. Nous avons eu de la chance qu'il ne rase pas la moitié de la ville. Avez-vous réussi à sauver le roi ?

— Il était déjà mort. Ils l'avaient broyé comme tous les autres. J'ai abandonné sa dépouille dans l'entrée.

L'incendie menaçait de ravager l'intégralité du palais et tous deux risquaient de périr asphyxiés par la poussière et la fumée s'ils ne sortaient pas de là au plus vite. Messire George aida Thelvyn à se frayer un chemin à travers les décombres. Quand ils arrivèrent devant le cadavre du plus gros des dragons, ils ne trouvèrent plus qu'un corps humain affreusement calciné. Il était cependant aisément identifiable.

Comme Thelvyn s'y attendait, c'était Byen Kalestraan.

3

Thelvyn et Messire George émergèrent du déluge de flammes et de fumée comme des naufragés rejetés sur la plage après la tempête : étourdis, désorientés et presque surpris d'être encore en vie. C'est alors seulement qu'ils mesurèrent vraiment l'ampleur du désastre. L'explosion de l'orbe de cristal avait ravagé près d'un tiers du palais. Le feu s'était déclaré dans la Salle du Trône, puis avait progressivement gagné les pièces attenantes, se propageant lentement à travers les ruines : maigre pitance, il est vrai, pour cet ogre que rien ne semblait jamais devoir rassasier. Mais il venait maintenant d'atteindre les parties épargnées par la déflagration et trouvait là tentures, tapis, boiseries et mobilier intacts : de quoi alimenter un gigantesque brasier. Redoublant de vigueur, il s'en donnait à cœur joie et dévorait tout sur son passage, tant et si bien qu'il menaçait d'embraser la cité tout entière. Affolé par les proportions que prenait l'incendie, Thelvyn résolut de faire appel à ses pouvoirs cléricaux. Les flammes disparurent instantanément, comme on mouche une chandelle. Rassuré, il s'affaissa, à bout de forces. Il lui tardait de rentrer chez lui pour prendre un peu de repos. Il n'osait cependant quitter les lieux. Sous peu, la panique s'emparerait de la ville et il préférait rester sur place pour endiguer les débordements. Il était perclus de douleurs et transpirait sous son armure dont l'étreinte, habituellement si rassurante, brusquement l'oppressait. Il l'aurait volontiers téléportée si, craignant l'irruption de nouveaux agresseurs, Messire George ne l'en avait dissuadé. Le vieux chevalier lui accorda tout de même quelques minutes de répit et, assis par terre, adossé contre un mur, la tête courbée sur la poitrine, son heaume posé sur les genoux, l'esprit étrangement vide, Thelvyn s'efforça de récupérer assez d'énergie pour affronter les inévitables problèmes qui l'attendaient.

L'incendie du palais réveilla toute la cité et les secours arrivèrent promptement. Le capitaine de la garnison stationnée à la porte nord accourut au pas de gymnastique. On le dirigea aussitôt vers Thelvyn qui lui dicta ses instructions. Une partie de ses hommes éteindraient les derniers foyers d'incendie, tandis que les autres prendraient position aux portes de la capitale et sur les remparts pour repousser d'éventuels assaillants. Quand les miliciens commencèrent à affluer, Thelvyn en envoya une escouade à l'Académie, avec la consigne de ne laisser sortir personne, et ordonna au reste de fouiller le palais pour chercher les survivants, faire soigner les blessés et évacuer les cadavres. Enfin, estimant qu'aucune autre mesure ne pourrait être prise avant le lendemain matin, il rentra se coucher.

Au réveil, il était encore plus mal en point. Les pyromages n'étaient certes pas parvenus à le priver définitivement de ses pouvoirs, mais ils les avaient tout de même neutralisés assez longtemps pour qu'il ait reçu quelques bons coups de boutoir, dont tout son corps gardait le cuisant souvenir, et l'explosion du cristal l'avait projeté contre le mur avec une telle violence que, sans son bouclier magique, il n'y aurait pas survécu. Il souffrait de mille maux et la cloche qui lui servait de tête carillonnait toujours à toute volée. Il s'inquiétait aussi pour son armure que la bataille n'avait pas épargnée. Mais, apparemment, si brève qu'elle ait été, une bonne nuit de sommeil avait fait plus de miracles pour elle que pour lui. Quand il l'invoqua pour constater les dégâts, il fut stupéfait de la retrouver intacte. Décidément, les sorciers de Blackmoor avaient tout prévu.

Malheureusement, il ne pourrait guère prendre davantage de temps pour se remettre de ses émotions car, bien qu'il s'en soit volontiers abstenu, Thelvyn savait qu'il devait retourner au palais au plus tôt. En sa qualité de Commandant en chef de l'Armée des Hautes-Terres, il était désormais le plus haut personnage du royaume : tant qu'un nouveau monarque ne prendrait pas la relève, il devrait assumer la régence. La loi flaemoise exigeait de tout souverain qu'il désigne son successeur par testament, mais, vu la propension des Flaems à se croire invulnérables, il doutait fort que le feu roi y ait seulement songé. En tout cas, il ne se souvenait pas l'avoir entendu mentionner le nom de l'infortuné qui hériterait de la couronne.

C'est alors seulement qu'il prit pleinement conscience de la gravité de la situation. Le roi et le Supérieur de l'Académie étaient morts. La responsabilité de protéger la population des Hautes-Terres incombait donc désormais au commandant de l'armée. Or, le hasard avait voulu qu'il ait été promu à cette dignité au moment même où, s'apprêtant à faire la guerre à un ennemi qu'il ne pouvait vaincre, le royaume se trouvait brusquement décapité. Il avala à la hâte son petit déjeuner et demanda à Messire George de l'accompagner au palais. Il envoya ensuite un message à Alessa Vayledaar — qui avait été convoquée dès l'aube à l'Académie — la priant de bien vouloir les rejoindre au plus vite. A ses yeux, elle incarnait désormais la seule autorité compétente pour représenter la Guilde des Mages du Peuple Flaem. Il restait peut-être d'autres magiciens plus expérimentés à l'Académie, mais il était impossible de savoir, pour l'heure, s'ils n'avaient pas trempé dans l'assassinat du roi.

Outre quelques petits nuages blancs accrochés au sommet des Monts du Colosse, le ciel était dégagé et le soleil brillait comme un sou neuf. Sur cette toile de fond idyllique, la silhouette calcinée du palais n'en paraissait que plus sinistre. Quoique les dommages ne soient guère manifestes, vus de l'extérieur — les remparts dissimulant aux curieux l'ampleur du désastre —, il avait été amputé de près d'un tiers de sa superficie. Les miliciens avaient déjà commencé à entasser dans la cour intérieure tout ce qui avait pu être sauvé du sinistre et ce capharnaüm d'objets hétéroclites et de meubles à moitié brûlés donnait toute la mesure de la catastrophe.

En arrivant, Thelvyn mena sa petite enquête. Il entendait bien comprendre comment les choses s'étaient passées et ne voulait négliger aucun détail. Plus de quarante soldats de la Garde Royale avaient trouvé la mort et, parmi les gens du roi, aucun n'avait survécu. La plupart avaient été tués dans leur lit. De tous ceux qui étaient sur place quand les pyromages étaient arrivés, seul Taëryn était sauf ; et ce, uniquement parce que Kalestraan l'avait envoyé chercher le Chevalier-Dragon pour le faire tomber dans le piège qu'il lui avait tendu. Thelvyn n'aurait pas osé demander au petit page de retourner si tôt au palais. Il savait combien la disparition du roi l'attristait — sans compter celle de tous ses compagnons affectés, comme lui, au service de Sa Majesté. Mais c'était Taëryn lui-même qui avait insisté pour s'y rendre dès le matin. Le jeune valet ne manquait assurément pas de courage. Il saurait garder son sang-froid, disait-il, en un moment où on aurait plus que jamais besoin de lui.

Quand Alessa Vayledaar revint au palais, en milieu de matinée, il s'empressa de l'escorter auprès de Thelvyn qui attendait impatiemment son rapport. Le complot concernait, semblait-il, dix-huit des plus éminents membres de l'Académie. Seuls cinq d'entre eux avaient physiquement pris part au coup de main et aucun n'en était réchappé. Bien que Thelvyn ait fait boucler le périmètre moins d'une heure après l'attaque, les treize autres avaient réussi à s'enfuir. Jusqu'à nouvel ordre, Alessa Vayledaar assumerait donc la direction de l'auguste institution, assistée par l'un des plus vieux enseignants de l'Ecole de Magie qui avait accepté de délaisser ses précieux grimoires en attendant la nomination du nouveau Supérieur en titre.

Inutile de dire que les événements de la nuit avaient sérieusement entamé le prestige et la crédibilité des « gardiens de la Loi et de la Tradition du Peuple Flaem ». Jherridan Maarsten était un souverain aimé et respecté de ses sujets. Or, non seulement les pyromages l'avaient tué, mais ils l'avaient assassiné pour satisfaire leurs ambitions politiques. Bien évidemment, dans son plan, Byen Kalestraan supprimait le roi et le Chevalier-Dragon, rejetait la faute sur les dragons et s'emparait du pouvoir avec la bénédiction du peuple, trop content de trouver un homme fort pour prendre les rênes du royaume en pleine débâcle. Mais, maintenant que sa trahison était publiquement établie, l'ignominie en rejaillissait sur tous les autres membres de la Guilde. La colère des Flaems à leur encontre était telle qu'ils ne pourraient sans doute plus jamais recouvrer ni les hautes fonctions qu'ils avaient occupées, ni l'influence déterminante qu'ils avaient exercée. Eminences grises du souverain, les pyromages avaient eu leur heure de gloire, mais, loin de leur procurer le pouvoir qu'ils briguaient, la mort de Jherridan sonnait le glas de leur hégémonie.

Finalement, à qui profitait le crime, si ce n'était... au Chevalier-Dragon lui-même ? Thelvyn avait déjoué le complot, démasqué les félons et risqué sa vie pour sauver leur monarque bien-aimé : les Flaems l'encensaient. La dépouille de Jherridan n'était pas encore refroidie qu'ils le voyaient déjà revêtir son manteau d'hermine. Que de tels xénophobes envisagent de céder la couronne à un étranger relevait pourtant de l'inconcevable. S'il avait encore été de ce monde, ce brave Mage Eddan en aurait avalé son livre de sorts ! Pour Thelvyn, tout cela n'était que rumeurs sans fondement : il s'en moquait comme d'une guigne. Il avait déjà bien assez de problèmes à régler sans s'occuper de ces fadaises. Deux questions fondamentales le taraudaient, notamment, et il lui tardait de retrouver ses compagnons pour leur en parler. Il ne put cependant les rejoindre avant l'heure du dîner, servi d'ailleurs fort tard en raison de son absence.

— J'ai un mauvais pressentiment, fit-il d'entrée. Je sais que les dragons accusent les pyromages de leur avoir volé un de leurs plus précieux trésors et qu'ils tiennent absolument à le récupérer. Je sais ce que c'est et je sais aussi que ce n'était pas ce que j'ai détruit hier soir. Or, Kalestraan n'aurait pas volé le Collier des Dragons s'il n'avait convoité les pouvoirs que cet artefact était supposé lui procurer. Pourtant, à quoi pouvait bien lui servir son orbe de cristal, si ce n'est précisément à décupler ses pouvoirs ? Et pourquoi aurait-il volé le Collier des Dragons puisqu'il détenait déjà les pouvoirs dont il avait besoin pour parvenir à ses fins ?

— Kalestraan a effectivement dérobé quelque chose aux dragons, avoua Alessa du bout des lèvres.

J'ignore cependant de quoi il s'agit. Et, maintenant que tous ses complices sont, soit morts, soit en fuite, je ne vois pas comment nous pourrions le retrouver.

— Ça doit avoir un rapport avec cette fameuse source de magie que vos chers confrères ont découverte ici, suggéra Thelvyn.

— Vous étiez au courant ! s'exclama Alessa, stupéfaite.

— C'est Kalestraan lui-même qui nous l'a révélé, quand nous sommes venus à Braejr pour la première fois, lui précisa Messire George. Il prétendait que la portée en était très limitée et c'est même le prétexte dont il s'est servi pour justifier l'échec de ses pairs face aux dragons rebelles il y a cinq ans. Il a invoqué cette même raison pour expliquer à Thelvyn pourquoi sa cape magique cesserait de fonctionner s'il avait le malheur de s'enfoncer un peu trop avant dans la Frontière. En tout cas, à l'époque, il ne risquait rien à nous dévoiler ses petits secrets puisque, de toute façon, il nous envoyait tous à la mort.

— Byen Kalestraan était un fieffé imbécile ! assena Alessa avec aigreur. Le pouvoir dont il vous a parlé s'appelle la Radiance. Seuls les pyromages les plus expérimentés sont censés en connaître l'existence. Or, eux-mêmes en ignorent la provenance et la nature exacte. Parmi ces derniers, rares sont ceux qui savent vraiment en quoi il consiste, excepté peut-être les mages parvenus au faîte de leur puissance. Je n'en fais hélas pas partie. J'ai néanmoins réuni assez d'éléments pour avoir ma petite idée sur la question.

— Mais encore ? l'encouragea Thelvyn.

— C'est un gigantesque gisement d'énergie magique à l'état latent. Les pyromages l'ont mis au jour avant même que notre peuple ne vienne s'installer en ce monde. A cette époque, les Flaems parcouraient toujours l'univers à la recherche des Alphatiens. La

Radiance leur est tout de suite apparue comme l'arme fatale dont ils useraient pour défaire leurs ennemis honnis. C'est pourquoi les Flaems ont élu domicile sur cette terre : parce que c'était là que se trouvait la Radiance et que les pyromages avaient bien l'intention de s'en servir. Comme vous le savez, la première capitale des Hautes-Terres n'était autre que Braastar, qui demeure, aujourd'hui encore, la plus grande cité du royaume. La région de Braejr n'était alors qu'un vaste marécage insalubre, une contrée inhospitalière où nul n'osait s'aventurer. Ce qui arrangeait bien mes prédécesseurs qui voyaient là un gage de sécurité supplémentaire pour leur précieuse source de magie : elle ne risquait pas d'être découverte. Mais, plus tard, quand ils ont commencé à savoir l'utiliser, ils ont préféré veiller sur elle de plus près et ils ont poussé le premier archiduc à transférer la capitale des Hautes-Terres de Braastar à Braejr.

— Mais ils ne savent toujours pas ce que c'est exactement, intervint Messire George.

— Non. Ce ne sont pourtant pas les hypothèses qui manquent sur le sujet. La plus prisée, et la plus logique, voudrait qu'il s'agisse d'une source d'énergie magique d'origine naturelle et que nous ne parvenions pas encore à l'analyser — et encore moins à la maîtriser, évidemment — parce que cette sorte de magie nous est totalement étrangère. Certains voient en elle un don des Immortels, preuve de la justesse de notre cause contre les Alphatiens puisque les dieux la soutiennent.

— L'arrogance de ces cuistres ne cessera jamais de m'étonner ! fit Solveig en levant les yeux au ciel.

— Comme vous semblez le savoir, si le pouvoir de la Radiance est colossal, la portée en est cependant limitée, poursuivit Alessa. C'est effectivement ce qui a posé un fameux problème à Kalestraan dans la guerre qui nous a opposés aux dragons il y a cinq ans. Nos pyromages étaient bel et bien parvenus à concentrer assez d'énergie magique pour soumettre un dragon. Du moins, tant qu'ils restaient à Braejr, car, quand ils ont voulu passer de la théorie à la pratique en se rendant à la Frontière pour confronter un dragon en chair et en os, leur sortilège n'a pas fonctionné.

— Dans ce cas, comment Kalestraan croyait-il donc se débarrasser des dragons après nous avoir assassinés, Jherridan et moi ? demanda Thelvyn. Comptait-il donc sacrifier la Frontière ? Aurait-il laissé les dragons ravager tout le Nord et arriver jusqu'ici pour qu'ils se trouvent dans la sphère d'influence de la Radiance ?

— Je suppose, répondit Alessa avec une moue dubitative. En tout cas, s'il avait autre chose en tête, j'ignore de quoi il s'agissait. C'est bien pourquoi j'enrage que tous ses complices aient réussi à nous échapper. Non seulement, ils devaient connaître ses plans, mais, de plus, ce sont eux qui comprennent le mieux comment fonctionne la Radiance. Or, si nous voulons régler notre problème avec les dragons au plus vite, il se pourrait fort que nous en ayons sérieusement besoin. Et puis, ils sont aussi les seuls à savoir où se trouve l'artefact qu'ils ont volé aux dragons.

Thelvyn secoua la tête.

— Les plans de Kalestraan ne tenaient pas debout, de toute façon. S'il pensait anéantir une armée de dragons en s'appuyant uniquement sur la puissance de la Radiance, il s'était une fois de plus surestimé. Tout comme il s'est fourvoyé en s'imaginant que son orbe magique parviendrait à briser définitivement les sortilèges de mon armure. Toute puissante qu'elle soit, la Radiance ne m'a pas davantage empêché d'utiliser mes talents de clerc ou de magicien.

— Je m'étais bien doutée que vous étiez clerc. Mais vous ne voudriez tout de même pas me faire croire que vous êtes aussi magicien ? s'écria Alessa avec une flagrante incrédulité.

— Le terme de « magicien » est peut-être un peu excessif, en ce qui me concerne, se reprit Thelvyn, brusquement conscient qu'il en avait déjà beaucoup trop dit. Mais nous avons mieux à faire, en ce moment, qu'à nous perdre en vaines conjectures, surtout quant aux desseins de vieux pyromages que leur bêtise a déjà fait passer de vie à trépas. L'urgence, maintenant, c'est de trouver un remplaçant à Jherridan. A ma connaissance, il n'a aucun héritier direct. La loi flaemoise voudrait donc qu'il ait désigné son successeur dans son testament. Je me suis empressé de chercher ce document ce matin. J'ai aussi tenu à ce que la lecture des dernières volontés du feu roi se fasse en présence de témoins irréprochables. Je n'aurais pas voulu que les ducs puissent m'accuser de les avoir falsifiées. J'ai donc convoqué au palais les plus hauts dignitaires de la Cour, et j'ai bien fait.

— Que veux-tu dire par là ? s'inquiéta Messire George en fronçant les sourcils. Jherridan a bien nommé son successeur, n'est-ce pas ?

— Oh oui ! Pour le nommer, il l'a bel et bien nommé, assurément, soupira Thelvyn en plantant ses coudes sur le bord de la table avec une mine accablée. L'ennui, c'est que le successeur en question... c'est moi !

— Diantre ! Félicitations, mon garçon ! s'exclama Messire George avec un sourire jusqu'aux oreilles.

— Tâchez donc d'être un peu sérieux, pour une fois ! le rabroua Thelvyn. Une chose est certaine : je ne veux pas être roi des Hautes-Terres. De toute façon, je suis persuadé que c'est incompatible avec mon devoir de Chevalier-Dragon. Je pourrais encore garder un œil sur les affaires du royaume pendant un petit moment, à la rigueur ; mais les Flaems vont devoir se trouver un autre souverain. Le problème, c'est que la loi flaemoise n'a probablement pas prévu ce cas d'espèce et qu'en dehors du testament du roi il n'y a sans doute aucun moyen de désigner un monarque. Les ducs ont nommé Jherridan archiduc par commodité et lui-même s'est institué roi, sans rien demander à personne. En temps normal, ce sont les pyromages qui statuent sur les questions de législation. Mais la Guilde a perdu toute crédibilité et il y a peu de chances pour que ça change avant longtemps. Il ne reste donc plus que les ducs pour trancher et j'ai bien peur qu'ils n'y parviennent jamais. Ils se méfient trop les uns des autres pour reconnaître l'un des leurs pour roi.

— Je vais atteler mes confrères à la tâche, annonça Alessa. Nous allons étudier la loi de plus près à ce sujet. Peut-être y a-t-il eu un précédent ? L'histoire du Peuple Flaem n'a pas commencé avec Jherridan Maarsten : il n'a fait que rétablir la monarchie. Rien ne prouve qu'il n'ait pas existé autrefois une assemblée qui aurait eu tout pouvoir d'élire un souverain. Bien sûr, le plus simple serait encore que Thelvyn accepte de porter la couronne jusqu'à ce que le conflit avec les dragons soit réglé, quitte à désigner lui-même son successeur, le moment venu.

— Oh ! la belle idée ! grogna Thelvyn en se laissant retomber sur le dossier de sa chaise, découragé.

Il se redressa tout à coup, pris d'une subite inspiration.

— Attendez un peu ! Je suis bien placé pour savoir que les Flaems sont sectaires et que, d'après leur tradition, bon nombre de métiers sont interdits aux étrangers, à plus forte raison les charges nobiliaires. Rien ne prouve donc que la loi flaemoise m'autorise à devenir roi.

— Je vais faire des recherches en ce sens, promit Alessa.

Elle but son vin d'un trait, puis se mit à contempler rêveusement son verre vide en le faisant rouler entre ses paumes.

— Cependant... reprit-elle d'un ton préoccupé, il se pourrait fort qu'une telle éventualité n'ait même pas été envisagée. Les Flaems n'ont sans doute jamais imaginé qu'un étranger puisse un jour monter sur le trône. Il n'en est probablement fait aucune mention dans notre législation. Toutefois... loi ou pas loi, la volonté du peuple prime. Si tous les sujets du royaume veulent avoir le Chevalier-Dragon pour roi... eh bien, après tout, rien ne les en empêche.

— Minute ! s'écria Thelvyn. Je ne suis pas en train de défendre mon droit à ceindre la couronne !

— Etant donné la situation critique dans laquelle nous nous trouvons, je crains que vous n'ayez pas vraiment le choix, insista la magicienne. A part vous, qui serait porté en assez haute estime pour se voir conférer le titre de souverain ? Si le royaume sombre dans l'anarchie, ou les dragons nous détruiront, ou les ducs se disputeront le pouvoir comme ils le faisaient avant que Jherridan ne s'arroge la couronne, laissant les Hautes-Terres sans chef et d'autant plus vulnérables. Si les Flaems vous veulent pour roi, vous devez être roi. Quand le calme sera revenu et que la situation se sera éclaircie, il sera toujours temps de discuter. Mais, pour l'heure, le royaume est en danger. Un second n'abandonne pas le navire dans la tourmente quand le capitaine est passé par-dessus bord.

Thelvyn quêta du regard l'appui de Messire George. Mais le vieux chevalier branla du chef avec un geste d'impuissance.

— Alessa a probablement raison, mon garçon. De

toute façon, dans les faits, tu es déjà roi, même si tu n'en as pas encore officiellement le titre.

— J'ai bien l'impression que je vais me retrouver avec une couronne sur la tête, que je le veuille ou non, grommela Thelvyn. J'imagine d'ici la réaction des dragons... Si seulement Kharenndaën pouvait être là !

Le lendemain, Thelvyn comprit qu'en définitive les dragons étaient bien le moindre de ses soucis. La mort ou la fuite des pyromages les plus expérimentés de l'Académie avaient anéanti le système de communication magique qui reliait la capitale à la Frontière. Alessa Vayledaar réussit cependant à réunir assez de magiciens sachant utiliser le pouvoir de la Radiance pour en remettre un nouveau sur pied et la liaison fut rétablie dès le début de l'après-midi. L'ennui, c'était que ce système fonctionnait dans les deux sens. Les ducs ne tardèrent pas à mettre leurs propres pyromages à contribution pour vérifier les inconcevables rumeurs qui se répandaient à travers tout le pays. Aussi furent-ils rapidement informés de la trahison de Byen Kalestraan et de la mort de leur souverain. Leur réaction ne se fit pas attendre.

A peine Jherridan Maarsten avait-il rendu l'âme que tout ce qu'il avait mis tant de temps et d'énergie à construire semblait sur le point de disparaître : la monarchie menaçait de s'effondrer et les Hautes-Terres avec elle. Cependant, sous son règne, les ducs avaient pris goût au pouvoir centralisé. Faire partie d'un royaume unifié présentait tout de même certains avantages, surtout en temps de guerre, et ils n'avaient nullement l'intention de retourner en arrière. Ils voulaient savoir qui le défunt souverain avait choisi pour lui succéder et si le Chevalier-Dragon resterait à Braejr pour gérer le conflit avec les dragons. Thelvyn comprit qu'il ne pouvait plus se permettre d'atermoyer. Il se résigna donc à faire annoncer publiquement que le Roi Jherridan avait nommément désigné Thelvyn Œil de Renard en tant qu'héritier au trône, en s'empressant de préciser toutefois que ce dernier refusait de porter la couronne, mais que le Chevalier-Dragon s'engageait à défendre le royaume jusqu'à la fin du conflit avec les dragons.

En dépit des nombreuses marques de confiance et autres assurances de soutien qu'il avait reçues de toutes parts, Thelvyn avait craint la manifestation d'une violente opposition dans l'opinion à l'annonce de sa nomination officielle. Mais, s'il s'en tenait à la réaction des Braejrois, il n'avait pas d'inquiétude à se faire. Avant même que la nouvelle n'ait été publiée, maints dignitaires de la Cour lui avaient fait parvenir des messages le priant instamment de succéder à Jherridan Maarsten. Ces sollicitations pressantes et répétées l'avaient stupéfié. Il aurait été moins surpris s'il avait vraiment compris à quel point le meurtre du souverain avait touché ses sujets. Tous partageaient le même sentiment : ils avaient été trahis par ceux-là mêmes qui étaient censés défendre, en leur nom, la Loi et la Tradition du Peuple Flaem. Cette blessure était si profonde qu'ils semblaient ne jamais devoir s'en relever. Méfiants par nature, les Flaems avaient une foi aveugle en leur loi et en ses gardiens : les pyromages de la Guilde des Mages du Peuple Flaem. C'était grâce à elle qu'ils étaient demeurés unis au fil de l'histoire et à travers des siècles d'errance : elle était le ciment de la nation flaemoise. Elle réglait toute leur vie. Thelvyn était bien placé pour le savoir, lui qui, jusqu'à sa majorité, avait souffert de la cruauté de ses arrêts auxquels il devait des années de solitude et d'exclusion. Et pourtant, à présent, c'était lui, l'étranger, le paria, qui représentait leur dernier espoir. Le Chevalier-Dragon avait prouvé, par sa bravoure et ses exploits, que l'on pouvait se battre pour eux sans prétendre aux honneurs ou à la gloire et sans chercher à s'emparer du pouvoir. Il était le seul haut personnage du royaume en qui les Flaems pouvaient désormais avoir confiance.

Si Thelvyn répugnait à accepter le titre de roi, il ne pouvait cependant échapper aux devoirs de la charge. Quelles que soient ses réticences, le problème des dragons demeurait toujours en suspens et plus il tardait à réagir, plus ses chances de le régler pacifiquement s'amenuisaient. De toute façon, qu'il le veuille ou non, dans les faits, il avait commencé à gouverner : étant donné l'urgence de la situation, il lui avait bien fallu reprendre en main les affaires du royaume. Pour ce faire, il s'était d'ailleurs déjà installé dans le cabinet privé de Jherridan.

Dès qu'il eut une minute de répit, il fit venir Messire George et Alessa au palais pour discuter de certaines questions confidentielles.

— Je sais que vous vous apprêtiez à reprendre la route pour poursuivre votre quête du Collier des Dragons, dit-il au vieux chevalier. Mais je me demande si c'est bien utile. De toute façon, je doute que vous en ayez le temps. Alessa nous a confirmé que Kalestraan était impliqué dans ce vol et vous pourriez passer des mois à essayer de découvrir quelle bande de renégats lui a prêté main-forte. Ce qui importe vraiment, c'est de savoir ce qu'il a fait de son butin, et il y a de fortes chances pour que la réponse à cette question se trouve à Braejr. Et, plus précisément, à l'Académie.

— Je ne pense pas que cet artefact soit encore dans nos murs, objecta Alessa.

— Non, il n'y est pas, lui répondit Thelvyn. Messire George a récemment mené son enquête et il est formel. Mais il n'a pu perquisitionner que le sous-sol et rien ne prouve qu'en inspectant les autres parties de l'Académie il ne trouve pas certains indices qui nous permettraient d'orienter nos recherches.

— La situation était désespérée, plaida Messire George devant le regard réprobateur que lui adressait la jeune magicienne. Et puis je n'ai rien retiré de cette petite visite improvisée, si ce n'est une leçon d'architecture — fort instructive, au demeurant. Mais, maintenant que Kalestraan n'est plus là pour nous barrer la route, j'avoue que j'approfondirais volontiers mes investigations. J'aimerais beaucoup jeter un coup d'œil à ses archives personnelles, notamment.

— Je les ai déjà parcourues, confessa Alessa en baissant les yeux. Sans résultat.

— Messire George est un chasseur de trésors professionnel, si l'on peut dire, insista Thelvyn. Il a un flair infaillible pour ce genre de chose.

— Je ne vois pas quelle raison j'aurais de vous refuser — en dehors de cette réticence bien naturelle que manifeste tout magicien dès que quiconque s'avise de toucher à son art, concéda-t-elle. Et puis, pour ne rien vous cacher, il ne me déplairait pas de mettre la main sur certains secrets de Kalestraan... Il se peut que nous en ayons besoin pour affronter les dragons, se justifia-t-elle aussitôt.

— Si je découvre quelque chose d'intéressant, je vous le ferai immédiatement savoir. Comptez sur moi, lui promit le vieux chevalier. Au fait, Thelvyn, qu'adviendra-t-il de Seldaëk ? Nous ne pouvons pas le retenir ici, quand tout son peuple est en guerre contre nous.

Thelvyn fronça les sourcils.

— J'aimerais bien qu'il reste à Braejr encore un petit moment. S'il est d'accord, bien entendu. En admettant que nous parvenions à retrouver le collier, nous pourrions requérir ses services pour le rendre à ses légitimes propriétaires. Les renégats que Kalestraan a soudoyés auraient-ils pu le garder pour eux, à votre avis ?

— Ce n'est pas impossible... murmura Messire George d'un air songeur. Mais j'y pense, tout à coup : il pourrait très bien l'avoir dérobé lui-même puisqu'il avait trouvé le moyen de se transformer en dragon. Certes, n'importe quel vrai dragon l'aurait percé à jour au premier coup d'œil. Mais s'il a su garder ses distances, rien n'empêche de penser qu'il soit parvenu à se faufiler dans la cité des dragons et à repartir avec le collier en toute impunité.

— Il puisait ses pouvoirs dans la Radiance, lui rappela Alessa. Il est peu probable qu'il ait réussi à conserver ses facultés de métamorphisme hors des Hautes-Terres.

— A cet égard, je m'en remets entièrement à vous, leur dit Thelvyn. Si nous pouvions récupérer le collier pour le rendre aux dragons, ce serait assurément un argument de poids pour négocier la paix. Mais je n'ose espérer que nous le trouverons à temps. En attendant, je dois me préparer au pire : autrement dit, à une invasion massive du royaume.

— Vous m'aviez demandé d'étudier la législation flaemoise au sujet de la succession au trône, intervint Alessa. Je suis d'ores et déjà en mesure de vous fournir quelques éléments de réponse : premièrement, rien n'indique que le roi doive être d'origine flaemoise. Seul celui qui n'est pas né sur le territoire national ne peut porter la couronne. Qu'il soit ou non un Flaem de souche ne change rien à l'affaire.

— Je suis né à Graez, lui répondit Thelvyn. Et Jherridan m'a octroyé la nationalité flaemoise pour me prendre à son service en tant que conseiller du roi, il y a cinq ans. Il y était bien obligé, puisque seul un sujet du royaume peut recevoir une charge à la Cour.

— Voilà qui justifie pleinement votre nomination

au regard de la loi, approuva la magicienne avec une satisfaction évidente. Deuxièmement, pour ce qui est de refuser la couronne quand vous avez été légalement désigné comme successeur, là, c'est une autre histoire. Apparemment, le devoir qu'a tout sujet flaemois envers la Couronne vous contraint d'accepter, puisque c'est un ordre du roi précédent, fût-il posthume. Pour que vous puissiez y échapper, il faudrait que quelqu'un vous déclare inapte à l'exercice de cette fonction et soit à même de le prouver. C'est la seule clause restrictive. Je crains qu'elle ne puisse s'appliquer dans votre cas.

— Mais je peux quand même renoncer au titre quand je le veux, et en faveur de la personne de mon choix, j'espère ?

— D'après ce que j'ai pu lire, aucune mention contraire ne vous l'interdit.

— J'aime mieux ça, soupira Thelvyn en se calant dans son fauteuil. Cependant, je préfère attendre de voir comment les ducs prennent la chose avant de décider quoi que ce soit. Nous ne pouvons pas risquer une querelle de succession quand les dragons sont à notre porte. Pour peu qu'ils me laissent les coudées franches, les ducs peuvent bien se chicaner autant qu'ils veulent pour s'approprier la couronne. Ça m'est complètement égal. Mieux, ça m'arrange. Pendant ce temps-là, au moins, ils ne prendront pas d'initiative inconsidérée. La situation est déjà bien assez dramatique sans qu'ils viennent encore s'en mêler !

— Les Hautes-Terres ont vraiment besoin d'un nouveau souverain, insista Alessa. Les Flaems se sentent trahis par leurs instances dirigeantes et nous risquons un soulèvement populaire si un roi ne monte pas très rapidement sur le trône.

— J'en ai parfaitement conscience, croyez-moi, lui assura Thelvyn. Mais ma préoccupation majeure, pour le moment, ce sont les dragons. Vous a-t-on signalé des mouvements suspects dans le Nord ? Je ne sais pas s'ils sont déjà au courant de ce qui se passe ici, mais j'ai bien peur qu'ils n'y voient l'occasion rêvée de passer à l'action pour tirer parti de l'instabilité ambiante.

— Les rapports qui me sont parvenus de la Frontière ne mentionnent rien de tel. Mais j'ai tout de même appris quelque chose qui va vous intéresser, j'en suis certaine : nous avons obtenu la preuve formelle que l'embuscade dont vous avez été victime, le soir de la réception de l'ambassadeur, avait été commanditée par Byen Kalestraan. Nous savons également qu'il était en contact avec une bande de renégats et que c'est parmi eux qu'il a recruté les assassins qui vous ont attaqué après avoir pris forme humaine. Ce qui atteste irréfutablement que la trêve n'a pas été rompue à l'initiative des dragons.

Thelvyn secoua la tête d'un air navré.

— Hélas ! je crains que ces révélations n'arrivent beaucoup trop tard ! Le mal est fait. Après les avoir délibérément provoqués, nous ne pouvons tout de même pas espérer voir les dragons fermer les yeux sur nos erreurs passées. Ils ne sont pas près d'oublier et, moins encore, de nous pardonner. En outre, je les soupçonne de profiter de ce conflit pour me mettre à l'épreuve. Ils veulent savoir s'ils ont vraiment quelque chose à craindre du Chevalier-Dragon et, pour cela, il leur faut tester mes limites. C'est le moment ou jamais. Ce qui m'amène au deuxième problème qui me préoccupe : j'ai besoin de ma cape.

Alessa détourna les yeux.

— Les pyromages qui l'avaient conçue ont tous disparu et ils s'étaient bien gardés d'y toucher quand vous la leur avez rendue pour qu'ils lui restituent ses pouvoirs magiques. Ils pensaient que vous n'en auriez plus jamais besoin...

Thelvyn se rembrunit. Pas un instant il n'avait envisagé qu'il pourrait se retrouver cloué au sol alors même qu'une guerre avec les dragons se profilait à l'horizon.

— Vos confrères ne pourraient-ils pas m'en confectionner une autre ? Et, cette fois-ci, qu'ils s'arrangent donc pour que ses pouvoirs ne dépendent pas de la Radiance. Je ne peux pas risquer de me retrouver brusquement privé de mobilité, simplement parce que j'aurais le malheur de m'enfoncer un peu trop profondément dans la Frontière !

— Nous ferons notre possible, dit Alessa en se levant pour prendre congé. Si rien de particulier ne nécessite ma présence à vos côtés, je vous dis donc à ce soir.

— A ce soir ?

— J'habite toujours chez vous, ce me semble, non ?

Elle le salua d'un hochement de tête protocolaire, avec un petit sourire en coin, et sortit.

Le problème de la cape inquiétait Thelvyn bien plus qu'il ne voulait le montrer. Il doutait des compétences des pyromages et craignait fort que le fruit de leurs expérimentations ne soit guère à l'épreuve d'un sort de dragon. Or, s'il ne pouvait combattre les dragons à armes égales, il lui faudrait envisager une stratégie exclusivement défensive. Il devrait se contenter de faire reculer ses troupes postées à la frontière nord pour renforcer les garnisons des cités et des villages. Comment dissuader l'ennemi d'avancer, s'il était dans l'incapacité de l'attaquer ? Il suffirait aux dragons de l'ignorer pour raser toute la contrée si cela leur chantait.

Si, de surcroît, il devait assumer les responsabilités de souverain, il ne serait même plus libre de rejoindre son armée. Il lui faudrait organiser la défense de tout le royaume. Comment y parvenir sans conserver une position centrale ? Autrement dit, il ne pourrait plus quitter Braejr. Ces contraintes ne l'encourageaient que davantage à refuser la couronne. Devait-il néanmoins accepter la régence jusqu'à la fin de la guerre avec les dragons ? Ne ferait-il pas mieux d'exiger la nomination immédiate d'un nouveau roi pour se consacrer pleinement à ses devoirs de Chevalier-Dragon ? S'il ne connaissait toujours pas la réponse à ces questions, il savait au moins une chose : il fallait qu'il prenne une décision, et vite.

Messire George et Alessa avaient bien l'intention de mettre au jour tout ce que Byen Kalestraan s'était fait fort de garder secret. Encore fallait-il savoir où regarder.

— Commençons par son cabinet privé, décréta le vieux chevalier.

— Ce serait un peu trop simple, vous ne croyez pas ? lui fit observer Alessa avec une moue dubitative.

— Kalestraan n'a jamais fait preuve de beaucoup de finesse, que je sache, et ses stratagèmes ne brillaient guère par leur subtilité. Dans son cas, l'endroit le plus évident était sans doute le meilleur.

— Soit ! Mais je l'ai déjà minutieusement inspecté et je n'ai absolument rien trouvé. Pas même le moindre petit bout de parchemin.

— Très encourageant ! s'enthousiasma aussitôt Messire George.

A peine avait-il franchi le seuil qu'il se mettait déjà à l'ouvrage. L'ardeur avec laquelle il s'attelait à la tâche et le manifeste plaisir qu'il y prenait avaient quelque chose de presque provocateur, comme s'il relevait un défi. Chacun de ses gestes semblait dire : « A nous deux, Kalestraan ! » Ce qui ne l'empêchait pas de procéder avec méthode, passant mentalement en revue toute une liste de cachettes qu'il n'avait cessé d'enrichir au cours de sa longue carrière de voleur patenté. Portes dérobées, tiroirs à double fond, niches aveugles... rien ne lui résistait.

— Vous n'êtes certes plus une novice, mais vous êtes encore bien jeune, disait-il à Alessa tout en faisant courir ses doigts le long du manteau de la cheminée. Il faut se détacher de l'enseignement de ses maîtres et rouler sa bosse hors des sentiers battus pour apprendre les ficelles du métier. Tous les magiciens ont des petites choses à cacher et ils aiment mieux recourir à la magie pour les dissimuler. En pareil cas, il est préférable de savoir ce que l'on cherche pour avoir une chance de le trouver.

— Pensez-vous que Thelvyn finira par accepter de monter sur le trône ? demanda distraitement la jeune femme, qui se contentait de le regarder faire tandis qu'il opérait.

— Je pense qu'il va s'y résigner. Il n'a pas vraiment le choix, de toute façon.

— Il mène tout de même une drôle de vie, non ? Je veux dire : il doit se sentir bien seul dans cette grande maison, quand Solveig et vous n'êtes pas là. Il n'a pas beaucoup d'amis, à part vous et ce monstrueux dragon qui habitait chez lui.

— Il s'entend très bien avec « ce monstrueux dragon », lui rétorqua Messire George avec un petit sourire ironique. Mais, si, par là, vous cherchez à savoir s'il a besoin de compagnie — une compagnie telle que la vôtre, par exemple —, je préfère vous avertir tout de suite : je ne compterais pas trop là-dessus, si j'étais vous. N'oubliez pas que ses devoirs de Chevalier-Dragon lui interdisent tout projet d'avenir. Comment voulez-vous qu'il envisage une relation suivie, dans ces conditions ? Pour ne rien vous cacher, je ne pense pas qu'il s'attarde encore très longtemps dans les parages. Les temps changent et ses responsabilités l'appelleront probablement ailleurs. En d'autres termes, vous feriez mieux de ne pas vous faire d'illusions à son sujet.

— Voilà ce qui s'appelle parler franc !

— Attendez ! s'écria tout à coup Messire George. Je crois que j'y suis.

Cela faisait déjà un bon moment qu'il examinait une porte située au fond du cabinet. Elle s'ouvrait sur une petite pièce, chichement meublée d'un guéridon et d'un fauteuil. Cette vacuité gratuite l'avait intrigué et il s'y était attardé. Outre un loquet ordinaire, la porte possédait un verrou que l'on pouvait fermer de l'intérieur de sorte qu'il fallait une clef pour l'ouvrir de l'extérieur. Il suffisait de tourner la molette vers la droite pour qu'un pêne vienne se glisser dans le chambranle, barrant ainsi l'accès. Quand on changeait de sens, à première vue, la molette tournait dans le vide et il ne se passait rien. Mais, quand Messire George eut refermé la porte pour l'ouvrir à nouveau, l'inutile réduit avait fait place à un vaste placard dont les étagères croulaient sous les rouleaux de parchemin et les grimoires.

— Je crois que j'ai « trouvé le filon », comme diraient nos amis les nains, fit-il avec une flagrante satisfaction en se saisissant d'une liasse posée sur la plus haute tablette. Le coup classique de la porte dimensionnelle. N'importe quel voleur digne de ce nom en connaît toutes les variantes sur le bout du doigt. Apparemment, le premier rayon est consacré aux notes que notre petit camarade conservait sur ses ennemis. A voir l'ampleur du stock, il se méfiait de tout le monde.

Messire George s'était plongé dans la lecture et Alessa essayait vainement de regarder par-dessus son épaule. Elle enrageait d'autant plus qu'il ne cessait de ponctuer sa lecture d'onomatopées aussi inintelligibles que variées.

— ... Ah !... Han han... Oh !... Hum... Très intéressant, commenta-t-il. Il faisait même des rapports sur ses propres confrères. Tenez ! Celui-ci, au hasard : « Trente-quatre ans, mais fait beaucoup plus jeune. Usage immodéré d'un sort de réduction sur la masse pondérale, usage d'un sort de stérilité permanente mais réversible et même occasionnellement d'un sort d'augmentation sur le volume... hum... des seins... »

— Quoi ! s'exclama Alessa, qui s'était empourprée jusqu'aux oreilles.

Elle lui arracha le feuillet des mains et le parcourut en écarquillant les yeux.

— Mais c'est moi ! Comment savait-il tout ça ?

— Il a dû le sortir de la pile quand vous lui avez soumis votre candidature pour entrer au service du Chevalier-Dragon. Il était sur le dessus, précisa le vieux chevalier d'un ton détaché tout en feuilletant distraitement le reste de la liasse. Ah ! En voici un sur Thelvyn.

— Il a l'air bien succinct.

— Thelvyn lui-même n'est pas très bien renseigné sur le sujet. Apparemment, faute de mieux, notre brave Kalestraan s'est amusé à jouer aux devinettes. Voici ce qu'il a noté : « Individu de race inconnue, probablement tout autant d'essence magique que mortelle. Il n'est pas impossible qu'il soit en réalité un dragon métamorphosé par enchantement. »

— C'est vrai ? s'écria la jeune femme en tordant le cou pour mieux voir.

— Eh bien, pour ce qui est de sa double nature, c'est tout à fait exact. Thelvyn est à la fois créature de magie et mortel. Ça crève les yeux. Et puis, étant donné la diversité et la qualité de ses talents, rien n'empêcherait de penser qu'il puisse effectivement être un dragon victime de quelque puissant sortilège.

A première vue, ce serait même une déduction assez logique. Le seul problème, c'est que, comme vous le savez sans doute, toute créature, quelle qu'elle soit, naît sous sa forme naturelle. Les dragons ne font pas exception à la règle. Même les véritables métamorphes viennent nécessairement au monde sous leur apparence originelle. Or, Thelvyn n'est pas sorti d'un œuf de dragon et sa mère était manifestement de la même race que lui. Je suis bien placé pour le savoir : j'y étais.

— Et c'est la raison pour laquelle vous dissuadez quiconque de se rapprocher de lui ?

— Ecoutez, Alessa, tout ce que je peux vous dire, c'est que Thelvyn a vingt et un ans — il est donc beaucoup plus jeune que vous, si je peux me permettre de vous le faire remarquer — et qu'il n'a jamais eu de relation suivie avec une représentante du beau sexe, précisa-t-il tout en lui reprenant le feuillet des mains pour le remettre à sa place. N'abîmez pas les pièces à conviction, je vous prie.

Alessa suivit son geste des yeux, puis jeta un coup d'œil à la masse de documents entassés sur les étagères.

— Nous avons de quoi nous occuper pour un bon moment, dirait-on, soupira-t-elle.

— Et je gage que ce n'est qu'un début, renchérit le vieux chevalier. Maintenant que j'ai compris l'astuce et pendant que j'ai tout l'édifice à disposition, j'entends bien vérifier s'il n'y a pas d'autres cachettes de ce genre un peu partout. Il se peut même qu'il y en ait une assez grande pour receler le Collier des Dragons...

Ce fut ce soir-là que Thelvyn mesura à quel point il avait sous-estimé la terreur qu'éprouvaient les ducs à l'égard des dragons. Tous avaient vu, au moins une fois, leurs terres menacées par des assauts de dragons rebelles et la situation présente ne leur rappelait que trop leur impuissance passée. Quoiqu'ils l'aient enveloppée de belles phrases et d'excuses alambiquées, leur réponse était claire : tant qu'il prendrait en charge le conflit avec les dragons, Thelvyn était libre d'agir à sa guise. Aucun d'eux ne semblait pressé de revendiquer la couronne et tous se soumettaient de bon gré à son autorité souveraine.

Thelvyn commençait à comprendre qu'il ne faisait guère que retarder l'inéluctable. Deux jours ne s'étaient pas écoulés depuis la mort du roi que déjà toute la population était aux abois. Les citoyens de Braejr s'inquiétaient ouvertement de voir le royaume livré en pâture aux dragons sans que personne ne soit plus à sa tête pour le défendre. A les entendre, la fin du monde était proche — ou, plus exactement, la fin du Peuple Flaem ; ce qui, pour eux, revenait au même — et Thelvyn n'osait imaginer ce que devaient penser les gens du Nord, maintenant que leur souverain avait disparu et que le Chevalier-Dragon n'était plus là pour les protéger. Muselant ses propres angoisses, il fut bien obligé de faire annoncer publiquement qu'il succédait à Jherridan Maarsten, du moins jusqu'à nouvel ordre.

Il ne lui restait plus maintenant qu'à régler le problème des dragons — une broutille, n'est-ce pas ? Alessa avait obtenu des preuves irréfutables qui les innocentaient formellement dans la tentative d'assassinat perpétrée contre le Chevalier-Dragon. Le coupable était bel et bien Byen Kalestraan qui s'était acquis la complicité de certains dragons noirs renégats. Le but de la manœuvre tombait sous le sens et, quel qu'en eût été le résultat, Kalestraan y aurait trouvé son compte. Si les assassins avaient réussi à supprimer Thelvyn, peu importait que les dragons aient été ou non impliqués dans le crime. En fomentant toutes ses manigances, Kalestraan n'avait jamais eu qu'un seul et même objectif : éliminer le roi et le Chevalier-Dragon pour s'emparer du pouvoir.

Malheureusement, se disait Thelvyn, la vérité éclatait trop tard et le mal était fait. Qu'il puisse désormais réunir les éléments nécessaires pour prouver la trahison du Supérieur de l'Académie ne pouvait plus lui être d'un grand secours. De toute façon, plus personne ne remettait en cause l'existence d'une conspiration. En outre, la question n'était plus là. Il s'agissait, à présent, d'obtenir le pardon des dragons pour les accusations que les Flaems avaient proférées contre eux. Pour faire amende honorable, Thelvyn ordonna le repli de l'armée au grand complet.

La réaction des dragons lui dicterait quelles dispositions prendre par la suite. Pour l'instant, de petites formations continuaient de surveiller la Frontière, mais ni les colonies, ni les cités du Nord, ni les troupes flaemoises n'avaient été attaquées et rien ne permettait de croire que les dragons aient été informés de la trahison des pyromages ou de la mort du roi. Thelvyn était cependant convaincu qu'ils ne tarderaient pas à apprendre la nouvelle — une question de jours, tout au plus — et il était tout aussi persuadé qu'ils modifieraient leurs plans de bataille en conséquence.

Il travaillait dans le cabinet privé du roi quand on frappa à sa porte.

— Entrez !

— Monseigneur, une Dame elfe souhaiterait vous voir, lui annonça Taëryn.

— Une envoyée des territoires du Sud ? demanda Thelvyn, qui voyait déjà les elfes lui retirer leur soutien, après avoir fort justement conclu qu'ils éviteraient les ennuis avec les dragons s'ils ne s'alliaient pas aux Flaems.

— Ce n'est pas une elfe des Hautes-Terres, Monseigneur, lui précisa Taëryn. C'est une Dame d'Alfheim... une prêtresse.

Avant même que le jeune page ne se soit effacé pour la laisser entrer, Thelvyn savait déjà de qui il s'agissait. Dans la tourmente des derniers jours, son rêve prémonitoire lui était complètement sorti de l'esprit. Sa mère lui avait pourtant bien annoncé la venue prochaine d'un clerc pour remplacer Kharenndaën à ses côtés. Comment avait-il pu l'oublier ? Et, surtout, comment n'avait-il pas deviné l'identité de ce nouveau conseiller ? Hormis les prêtresses de Kaguyar — qui n'auraient jamais accepté de quitter Rocklogis —, il ne connaissait qu'une seule autre personne qui ait voué sa vie au culte des Immortels, une prêtresse elfe du nom de... Selliànda.

Au premier regard, il faillit bien ne pas la reconnaître. Elle n'avait pourtant pas changé : cette haute taille si inhabituelle chez les elfes, ce même visage si délicatement ciselé, ces mêmes longs cheveux soyeux couleur de blé mûr... Mais cinq ans s'étaient écoulés depuis leur dernière rencontre et ses traits avaient fini par s'estomper dans sa mémoire.

— Je t'avais bien dit que nous nous reverrions, Thelvyn Œil de Renard, fit-elle sans autre préambule. Ne t'avait-on pas prévenu de mon arrivée ?

— Pas précisément. On m'avait juste informé de la venue d'un nouveau conseiller.

Selliànda prit le temps de le dévisager, puis sourit, manifestement satisfaite de son inspection.

— Je t'avais également dit que tu deviendrais quelqu'un de tout à fait remarquable. Je vois que je ne m'étais pas trompée, affirma-t-elle en s'amusant ostensiblement de sa confusion. J'ai été envoyée ici pour te prêter assistance, dans la mesure de mes possibilités. On m'a déjà fait un rapport très complet sur la situation, mais j'ai besoin d'en connaître tous les détails. Si j'ai bien compris, il s'agit de trouver à tout prix le moyen de désamorcer le conflit qui oppose les Hautes-Terres aux dragons. Je ne te cache pas qu'il est peut-être trop tard. Si tel est le cas, ce sera la guerre. Le temps nous est compté. Nous devons faire vite.

— J'ai tout essaié, lui assura Thelvyn. Je suis même en mesure de prouver que les dragons n'ont jamais rompu la trêve. L'ennui, c'est que je ne vois pas comment les convaincre de m'écouter.

— Nous y veillerons.

La jeune elfe jeta un coup d'œil circulaire, puis riva de nouveau son regard au sien.

— Est-ce ici que tu vis, à présent ?

— Non. J'essaye de retarder l'échéance. Mais il faudra bien me résoudre à m'installer au palais si je dois prendre la succession de Jherridan Maarsten. Heureusement, le piteux état des bâtiments après l'attaque des pyromages me fournit un excellent prétexte pour atermoyer. Quoi qu'il en soit, j'ai bien évidemment une chambre pour toi chez moi.

C'est alors seulement qu'il mesura pleinement la complexité de la situation. Avec Solveig et Alessa, il aurait trois femmes sous son toit. Ça promet ! se dit-il. Il aurait intérêt à fermer la porte de sa chambre à double tour et, si possible... à jeter la clef !

4

L'ÉTÉ MÛRISSAIT, DOUCEMENT, COMME CES BEAUX FRUITS gorgés de soleil qui tombent au réveil de l'automne, et la nuit en profitait pour musarder, tardant chaque jour davantage à se lever. Pourtant, les ombres s'étiraient déjà voluptueusement jusqu'au milieu de la rue quand Thelvyn et Selliànda arrivèrent au manoir. Ils étaient encore à bonne distance de la porte que les sentinelles en faction se figeaient au garde-à-vous. Bien qu'il ne soit pas encore officiellement souverain, Thelvyn bénéficiait de certains privilèges de la charge, notamment d'une petite garnison à domicile qui, à défaut du nom de Garde Royale, en portait tout de même l'uniforme. Selliànda ralentit le pas en entrant dans la cour, le regard attiré par la lumière qui brillait aux fenêtres de l'entrepôt où Seldaëk avait pris ses quartiers depuis le départ de Kharenndaën.

— Est-ce là que se réfugiait ton dragon, quand il vivait chez toi ? demanda-t-elle.

— Oui, c'était là... répondit pensivement Thelvyn, une infinie tristesse dans la voix. (Il détourna les yeux et laissa échapper un soupir.) Si seulement elle pouvait y être encore aujourd'hui !

Prenant subitement conscience de la façon dont ses mots devaient résonner aux oreilles de celle que l'on avait chargée de combler cette absence, il s'empourpra et toussota nerveusement.

— Hum... Mais je... Je n'en suis pas moins ravi que tu sois là. Au contraire, bredouilla-t-il.

Selliànda le dévisagea d'un air songeur.

— Tu tiens beaucoup à elle, n'est-ce pas ?

— C'est une amie très proche, et, des amis, je n'en ai pas tant que ça. Elle a toujours fait passer mon intérêt avant le sien. En toutes circonstances, elle cherchait ce qui était le mieux pour moi. Elle m'a témoigné une fidélité et un dévouement sans faille. Elle était toujours là quand j'avais besoin de conseils et de soutien. A force, j'ai sans doute fini par m'y habituer... Ce qui ne veut pas dire que sa présence ou sa loyauté allaient de soi pour moi, loin de là. J'espère bien qu'elle ne s'y est pas trompée, d'ailleurs.

— Bien sûr que non ! protesta Selliànda avec un rassurant sourire. Tu sais, Thelvyn, je ne peux certes pas te faire chevaucher le vent ni t'emmener à l'autre bout du monde, mais je te promets de donner le meilleur de moi-même pour t'aider.

Un garçon d'écurie vint chercher le cheval de Selliànda, mais Thelvyn congédia l'écuyer qui se proposait de porter ses bagages. Il mit un point d'honneur à les monter lui-même dans la chambre qui se trouvait à côté de la sienne. Le geste n'avait du reste qu'une valeur purement symbolique. La jeune elfe voyageait léger : en tout et pour tout, un sac de cuir contenant des vêtements et quelques ouvrages à la couverture fatiguée. Contrairement aux magiciens, les clercs n'ont besoin ni de livres de sorts, ni d'instruments de laboratoire, ni de composants magiques, ni de grimoires — quoiqu'ils emportent parfois talismans ou reliques propres à leur culte. En tant que prêtresse de Terra, esprit de la terre et Immortelle de la Nature, qu'aurait pu emporter Selliànda ?

Sa relique la plus sacrée était partout, sous chacun de ses pas, en chaque arbre, dans l'immensité du ciel.

Comme Thelvyn s'y attendait, les choses commencèrent à devenir franchement intéressantes au moment du dîner. Quand Selliànda entra dans la salle, Messire George écarquilla les yeux, médusé. J'ai dû oublier de le prévenir, se dit Thelvyn. Il n'aurait certes pu lui annoncer la venue de leur amie commune — puisqu'il l'ignorait lui-même —, mais peut-être aurait-il dû l'avertir que les dieux pourvoiraient au remplacement de Kharenndaën. S'il l'avait informé de l'arrivée prochaine d'un clerc chargé de le conseiller, le vieux chevalier n'aurait pas manqué de faire le rapprochement. Fidèle à elle-même, Solveig ne manifesta pas la moindre surprise. Mais, au petit sourire ironique avec lequel elle accueillit la nouvelle pensionnaire, il était évident qu'elle n'était pas insensible au comique de la situation. Manque de tact ou volonté délibérée, elle ne fit rien pour s'en cacher. Elle prévoyait déjà comment les choses allaient tourner et n'avait nullement l'intention d'entrer en lice. Pourquoi gâcher son plaisir en se compliquant l'existence ? Il y avait bien assez de deux candidates pour se disputer les faveurs du jeune et beau Thelvyn. Le match promettait un fameux spectacle. Ce serait beaucoup plus drôle de le regarder des coulisses que d'y participer. Joli petit crêpage de chignon en perspective ! se disait-elle. Elle s'en régalait d'avance. Quant à Alessa Vayledaar, manifestement prise de court, elle préféra garder profil bas. Dans toutes les histoires qu'on lui avait racontées au sujet du Chevalier-Dragon, il n'avait jamais été question d'une prêtresse elfe et elle ne savait trop comment interpréter la subite apparition de Selliànda. Elle n'avait pas la moindre idée du genre de relation qu'entretenaient son hôte et la ravissante intruse, mais ils se tutoyaient comme de vieilles connaissances et, dans le doute...

Pendant tout le repas, Selliànda ne dit mot. Elle se contenta d'écouter attentivement les explications de chacun, ponctuant simplement leur récit de hochements de tête affirmatifs. Quand ils lui eurent tous décrit, avec force détails, les derniers événements qui avaient secoué les Hautes-Terres et la part qu'ils y avaient prise, elle leur avoua qu'on l'avait tenue minutieusement informée de tout ce qui s'était passé jusqu'à la mort du Roi Jherridan, mais qu'au-delà ses renseignements devenaient extrêmement vagues. Avant d'entamer une nouvelle discussion pour combler ces lacunes, Messire George estima qu'il était temps de passer au salon et décida d'offrir une tournée générale pour célébrer dignement l'occasion. Personne n'osa le contrarier.

Assise à côté de Thelvyn, Selliànda inspectait le contenu de son verre d'un air circonspect.

— Je comprends parfaitement ton dilemme, lui disait-elle. Tu ne peux pas refuser la couronne et, en même temps, tu as plus que jamais besoin d'une pleine et entière liberté d'action pour assumer au mieux tes responsabilités de Chevalier-Dragon. Que feras-tu si les dragons t'acculent au combat ? Y as-tu seulement pensé ?

Thelvyn branla du chef avec lassitude.

— Il ne me restera plus qu'à opter pour une stratégie purement défensive. Ce n'est pas que je veuille exposer Braejr inutilement, mais c'est ici que sont concentrées toutes nos forces armées et la plus grande partie de notre arsenal. De plus, à supposer qu'on doive en arriver là et qu'ils soient amenés à nous prêter main-forte, les pyromages se montreront plus efficaces s'ils sont à proximité de la Radiance, puisque c'est ici qu'elle développe sa puissance maximale. Cela dit, j'espère encore pouvoir éviter la guerre. D'autant plus que, maintenant, les Flaems sont prêts à reconnaître qu'ils n'ont rien à reprocher aux dragons. L'ennui, c'est que les dragons leur en veulent de les avoir accusés à tort et qu'ils ne leur pardonneront pas de sitôt leur provocation à la Frontière.

— C'est vrai. Il n'empêche que, d'après moi, leur préoccupation majeure a toujours été et demeure le Chevalier-Dragon. Ils pensent avoir désormais les moyens d'éliminer leur ennemi de toujours et ils ne vont pas s'en priver. Ils connaissent tes points faibles et entendent bien les exploiter à tes dépens. Et ils sont fermement déterminés à régler la question une bonne fois pour toutes. Voilà bien un point sur lequel ils ne transigeront pas et qui, en ce qui les concerne, constitue l'unique enjeu du conflit, un enjeu pour lequel ils sont résolus à se battre coûte que coûte. Les Flaems et leurs mesquineries ne sont qu'accessoires et les Hautes-Terres, qu'un champ de bataille accidentel. Ils se battraient ailleurs si tu y étais.

— Comment veux-tu négocier quoi que ce soit, dans ces conditions ? s'écria Thelvyn, découragé.

— Encore faudrait-il que tu le puisses, Thelvyn, répondit posément Selliànda en humant son eau-de-vie avec une expression qui semblait hésiter entre répulsion et incrédulité. Que comptes-tu donc leur dire ? « Je me rends » ? Et ne crois pas qu'en ordonnant le repli de ton armée tu as fait le premier pas. Ce que tu considères probablement comme un geste de conciliation n'a absolument aucun intérêt pour eux. Pis, cela n'a même pas de sens. La seule chose que tu puisses éventuellement tenter serait de leur faire une petite démonstration de tes pouvoirs pour leur prouver qu'ils n'ont aucune chance de l'emporter. Si tu parvenais à les convaincre que le combat est perdu d'avance, le conflit n'aurait plus de raison d'être.

— Oh ! inutile de les provoquer davantage. Ça

arrivera bien assez tôt. Une fois la bataille engagée, je ne pourrai pas y couper, de toute façon, soupira Thelvyn.

Il s'abîma dans ses pensées un long moment. Tout à coup, une lueur d'espoir alluma ses prunelles.

— Et si j'en appelais aux Immortels ? J'ai bien l'impression qu'ils me protègent toujours et je pense même avoir le soutien du Tout-Puissant. Ne pourrait-il pas faire intervenir un de ses disciples pour mettre fin au conflit ? Kharenndaën, par exemple ?

Selliànda secoua la tête.

— Tu sembles oublier que le Tout-Puissant s'est retiré du monde et qu'il refuse de se mêler des affaires des dragons depuis plus de vingt-cinq ans, sans doute pour ne pas compromettre de plus vastes desseins qui nous échappent. Or, rien ne nous dit que cette guerre n'en fasse pas partie justement. Si tu parviens à dominer les dragons, force leur sera de reconnaître qu'ils ne pourront pas imposer leur volonté au reste du monde, comme ils semblent le croire. Voilà bien une leçon que les Immortels seraient trop heureux de leur inculquer.

— Vu sous cet angle, l'affrontement me paraît inévitable, intervint Alessa. Pourquoi perdre notre temps en vaines négociations alors que nous devrions déjà préparer la guerre ?

— Je ferai tout ce que je peux pour obtenir la paix, insista Thelvyn. Il n'en demeure pas moins que je fais tout ce que je dois pour préparer la guerre. Même le retrait des troupes sert nos intérêts, à présent. Nous n'aurions pas pu combattre les dragons avec une armée dispersée d'un bout à l'autre de la frontière nord. Et puis, que je récupère ou non ma cape, je ne peux pas être partout à la fois. Notre dernier espoir est de concentrer nos forces en un seul lieu. Je veux aussi voir toutes nos catapultes revenir ici au plus vite. Si nous détenons une arme un tant soit peu efficace contre les dragons, c'est bien celle-là.

— Ton plan a du bon, mon garçon, le complimenta Messire George en levant son verre pour faire jouer la lumière à travers le liquide. Mais quelque chose me dit que les ducs du Nord ne l'entendront pas de cette oreille. Ce n'est jamais très réjouissant de voir ses terres traversées par une armée en campagne ; à plus forte raison quand l'armée en question se trouve être une horde de dragons en furie.

— Je commence à croire que ces braves ducs n'ont pas grand-chose à redouter, argua Thelvyn. Je ne vois pas pourquoi les dragons ravageraient le nord du pays. Non seulement ça ne les avancerait à rien, mais ça ne ferait que les retarder davantage.

— Je serais plutôt d'accord avec vous, Thelvyn, reprit Alessa. La guerre est un cas de force majeure et, quand la situation est aussi désespérée, on ne peut pas apporter des réponses satisfaisantes à tous les problèmes en même temps. Bien qu'en tant que Flaem je ne voie pas sans vergogne les duchés du Nord livrés en pâture à l'ennemi, je sais aussi qu'à vouloir gagner sur tous les fronts on risque de tout perdre.

— N'oubliez pas que les pyromages ont aussi leur rôle à jouer dans cette affaire, lui rappela Thelvyn. Ils devront faire leur part, comme tout le monde. J'ai toujours besoin de cette maudite cape volante et les rares magiciens expérimentés qu'il nous reste doivent absolument apprendre à maîtriser le pouvoir de la Radiance. Et, cette fois, qu'ils ne s'avisent pas de sous-estimer l'adversaire. C'est l'erreur qu'a commise Kalestraan. Il l'a payé cher. J'espère que vos confrères en ont tiré les enseignements qui s'imposent. Il en va de la survie du royaume tout entier.

— Nous ne vous décevrons pas, lui promit Alessa. Même les plus grands sorciers doivent consacrer la majeure partie de leur temps à l'étude et Alessa Vayledaar ne faisait pas exception à la règle. Quoiqu'elle se séparât de l'assemblée à regret — qui part à la chasse... —, il lui fallait regagner sa chambre pour se plonger dans son livre de sorts. Cependant, elle prit tout de même quelques précautions avant de se retirer. Quitte à s'attarder plus que de raison, elle patienta jusqu'à ce que certaines petites remarques anodines, placées çà et là, orientent la conversation sur la question qui la taraudait. Quand elle apprit enfin comment Thelvyn et Selliànda s'étaient connus cinq ans auparavant et découvrit à quel point leur relation avait été brève, elle s'estima encore en bonne place pour remporter la compétition et ravir le cœur du Chevalier-Dragon. Rassurée, elle l'abandonna avec d'autant moins de scrupules à la compagnie de sa rivale. Quant à Thelvyn, il n'était toujours pas parvenu à se défaire de la méfiance que les pyromages lui avaient toujours inspirée et il avait peine à croire qu'Alessa puisse être totalement désintéressée. Aussi l'avait-il étroitement observée durant toute la soirée. Il devait reconnaître, à sa décharge, qu'elle avait semblé sincèrement troublée par l'arrivée impromptue de Selliànda et n'avait pu dissimuler certains signes manifestes de ce qu'il était convenu d'appeler... de la jalousie ?

Thelvyn lui-même ignorait tout des intentions de Selliànda à son égard, bien entendu. Elle s'était certes montrée plutôt encourageante lors de leur précédente entrevue. Mais cela faisait tout de même plus de cinq ans. Au demeurant, elle n'était pas venue à Braejr de son plein gré. Elle ne l'avait rejoint que parce que sa déesse le lui avait ordonné. Or, il y avait fort peu de chances que ce soit pour meubler sa solitude ou combler son manque affectif. Selliànda avait été envoyée auprès de lui afin de le conseiller et de l'aider à comprendre la volonté des Immortels. Il savait également que Kharenndaën était censée revenir et que, à son retour, Selliànda se verrait sans doute confier une autre mission qui la conduirait là où on aurait besoin d'elle. Autrement dit, très certainement loin de lui.

Il se demandait s'il ne ferait pas mieux de prendre dès maintenant ses distances avec la jeune prêtresse elfe. Lui aussi avait des responsabilités à assumer et des obligations auxquelles il ne pouvait se soustraire. Son devoir de Chevalier-Dragon exigerait encore de lui de nombreuses années d'abnégation et l'entraînerait peut-être au bout du monde, qui sait ? Il serait sans doute préférable qu'il ne s'attache pas à quelqu'un qui ne pourrait — ou ne voudrait — le suivre où il devrait aller.

Il était convaincu que Selliànda était parfaitement consciente du problème. Aussi fut-il surpris quand elle quitta ostensiblement l'assemblée pour lui emboîter le pas, dans la manifeste intention de lui parler en tête à tête. Lui qui s'était éloigné discrètement pour reverser le contenu de son verre — auquel il s'était bien gardé de toucher — dans la sacro-sainte bouteille d'eau-de-vie du vieux chevalier, pour passer inaperçu, c'était raté !

— Tes affaires ne regardent que toi, bien entendu, lui dit-elle entre haut et bas. Mais permets-moi de te demander ce que cette flamboyante magicienne fait chez toi ?

— Je n'y suis pour rien, se défendit aussitôt Thelvyn. J'ai prié Kalestraan de mettre à ma disposition un de ses confrères, quelqu'un qui puisse me tenir informé vingt-quatre heures sur vingt-quatre de ce qui se passait dans le Nord, et il m'a envoyé Alessa. En outre, après la mort ou la fuite de la quasi-totalité des pyromages les plus expérimentés de l'Académie, elle est la seule magicienne de haut niveau qui reste à Braejr. Il est donc primordial que j'entretienne d'excellents rapports avec elle. Et puis, elle s'est montrée très dévouée depuis la mort de Jherridan.

— Oui... très dévouée, assurément... fit Selliànda, d'un ton lourd de sous-entendus.

Elle se tut subitement et secoua la tête, un petit sourire ironique aux lèvres.

— Non mais ! écoutez-la ! s'écria-t-elle, riant à ses dépens avec une franche spontanéité. Je me comporte comme une épouse possessive, alors que je viens à peine de te retrouver après une bien longue séparation. Sans compter que, si les circonstances ne nous avaient pas réunis, nous ne serions pas côte à côte aujourd'hui.

— Oui mais, les circonstances étant ce qu'elles sont, nous n'avons toujours pas trouvé le temps de nous voir et, au train où vont les choses, j'ai bien peur que nous ne le trouvions jamais.

— Viens avec moi, lui dit-elle en l'entraînant dans la cour.

La nuit avait finalement daigné sortir de son lit pour parcourir les nuées dans son immense manteau de ténèbres piquetées d'étoiles. Thelvyn et Selliànda marchaient à pas lents, goûtant la douceur estivale. La jeune elfe dirigea ses pas vers le banc du parc et, d'un geste, convia son compagnon à s'asseoir près d'elle.

— Je ne peux m'en prendre qu'à moi, murmura-t-elle en enfermant ses mains dans les siennes. J'ai choisi d'être prêtresse et, pendant longtemps, j'ai cru qu'il n'y aurait jamais rien de plus important dans ma vie. Mais, toi, tu n'as pas eu voix au chapitre. Personne ne t'a demandé si tu voulais devenir clerc.

— En dehors des quelques rares talents dont mon dieu daigne me gratifier de temps à autre, je ne suis pas franchement convaincu d'être à proprement parler un clerc. Et, moins encore, un bon clerc.

— Ne te soucie pas de cela. En remplissant ton

devoir de Chevalier-Dragon, tu sers les Immortels bien mieux qu'aucun de leurs disciples. Peu de prêtres peuvent se vanter de faire seulement la moitié de ce que tu as réussi à accomplir.

— C'est bien possible, mais il n'y a qu'un seul Chevalier-Dragon et j'avoue que je souffre de mon isolement. Cette solitude me pèse tant, Selliànda ! Je me sentirais peut-être mieux si je savais que, quelque part, il existe d'autres clercs comme moi, qui servent le même Immortel.

— Il y en a, bien qu'il ne soit pas tout à fait exact de dire qu'ils appartiennent au même ordre que toi. Le Chevalier-Dragon constitue un ordre en soi. Les dragons ont beau dire, avec raison, que le premier Chevalier-Dragon était un sorcier d'une telle puissance qu'il pouvait rivaliser avec les Immortels, il n'en demeure pas moins que, contrairement à toi, il ne cumulait pas des dons de magicien et de clerc. C'est là une différence essentielle entre vous. J'ignore comment tu t'es vu accorder l'insigne privilège de porter l'armure du Chevalier-Dragon et d'en maîtriser les sortilèges, mais cela prouve indubitablement que ton cas est encore plus singulier que tu ne le penses.

— Je le trouve déjà bien assez singulier comme ça, merci.

Le rire cristallin de la jeune elfe fusa dans le silence paisible de la nuit sans en troubler l'harmonie, tel le trille impromptu d'un rossignol.

— J'imagine. Tout ce que je peux te dire, c'est que tu possèdes des qualités très particulières, des qualités que ton dieu et toi avez en partage. Ce sont ces traits communs qui vous lient. Ils vous attirent l'un vers l'autre irrésistiblement. Sache aussi que ton divin patron est lui-même l'un des Immortels les plus singuliers qui soient. Pour toi, comme pour lui, la règle commune ne s'applique pas. Voilà pourquoi il n'est pas tout à fait pertinent de te désigner sous le nom de clerc. Quoique votre relation puisse paraître analogue à celle qu'entretiennent un dieu et son disciple, tu es beaucoup plus qu'un simple clerc.

— Je suppose que je ne suis toujours pas autorisé à connaître le nom de l'Immortel que je sers ?

— Non... pas encore, répondit Selliànda en lui étreignant la main avec un petit sourire apitoyé. Si je te le révélais, cela pourrait t'influencer. Or, c'est seul, en ton âme et conscience, que tu dois prendre tes décisions. De plus, tes ennemis pourraient se servir de cette faiblesse pour la retourner contre toi.

Thelvyn poussa un profond soupir.

— J'ai déjà entendu ça quelque part...

Le lendemain matin, Alessa se présentait au palais. Elle avait reçu un message de la frontière nord et devait de toute urgence en faire part au Chevalier-Dragon, expliqua-t-elle aux sentinelles qui gardaient les appartements royaux. Elle fut aussitôt escortée auprès de Thelvyn.

— « Des dragons de toutes les espèces connues ont pris position le long de la frontière, lut-elle. Pour l'heure, ils n'ont pas quitté les montagnes et aucun n'a encore franchi la limite des Hautes-Terres. »

— Hormis l'annonce d'une invasion massive, vous n'auriez pu m'apporter plus mauvaises nouvelles ! grommela Thelvyn, qui n'avait guère besoin d'en entendre davantage pour mesurer toute la gravité de la situation. Je savais que le temps ne jouait pas en notre faveur ; mais, cette fois, nous sommes vraiment au pied du mur. Et, ce, bien plus tôt que je ne le prévoyais, même dans mes pronostics les plus pessimistes.

Des décisions stratégiques s'imposaient et Thelvyn ne voulait pas les prendre sans en débattre au préalable avec ses conseillers. Il résolut donc de les convoquer séance tenante. Le seul petit souci, c'est que les conseillers ne couraient pas les couloirs du palais, justement. Comme tout monarque absolu, Jherridan ne prisait guère les délibérations et les privilégiés qui avaient l'heur de recevoir ses confidences n'étaient pas légion. La plupart d'entre eux avaient péri en même temps que lui et tous les autres avaient été envoyés sur le front nord avec l'armée. En dehors du capitaine de la Garde Royale et du bourgmestre de Braejr, les seuls auxquels Thelvyn pouvait encore faire appel n'étaient autres que ses propres compagnons. Lasse de la vie de recluse qu'exigeait sa convalescence, Solveig avait estimé qu'elle était désormais en état de reprendre du service. Thelvyn lui avait proposé un poste de capitaine qu'elle s'était empressée d'accepter. Elle était désormais à la tête du Régiment de Sa Majesté, tandis que Harl Gairstaän, toujours dans le Nord avec le gros des troupes, demeurait Commandant de l'Armée des Hautes-Terres, en l'absence du Chevalier-Dragon.

L'assemblée se réunit donc autour de la grande table de la Salle du Conseil, le cabinet du roi ayant été jugé trop exigu pour la circonstance. Alessa Vayledaar y représentait la Guilde des Mages du Peuple Flaem. Bien que l'Académie soit désormais officiellement dirigée par un vieux pyromage de haute volée qui avait consenti à sortir de sa retraite pour remplacer Byen Kalestraan au pied levé, Alessa gérait toujours les relations entre cette vénérable institution et le monde extérieur, y compris avec le palais. La charge de conseiller du roi lui incombait. De frêle constitution, l'acariâtre barbon s'était réservé, quant à lui, la délicate mission de motiver ses pairs, passablement découragés par les derniers événements. De nombreux problèmes demeuraient en souffrance — notamment celui que posait la cape magique du Chevalier-Dragon — et il fallait les inciter à se remettre à l'ouvrage pour participer activement à l'effort de guerre.

— Ce message sous-entend beaucoup plus qu'il n'y paraît, commenta Thelvyn, dès que la magicienne en eut achevé la lecture à haute voix. Le plus alarmant, c'est cette insistance sur « des dragons de toutes les espèces connues ». J'ai demandé à Alessa Vayledaar de bien vouloir vérifier l'exactitude de cet énoncé et elle me l'a confirmé. Que des dragons rouges aient résolu de passer à l'offensive n'a rien d'étonnant. Que des dragons verts et des dragons noirs les aient suivis dans cette voie, passe encore. Mais la présence de dragons d'or dans les rangs des assaillants signifie que cette initiative a été prise au nom de la Nation des Dragons tout entière et décidée en haut lieu. Ce qui veut dire, en clair, que les dragons sont sur le pied de guerre.

— Ça ne fait aucun doute, confirma Messire George. Cependant, rien ne permet d'en conclure qu'ils sont prêts à envahir les Hautes-Terres. Il se peut qu'ils cherchent simplement à nous tester pour voir notre réaction. Il se peut aussi que ce ne soit qu'un piège propre à attirer le Chevalier-Dragon dans le Nord, sur un terrain qui leur serait beaucoup plus favorable.

— Pouvons-nous en déduire qu'ils ont déjà eu vent de ce qui s'est passé ici ? demanda Solveig.

— Pas nécessairement, répondit le vieux chevalier. Certes, le trône étant toujours vacant et le royaume, sans dirigeant pour le gouverner, je reconnais que les dragons ne pourraient pas choisir moment plus opportun pour obliger Thelvyn à quitter Braejr. S'il acceptait de succéder à Jherridan, il serait plus réticent que jamais à abandonner la capitale. Les dragons veulent peut-être brusquer les choses pour ne pas en arriver là, effectivement. Mais rien n'empêche de penser que cette manœuvre ait été préméditée de longue date et qu'elle n'ait absolument rien à voir avec la situation dans laquelle nous nous trouvons.

— Ne me dites pas que le Chevalier-Dragon va nous abandonner maintenant ! s'écria le bourgmestre, affolé.

— Je n'ai aucune intention de partir. Ni maintenant, ni plus tard, déclara Thelvyn d'un ton catégorique. Nous n'avons aucun intérêt à nous disperser, bien au contraire. D'après moi, la meilleure façon de réagir à cette flagrante provocation, c'est encore de tenter d'attirer nos ennemis jusqu'ici. Si nous devons combattre, je veux que la bataille se déroule à Braejr, aux portes de la ville. Nous pourrons ainsi concentrer nos forces sur les remparts, là où les pyromages seront le mieux placés pour intervenir.

— Si je comprends bien, vous vous résignez à faire la guerre, finalement, conclut Alessa.

— Pas vraiment. Quoique je n'aie guère le choix, en l'occurrence, reconnut Thelvyn. J'ai déjà ordonné à notre armée de battre en retraite. Peut-être les dragons y verront-ils une réponse éloquente ? Quoi qu'il en soit, je vais persévérer en ce sens et rapatrier nos troupes vers le centre du pays. C'est une attitude purement défensive, je ne le nie pas. Mais je ne me risquerais pas à prendre des mesures plus radicales. Selon moi, nous ne pouvons pas nous aventurer plus loin sans provoquer un conflit que je tiens absolument à éviter. Le but est de prouver à nos ennemis que nous ne nous battrons pas à moins qu'ils ne nous y contraignent. Autrement dit, la décision finale leur revient et, s'il doit y avoir une guerre, ce sera à eux de la déclarer. Je pense qu'ils hésiteront à aller jusque-là.

— Il est certain qu'ils réfléchiront à deux fois avant de prendre une telle décision, approuva Messire George. La Nation des Dragons n'a jamais déclaré la guerre, même si elle s'est toujours farouchement défendue quand elle était menacée. Mais, se défendre est une chose et provoquer délibérément un conflit en est une autre. S'ils dévastent les Hautes-Terres ou s'ils détruisent Braejr, les dragons n'ignorent pas que toutes les autres nations d'Occident se ligueront contre eux. Leur impopularité étant ce qu'elle est, inutile de dire qu'ils n'ont pas vraiment besoin de ça.

— Certes, mais combien pèsent de tels risques face à la terreur que leur inspire le Chevalier-Dragon ? intervint Selliànda. Que leur importe la vindicte du reste du monde s'ils parviennent à détruire leur plus redoutable ennemi ! Le seul qu'ils aient vraiment à craindre, d'ailleurs. Ils pourront toujours régler les effets secondaires ultérieurement.

— Tenons-nous tranquilles et, surtout, gardons-nous de toute manifestation d'agressivité qui leur fournirait le prétexte idéal pour nous attaquer, décréta Thelvyn. Au contraire, donnons-leur toutes les raisons de nous laisser en paix et voyons comment ils réagissent. Je ne vois pas d'autre politique à adopter, en ce qui nous concerne. Je vais dès à présent envoyer des ordres à Harl Gairstaän pour qu'il organise le retrait de nos troupes. J'entends qu'elles se replient progressivement vers Braejr, en bon ordre, à raison d'un régiment à la fois. Il ne s'agit pas de leur donner le spectacle d'une déroute. Il faut également faire parvenir un message aux ducs pour les rassurer. Je veux leur exprimer ma conviction que les dragons ne ravageront pas leurs terres — du moins, pas la majorité d'entre eux. Je ne réponds pas des éléments incontrôlables. De toute façon, ce n'est pas après les Hautes-Terres qu'ils en ont, c'est après moi.

— Je m'en occupe immédiatement, affirma Alessa en s'inclinant respectueusement, avant de s'éclipser.

La magicienne retourna à l'Académie, tandis que les militaires et le bourgmestre regagnaient leurs postes pour organiser la défense de la cité. Il ne resta plus dans la Salle du Conseil que Thelvyn, Selliànda et Messire George. Comme ces derniers se levaient pour partir, Thelvyn les arrêta d'un geste.

— Attendez ! Il y a certaines choses dont je voulais vous parler en particulier, leur dit-il en les invitant à se rasseoir. Vous comprendrez que je n'aie pu en discuter ouvertement tout à l'heure. Voilà, j'ai bien réfléchi. Vous savez comme moi que les dragons cherchent avant tout à se débarrasser du Chevalier-Dragon, n'est-ce pas ? (Comme ses deux interlocuteurs opinaient en chœur, il poursuivit :) Puisque c'est moi qui les intéresse et non les Flaems, je me disais qu'en quittant la contrée sur-le-champ je pourrais sans doute les éloigner des Hautes-Terres.

— Je crains que ce ne soit pas aussi simple que cela, objecta Selliànda. Les dragons ont tout de même de sévères griefs contre les Flaems. Le vol du collier n'est assurément pas le moindre. Si Alessa Vayledaar ne réussit pas à le retrouver, je ne suis pas sûre que nous parvenions à les contenir, quoi que nous fassions. Ou les Flaems leur rendent leur trésor volé ou ils se résignent à les affronter sur le champ de bataille. Il n'y a pas d'autre alternative. Or, pour combattre les dragons, les Flaems ont besoin de toi, Thelvyn.

— Selliànda n'a pas tout à fait tort, mon garçon. Tu pourrais peut-être inciter les dragons à te poursuivre, mais j'ai bien peur qu'ils ne fassent, malgré tout, un petit crochet par Braejr. Et, quand ils seront passés par là, ils ne laisseront pas grand-chose derrière eux, si tu veux mon avis.

— Vous avez sans doute raison, concéda Thelvyn. Mais je ne peux pas m'empêcher de penser que, sans moi, cette guerre n'aurait pas lieu. Par ma simple présence, j'attire la colère des dragons sur une contrée tout entière.

— Il me semble pourtant bien me souvenir que tu as tout fait pour éviter ce conflit, contrairement à Jherridan et à ces crétins de pyromages qui étaient bien décidés à en découdre coûte que coûte avec les dragons, lui fit observer Messire George. Personne n'a voulu t'écouter jusqu'à ce qu'il ne soit trop tard pour reculer et, maintenant, il ne reste plus que toi pour recoller les morceaux.

— Tout est leur faute, renchérit Sellìanda. Ils étaient si pleins d'eux-mêmes et si obnubilés par leurs manigances qu'ils ont fini par croire que tous les moyens leur seraient bons pour parvenir à leurs fins. L'inestimable valeur que leur grande cause revêtait à leurs yeux excusait tout. J'espère que les Flaems ont tiré la leçon de leurs erreurs. Comme le disent les elfes, le menu fretin ne joue pas impunément avec les requins.

— Eh bien, mes enfants, il serait peut-être temps de se mettre sérieusement au travail, fit le vieux chevalier en se frottant les mains.

— C'est bizarre. J'avais l'impression que, question travail, j'étais déjà servi ! ironisa Thelvyn en guidant ses compagnons vers la porte. J'ai encore une belle corvée qui m'attend, d'ailleurs : je vais de ce pas trouver les ambassadeurs de Darokin, de Rocklogis et d'Alfheim pour que nous ayons une petite discussion à bâtons rompus. Il faut que je sache si je peux compter sur leur appui en cas de guerre. Mais... si quelqu'un d'autre veut y aller, je me ferais un plaisir de lui céder ma place...

Markhaën se posa au sommet d'une petite colline d'où il pouvait surveiller la grand-route, à six milles de là. Même à cette distance, sa vue perçante lui permettait de compter chaque chariot et de distinguer chaque cavalier de la colonne qui s'étirait depuis la frontière nord jusqu'au centre des Hautes-Terres. Le ciel était dégagé et, en dépit de l'heure matinale, le soleil dardait ses rayons avec toute l'arrogance d'un maître incontesté des nuées. Il faisait déjà trop chaud au goût d'un dragon du Grand Nord. Quand je pense que Kharenndaën a enduré ça pendant cinq ans ! songea Markhaën en soupirant.

Il ne craignait pas de se faire repérer : les Flaems savaient pertinemment qu'ils étaient constamment surveillés. Ce qui n'avait pas semblé les perturber outre mesure, d'ailleurs. Quand il avait ouï dire que l'Armée des Hautes-Terres se repliait, le grand dragon d'or avait voulu s'en assurer de ses propres yeux. Il lui fallait se rendre compte par lui-même de la situation pour décider, en connaissance de cause, si les dragons allaient ou non déclarer la guerre aux Flaems. Son peuple était probablement confronté là à l'un des moments les plus critiques de son histoire et il en était parfaitement conscient. Il ne pouvait pas se permettre de se tromper, au risque de déclencher des conséquences désastreuses qui pouvaient hypothéquer définitivement l'avenir des siens. Nonobstant leur légendaire sagesse, les dragons avaient la fâcheuse réputation de faire toujours le mauvais choix et il ne tenait pas particulièrement à confirmer la règle.

En ordonnant le retrait de ses troupes, le Chevalier-Dragon lui faisait implicitement savoir que les Flaems avaient renoncé à se battre. Markhaën ne s'y méprenait pas. Il savait qu'un seul mot de lui réglerait le problème à la minute où il en déciderait. Il lui suffirait d'aller trouver le Chevalier-Dragon pour lui demander de négocier une trêve. Encore faudrait-il pour cela qu'il parvienne à convaincre les autres dragons de le suivre dans cette voie. Depuis le retour du

Chevalier-Dragon, son peuple vivait dans la terreur et dans l'incertitude. Or, d'instinct, les dragons avaient tendance à détruire ce qui les effrayait. S'ils étaient déterminés à affronter le Chevalier-Dragon, il serait bien obligé de les mener au combat. Mais l'ennemi auquel ils s'attaquaient pouvait facilement les détruire jusqu'au dernier et il ne pouvait tout de même pas les laisser délibérément courir à leur perte. Il fallait donc qu'il trouve le moyen de vaincre le Chevalier-Dragon pendant qu'il en était encore temps. Si jamais les choses venaient à s'envenimer, il ne pourrait plus reculer.

Markhaën comprenait parfaitement ce que ressentaient ses frères. Peut-être aurait-il été tenté de céder à l'impulsivité de sa fougueuse nature, lui aussi, s'il n'avait été pris au piège de ses obligations. En tant que Premier Porte-Parole de la Nation des Dragons, il avait pour devoir de protéger tous les dragons. Pourtant, justement parce qu'il présidait au Parlement, il était contraint de se ranger à l'avis de la majorité. Par conséquent, si les dragons voulaient se battre, son devoir exigeait qu'il les mène au combat. Et ce n'était pas tout : il avait aussi des comptes à rendre au Tout-Puissant. Contrairement aux autres dragons, il ne croyait pas que le Tout-Puissant les ait définitivement abandonnés. Parfois, il lui semblait même sentir sa présence, là, en retrait. Il le suspectait de guider ses disciples à distance, tissant dans l'ombre ses mystérieux desseins. Or, le Chevalier-Dragon avait un rôle à jouer dans ces desseins et Markhaën n'avait nullement l'intention de s'opposer à la volonté du Tout-Puissant. Mais la situation s'était singulièrement compliquée quand les Immortels avaient eux-mêmes ordonné au Chevalier-Dragon de défendre les Flaems, alors même qu'ils étaient dans leur tort. Lasse d'entendre son frère accuser celui dont elle admirait tant l'intégrité, Kharenndaën le lui avait avoué, violant ainsi le secret des dieux sous le coup de la colère. Cependant, elle ne comprenait pas plus que lui pourquoi les Immortels avaient pris le parti de leurs adversaires.

Ce qui inquiétait Markhaën plus que tout, c'était que les dragons n'estimaient vraisemblablement pas à leur juste valeur les pouvoirs de l'ennemi qu'ils s'obstinaient à vouloir affronter. Dans les quelques batailles qui les avaient opposés, le Chevalier-Dragon avait toujours bien pris garde à ne pas tuer ses rivaux. Il s'était même efforcé de ne pas les blesser trop grièvement. Markhaën soupçonnait ses congénères de prendre cette manifeste compassion pour de la faiblesse. Quant à lui, il savait à quoi s'en tenir. Il avait vu le Chevalier-Dragon combattre les renégats de Darmouk et il mesurait pleinement la puissance des armes dont il disposait. Quoi qu'il arrive, il devait veiller à ce que les siens ne s'avisent jamais de pousser le Chevalier-Dragon dans ses retranchements, le contraignant ainsi à abandonner sa mansuétude des premiers temps pour recourir aux terrifiants pouvoirs de son glaive ensorcelé. C'était sans doute ce qui s'était passé avec le premier Chevalier-Dragon. Les dragons l'avaient acculé au combat, provoquant ainsi un conflit qui avait bien failli les décimer. Il voulait être sûr qu'ils ne répéteraient pas la même erreur.

Il ne pouvait pas non plus oublier que le Chevalier-Dragon avait sauvé la vie de sa sœur — sans même compter la sienne. On ne trahissait pas quelqu'un envers qui on avait une aussi lourde dette.

Plongé dans ses réflexions, Markhaën suivait des yeux une lente procession de catapultes. Depuis qu'il avait appris le meurtre du roi des Hautes-Terres, il n'avait pu s'ôter de l'esprit que ces imbéciles de pyromages flaemois avaient bien failli réussir à tuer le soi-disant invincible Chevalier-Dragon. Si de tels incapables pouvaient faire une chose pareille... Il pensait savoir comment tenir ses engagements sans s'attirer les foudres des uns ni le mépris des autres. Oui, il existait bel et bien une solution qui lui permettrait de prendre en compte les peurs et les velléités de son peuple tout en conservant la confiance des Immortels et du Chevalier-Dragon lui-même. Le moment était venu de retourner à Brise-Bise et de convoquer les rois et les reines de la Nation des Dragons au Parlement. L'heure des décisions cruciales avait sonné.

L'enterrement de Jherridan Maarsten devait avoir lieu dans l'après-midi. En tant que premier roi des Hautes-Terres, il aurait dû être inhumé en grande pompe, bénéficier de funérailles nationales et d'une sépulture monumentale digne de son rang. Cependant, les circonstances ne se prêtant guère aux cérémonies officielles, il serait simplement couché en terre dans une tombe ordinaire, creusée à la hâte dans un coin du cimetière municipal.

Ce manque de décorum, inqualifiable insulte à la mémoire de leur vénéré monarque, porta la panique des Braejrois à son comble. Leur univers s'écroulait. Non seulement, ils se voyaient livrés à eux-mêmes et trahis par leurs magiciens, mais ils ne pouvaient même pas rendre à leur souverain bien-aimé, affreusement assassiné par les pyromages félons, les derniers hommages qui lui étaient dus. Et voici, à présent, que la rumeur annonçait l'invasion des dragons chargeant à travers le nord du pays pour venir leur porter le coup décisif dans une terrible bataille qui se déroulerait chez eux, à Braejr même. Il devenait de plus en plus difficile pour Thelvyn de résister à cette pression collective et de s'en tenir aux plans qu'il avait arrêtés. Il n'était ni un politicien, ni un militaire, mais un défenseur. S'il avait pu affronter les dragons ailleurs, il l'aurait fait sans hésiter.

Le lendemain, les choses allèrent de mal en pis. Avec l'arrivée prochaine de l'ennemi, chaque minute devait être mise à profit pour organiser la défense de la cité. Pourtant, les préparatifs piétinaient. Les Braejrois étaient si accablés de désespoir et de peur qu'ils préféraient nier la réalité : s'ils ne retroussaient pas leurs manches pour participer à l'effort de guerre, peut-être la bataille n'aurait-elle pas lieu ? Et puis, en restant calfeutrés chez eux, ils ne verraient rien ; or, ce qu'ils ne voyaient pas n'existait pas, n'est-ce pas ? Les plus lucides étaient encore plus pessimistes : ils étaient perdus, de toute façon. Alors à quoi bon ? Thelvyn se disait qu'il n'était pas tout à fait étranger à cette détresse populaire et qu'étant donné l'urgence de la situation il était temps d'y remédier. Il demanda à Alessa de rester à ses côtés au palais — elle aurait, d'ici peu, de nouveaux messages à transmettre — et convoqua ses autres conseillers dans le cabinet du roi. Enfin, il fit venir Taëryn.

— Qu'avez-vous en tête, exactement ? lui demanda Alessa, intriguée et un tantinet alarmée par ce branle-bas de combat.

La magicienne se tenait debout, à côté du fauteuil royal où Thelvyn avait pris place, et se penchait vers lui avec une mine de conspiratrice.

— Je crois que je vais enfin récompenser Taëryn comme il le mérite, répondit Thelvyn, une petite étincelle malicieuse dans les prunelles.

Solveig était déjà en chemin quand elle reçut sa convocation au palais. L'instant d'après, elle se faisait annoncer, précédant Messire George d'une dizaine de minutes. Quant au jeune page, il arriva bon dernier.

— Taëryn, lui dit sans attendre Thelvyn, saurais-tu, par hasard, comment il faut s'y prendre pour transformer un honnête sujet en tête couronnée ?

Le petit page marqua un temps d'arrêt, comme s'il n'était pas très sûr d'avoir bien compris, puis il sourit jusqu'aux oreilles, radieux.

— Quand Jherridan est devenu roi, expliqua-t-il, il y a eu tout un tas de cérémonies et de réceptions. Elles ne sont sans doute pas indispensables, quoiqu'il ne serait peut-être pas inutile d'organiser une célébration publique quelconque pour tranquilliser les gens et leur permettre de se défouler un peu. Sinon, je me souviens seulement que Kalestraan lui avait fait signer des papiers et qu'avec ça l'affaire était dans le sac.

— Je pense avoir déjà trouvé les documents en question, lui répondit Thelvyn. Pourquoi ne courrais-tu pas jusque chez notre brave bourgmestre afin de voir avec lui ce qu'il convient de faire pour célébrer dignement l'événement ?

— J'y vais, fit Taëryn en détalant comme un lapin.

Il s'immobilisa brusquement, la main sur la poignée de la porte.

— Et s'il me demande à quelle heure doit commencer la cérémonie ?

— Je pensais m'occuper des formalités demain matin. Pour le reste, je m'en remets à lui, répondit Thelvyn.

Tandis que le garçon refermait la porte avant de prendre ses jambes à son cou, Thelvyn se laissait choir dans son fauteuil. Il était aussi épuisé qu'après une pénible escalade. Pour devenir le Chevalier-Dragon, ça s'est passé tout seul, à côté de ça, se disait-il. Il avait été si absorbé par sa quête de l'armure, à l'époque, qu'il n'avait pas vraiment mesuré les conséquences qu'entraînerait sa découverte. Il avait certes eu peur quand on lui avait exposé quelles responsabilités il endossait, mais personne ne lui avait demandé son avis. Alors qu'aujourd'hui il allait devenir roi des Hautes-Terres de son propre chef. Aucun Immortel, aucune prophétie ne l'y avaient poussé. Rien ne l'y obligeait et c'était d'autant plus rageant qu'il avait pris cette décision contre son gré.

— Je sais à quel point ça te coûte, mon garçon, compatit Messire George en choisissant un siège. Mais tu ne pouvais pas vraiment faire autrement.

— Oh ! j'ai bien pensé à vous faire couronner à ma place, lui avoua Thelvyn. Mais je me suis dit qu'une fois le sceptre en main vous n'auriez probablement plus jamais voulu le lâcher.

Solveig s'esclaffa si bruyamment que le vieux chevalier lui décocha un regard propre à lui faire rentrer son rire dans la gorge. Il s'empressa de détourner la conversation.

— Taëryn est plus malin qu'on ne pourrait le croire, fit-il d'une voix songeuse. Il sait combien il est important pour la population de savoir qu'elle a enfin un champion pour la défendre.

— C'est pourquoi la nouvelle doit être annoncée au plus tôt, acquiesça Thelvyn. Alessa, je suppose qu'il est inutile de demander à vos confrères de consulter les règlements en vigueur puisque, apparemment, j'ai déjà tous les papiers nécessaires.

— Il serait tout de même préférable que nous puissions les examiner, répondit la magicienne. Mais, n'ayez crainte, tout sera prêt pour demain matin. Pour l'instant, le plus urgent est de faire circuler la nouvelle à travers tout le pays. Les ducs voyaient déjà le royaume partir à la dérive et leur inquiétude atteignait de telles proportions qu'ils menaçaient de renverser la monarchie. La proclamation de votre couronnement devrait les tranquilliser et, par là même, nous permettre d'obtenir plus facilement leur soutien, autrement dit les moyens dont nous avons besoin.

— Je me demandais s'il ne serait pas judicieux d'en avertir également les dragons, suggéra Messire George. Une telle nouvelle devrait leur donner à réfléchir...

— En tout cas, elle va sans nul doute encourager nos alliés potentiels à m'accorder leur appui, dit Thelvyn. J'ai l'impression de faire comme Jherridan : de passer mon temps à amadouer mes voisins pour les entraîner dans une guerre suicidaire.

— Serait-il prématuré de te demander si nous pouvons éventuellement caresser l'espoir d'obtenir des renforts ? s'enquit Solveig, qui commençait à s'impatienter.

Thelvyn secoua la tête.

— En fait, la question n'est pas tant : « Pourrons-nous, oui ou non, compter sur nos alliés ? » que : « Auront-ils seulement une chance d'arriver à temps ? » Les nains enverront tous les guerriers dont Rocklogis peut se passer sans mettre en péril sa propre sécurité, ça va de soi. Et je suis sûr que nous obtiendrons l'appui de Darokin. Quant à Alfheim, c'est une tout autre histoire. Selliànda elle-même reconnaît que les elfes peuvent fort bien rester gentiment assis dans leurs bois à se curer leurs jolies petites oreilles pointues en attendant que l'orage soit passé.

Quand on proclama à travers toute la capitale que le Chevalier-Dragon serait couronné roi des Hautes-Terres, ce fut comme si un vent d'espoir soufflait sur Braejr. L'effet fut immédiat. La détresse, la peur, la certitude d'un échec inéluctable... tout fut balayé d'un seul coup. Les gens furent subitement convaincus qu'ils sauraient se défendre si on leur donnait les moyens de s'organiser correctement. En un clin d'œil, la cité fut changée en ruche bourdonnante, chacun menant une lutte sans merci contre le temps pour fortifier la ville dans l'attente fébrile du retour de l'armée.

On ne préparait pas une bataille contre des dragons comme un siège ordinaire. Les Flaems avaient déjà pour eux la solidité de leurs constructions : les épais moellons et les toits de tuiles offraient une bonne protection contre le souffle des dragons. Cependant, bon nombre d'échoppes, d'entrepôts, d'ateliers et toutes les forges situées dans le quartier sud étaient particulièrement exposés. Il faudrait trouver un moyen pour les protéger. Les tas de bois de chauffe et tout ce qui pouvait s'enflammer aisément, comme les chariots ou les caisses de fret entassées sur les quais, devraient être mis à l'abri. La proximité immédiate des deux rivières fournissait d'inépuisables réserves d'eau et des citernes seraient ménagées dans tous les coins de la ville, dans les lieux les plus accessibles. Les Braejrois se faisaient beaucoup de souci pour leur « Jardin Public » et autres vastes espaces arborés ménagés intra-muros en vue d'une future expansion. Mais Thelvyn était persuadé que ces marécages pestilentiels étaient bien trop humides pour risquer quoi que ce soit... hélas !

Messire George fut chargé de hisser les catapultes sur les remparts et de trouver un moyen pour les préserver des flammes. Il suggéra d'entourer chacune d'elles d'une sorte d'énorme bouclier recouvert de tuiles ou de métal. Ce n'était pas vraiment la solution idéale, mais cela permettrait au moins aux soldats de se protéger. Toutes les catapultes restantes seraient placées aux endroits stratégiques, du moins ceux qui étaient assez spacieux pour les accueillir.

Le problème, c'était qu'un dragon n'était pas seulement un guerrier, mais aussi un véritable arsenal ambulant à lui tout seul. Chacun était un concentré de destruction à l'état pur. Tout y était : la magie, la rapidité, la force, la masse écrasante et même l'autoprotection que lui offrait son impénétrable carapace. Thelvyn n'avait jamais combattu plus d'une douzaine de dragons à la fois. Et encore ! avec l'appui d'une armée. Or, ce ne seraient pas des dizaines de dragons qu'il lui faudrait affronter, si la guerre éclatait, mais des centaines, voire même des milliers, des milliers de dragons farouchement déterminés à se débarrasser une bonne fois pour toutes de leur ennemi juré. Et il pouvait compter sur leur ténacité. Ils n'allaient pas ménager leur peine au moment où ils se voyaient enfin offrir l'occasion qu'ils attendaient tous depuis plus de vingt ans.

En fin d'après-midi, Thelvyn rejoignit le vieux chevalier sur les remparts pour surveiller les préparatifs. Les murailles étaient si larges que l'on pouvait y manœuvrer facilement les catapultes et les rampes d'accès permanentes qui avaient été édifiées de part et d'autre de la porte nord et sur les berges des rivières — là où elles interrompaient les remparts — permettaient de les hisser sans trop de difficultés. Quel idiot ! songeait Thelvyn en regardant les soldats s'activer. Quand je pense que j'ai fait convoyer toutes les catapultes à la Frontière ! En admettant qu'elles arrivent avec le premier régiment, il faudrait encore plusieurs jours avant de pouvoir les mettre en batterie. Or, rien ne permettait de penser qu'il en aurait le temps.

— Ce qu'il y a de bien avec les dragons, c'est qu'ils ne risquent pas de s'acharner sur les remparts. Ce serait tellement dommage d'abîmer si bel ouvrage ! disait le vieux chevalier, tandis qu'ils arpentaient tous deux le chemin de ronde. Contrairement à n'importe quelle armée assiégeante, ils n'en ont même pas besoin. Si tu veux mon avis, ils vont plutôt nous flanquer une bonne raclée et, quand on ne pourra plus les contenir, ils iront bien gentiment se poser en plein centre-ville et mettront en pièces tout ce qui tiendra encore debout.

— C'est leur tactique habituelle ? demanda Thelvyn tout en s'étonnant à part soi de la chaleur de la pierre sous ses pieds nus.

— On ne peut guère parler de « tactique habituelle », en l'occurrence, mon garçon. Pour la bonne raison que les dragons n'ont jamais attaqué de ville fortifiée d'aussi loin que l'on remonte dans leur histoire. En outre, prendre la cité n'est pas leur préoccupation majeure. Leur objectif premier est de se débarrasser du Chevalier-Dragon. Quand ils l'auront atteint, ils auront tout le temps de passer à la phase suivante. Autrement dit, de réduire la ville en miettes si ça leur chante.

— Si je comprends bien, toute cette belle stratégie défensive ne sert strictement à rien et nos efforts ne feront guère que retarder l'inéluctable. C'est ça ?

— Quant à moi, je préfère penser qu'ils ne parviendront jamais à la deuxième partie du programme, si tu n'y vois pas d'inconvénient, lui rétorqua Messire George avec une petite grimace. Est-ce que tout est prêt pour demain ?

— Alessa affirme que les papiers nécessaires seront sur mon bureau dès ce soir, répondit Thelvyn en jetant un coup d'œil en coin à la jeune magicienne qui se tenait à quelques pas de là, accoudée au parapet, le regard perdu dans le vague. Je les signerai au cours d'une cérémonie officielle qui se déroulera au palais, dans la matinée. Il y aura ensuite une procession à travers les rues principales de la ville, puis une grande fête populaire dans toute la capitale.

— Je présume que tu devras désigner ton successeur. Serait-ce abuser que de te demander si tu as déjà quelqu'un en tête ?

— Tout bien considéré, je crois que je vais choisir Solveig.

— Ah ! excellent choix ! s'exclama le vieux chevalier avec un manifeste soulagement.

Rassuré, Messire George tourna son attention vers la grand-route qui filait vers le nord.

— Encore trois jours avant que le premier régiment ne se profile à l'horizon, fit-il avec une inhabituelle gravité.

— Plutôt quatre, rectifia Thelvyn. Et peut-être plus de quinze pour que nos troupes soient rassemblées ici au grand complet. Si les dragons arrivent avant ça — comme je m'y attends —, je ne pourrai rien faire, si ce n'est lancer un défi à leur chef et me battre tant que j'en aurai la force. Après quoi, je n'aurai plus qu'à capituler. C'est bien vous qui disiez que les dragons se montrent généralement magnanimes envers le vaincu, quand il accepte de se soumettre ?

— Ça ne se passera sûrement pas comme ça ! s'insurgea Alessa, qui les avait discrètement rejoints. La majeure partie de nos effectifs sera bientôt sur place et je ne doute pas que nous puissions tenir assez longtemps pour permettre aux renforts d'arriver.

— Quand la guerre sera bel et bien déclarée, elle ne durera pas, lui rétorqua Thelvyn. Même si nous étions aussi bien préparés qu'on puisse l'être en pareilles circonstances, nous ploierions sous le nombre. Je ne me fais aucune illusion et je ne caresse même pas l'espoir d'une victoire. Mon seul but est de nous mettre en position de négocier une trêve avec les dragons. Evidemment, si nous pouvions savoir où se cache leur fameux trésor, nous détiendrions un formidable atout.

— Nous n'avons toujours pas découvert le moindre indice, reconnut Messire George. Je commence à me demander si Kalestraan ne l'a pas fait sortir des Hautes-Terres, finalement. Quoi qu'il en soit, même en admettant que nous puissions le retrouver, ça ne suffirait pas à nous concilier les bonnes grâces des dragons. Si tu veux vraiment négocier la paix, il te faudra donner davantage...

— Je suis prêt à me livrer, si c'est ce que vous voulez dire, affirma Thelvyn. De toute façon, puisque, selon la Prophétie, je suis censé infléchir le cours de leur destinée, je finirai bien par me retrouver parmi eux, un jour ou l'autre. Or, je ne vois pas vraiment comment ça pourrait se produire, à moins que je ne me constitue prisonnier.

— Ne t'inquiète pas, je ne te laisserai pas partir tout seul, mon garçon, promit Messire George. Sachant ce que l'on sait, je suis en droit de t'accompagner dans ton exil.

— Mais enfin ! s'indigna Alessa, vous ne pouvez pas vous résigner à la défaite aussi facilement ! Je croyais que le Chevalier-Dragon était invulnérable...

Thelvyn garda un instant le silence, les yeux tournés vers le nord.

— Les dragons auront toujours l'avantage du nombre, de la rapidité et de la mobilité, lui rappela-t-il. Ils viendront par centaines, peut-être même par milliers. Si je suis obligé de me rendre, ce ne sera pas pour sauver ma vie...

— Feu et foudre ! jura Alessa, outrée. Vous devriez tout de même bien être capable de faire quelque chose !

— J'ai toujours bon espoir de parvenir à négocier une nouvelle trêve, lui répondit Thelvyn avec un calme olympien qui ne fit qu'exaspérer la magicienne davantage. Je suis prêt à leur promettre que je me retirerai à jamais des affaires du monde s'ils en font autant. Ainsi, nos différends ne concerneront plus que nous. Si seulement j'avais pu comprendre ça plus tôt et rester à l'écart des querelles flaemoises, nous n'en serions pas là aujourd'hui !

— Voilà donc pourquoi tu rechignais tant à monter sur le trône des Hautes-Terres, en conclut Messire George en branlant du chef. Le moins qu'on puisse dire, c'est que tu sembles avoir fait le tour de la question, mon garçon. Ce que tu proposes là pourrait bien séduire les dragons, après tout. Il nous faut néanmoins prendre garde à ce que les choses ne se retournent pas contre nous, et la meilleure façon de nous en assurer, c'est encore de nous préparer du mieux que nous le pourrons à cette guerre. Si seulement nos chers voisins daignaient nous envoyer des renforts, ça nous faciliterait grandement la tâche !

— Je ne suis même pas sûr que notre propre armée arrive à temps, alors les autres... soupira Thelvyn. Les dragons peuvent quitter la Cordillère Wendarienne d'un instant à l'autre, et, en moins de deux heures, ils seront ici. Autant dire que le sort des Hautes-Terres ne dépend plus que d'eux.

5

Le grand dragon d'or survolait les Dents du Wyrm, aux confins du Normonde. Il atteindrait bientôt Brise-Bise, la citadelle des dragons, à des milliers de lieues au nord-est des Hautes-Terres. Là-bas, en Occident, la guerre menaçait. Mais, ici, Markhaën retrouvait la nature, libre du joug des humains. Il contemplait ces hautes montagnes déchiquetées qui n'ôtaient jamais leur couvre-chef immaculé, pas même au plus fort de l'été, et il se prenait à rêver. Il rêvait à l'automne, quand elles s'emmitoufleraient dans leur épais manteau de neige virginale. Le vent recouvrerait alors toute sa fougue cinglante, prodiguant aux créatures ailées l'ivresse de plongeons vertigineux et d'envolées célestes, tandis qu'elles louvoieraient agilement entre pics et gorges, de rafales déferlantes en bourrasques étourdissantes. La chasse reprendrait ses droits. Poussés par la faim, élans, chevreuils et chamois escaladeraient les versants enneigés, silhouettes sombres se détachant distinctement sur le drap blanc et glacé, comme autant de victimes offertes au sacrifice rituel immuablement soumis à la loi du plus fort.

Fatigué de son long voyage, Markhaën se laissait porter par le vent du sud qui le pousserait sur les derniers milles jusqu'à destination. Il ne regrettait pourtant pas son expédition dans les montagnes du Wendar, à la frontière nord du royaume flaemois. Cette terre ancestrale exerçait sur lui — comme sur tous ses pairs — une étrange fascination ; les forêts dévalant le flanc de la cordillère pour envahir les immenses territoires sauvages du Grand Nord, surtout. Les humains n'osaient s'y aventurer et elles avaient conservé cette ténébreuse beauté intemporelle que devait avoir eue le monde à l'aube de la création. Un vieux sanctuaire oublié s'y nichait, douloureuse cicatrice d'un temps où les dragons avaient renié leur Immortel. Toujours prompts à s'enflammer à la moindre étincelle, les farouches dragons rouges s'étaient alors retournés contre leurs propres clercs pour avoir osé prophétiser le retour du Chevalier-Dragon. Depuis lors, la Cordillère Wendarienne était devenue, pour tous les dragons, une intarissable source d'ennuis.

Mais Markhaën était plus intelligent que le plus malin des dragons rouges et eux-mêmes s'inclinaient devant sa sagesse, se soumettant bon gré mal gré à son autorité. Il savait aller au fond des choses et déceler leur signification cachée. Si les prêtres du Tout-Puissant refusaient obstinément de prendre fait et cause contre le Chevalier-Dragon, c'est qu'ils devaient avoir une bonne raison. Il ne demanderait jamais à sa sœur de lui dévoiler les secrets de son ordre. Il ne se le permettrait pas. Cependant, il en avait assez vu pour se faire sa petite idée sur la question. Il était désormais convaincu que le Tout-Puissant était resté en relation avec ses disciples. Si, comme la majorité des dragons le pensait, Il avait purement et simplement disparu, les abandonnant à jamais aux caprices d'un cruel destin, pourquoi ses adorateurs étaient-ils encore si nombreux ? Pourquoi le serviraient-ils avec tant de zèle aujourd'hui ?

La réponse tombait sous le sens. Markhaën n'était

pas aveugle. Il voyait bien que le Tout-Puissant avait protégé les dragons malgré eux. Il savait qu'en les préservant de cette violence instinctive, de cette insatiable avidité, de cette soif de pouvoir inhérentes à leur fougueuse nature, Il les avait empêchés de sombrer dans cette même folie destructrice qui consumait tous les renégats. Il leur avait fait don d'une véritable patrie et les avait dotés d'un parlement où toutes les espèces étaient représentées. Il les avait obligés à tenir conseil avant d'agir, les guidant ainsi, insensiblement, sur la voie de la sagesse. Volonté délibérée ou aléas de plus vastes desseins, Il les avait pourtant délaissés à un moment de leur histoire où des décisions capitales s'imposaient. Markhaën se ferait un devoir de veiller à ce qu'ils fassent le bon choix.

Quant à la question du Chevalier-Dragon, elle demeurait entière. Elle l'obnubilait, le frustrait plus encore qu'elle ne l'intriguait. Le tuer, puis confisquer ou détruire sa maudite armure ensorcelée semblait la solution la plus évidente pour éradiquer ce péril incarné. Pourtant, ce n'était pas aussi simple qu'il y paraissait. S'il avait suffi de le supprimer, pourquoi les clercs s'y étaient-ils toujours refusés ? Se conformaient-ils aux ordres de leur dieu ? Mais à quoi riment toutes ces questions, Markhaën ? se disait-il. Que cherches-tu vraiment en t'interrogeant inlassablement ? Crois-tu donc pouvoir deviner les intentions du Tout-Puissant ? N'essaierais-tu pas de te cacher derrière la volonté des Immortels pour échapper à tes responsabilités ? Sans doute. Mais l'enjeu était trop important pour courir le risque de prendre une mauvaise décision. Il savait qu'il n'aurait pas droit à l'erreur. Si seulement il avait pu en discuter avec Kharenndaën ! Non pas qu'il eût souhaité la voir trancher à sa place. Mais, du moins, aurait-il pu bénéficier de ses conseils. Las ! Ses devoirs de prêtresse l'avaient appelée au loin. Ce qui prouvait, une fois de plus, que le Tout-Puissant jouait bel et bien un rôle dans cette affaire. Cependant, même s'il se fiait toujours au jugement de sa sœur, Markhaën ne pouvait pour autant ignorer qu'elle était toute dévouée au Chevalier-Dragon...

Au sortir d'une vallée encaissée, il vit se dresser devant lui le grand pic de Brise-Bise, pointé vers le ciel comme un défi lancé aux dieux eux-mêmes. Bien que beaucoup plus haut et plus abrupt, il ne se distinguait guère, à cette distance, des autres sommets environnants. En fait, la cité de Brise-Bise avait été érigée au creux du cratère d'un vieux volcan depuis longtemps éteint. Ce qui, de loin, passait pour une cime déchiquetée recouverte de neige n'était autre que la forêt de flèches et de tours fusant de ses gigantesques édifices, tous ciselés dans le marbre blanc le plus pur.

Markhaën prit de l'altitude pour survoler le volcan, puis franchit le rebord du cratère et plongea en piqué vers la cité. Il se mit alors à décrire de grands cercles, cherchant des yeux l'entrée de son antre. Brise-Bise était immense. Certes, à l'échelle d'un humain, toutes les constructions des dragons prenaient des allures de montagne. Mais Brise-Bise était immense, même pour un dragon. Chacun de ses habitants disposait d'un domicile privé, creusé dans la paroi du cratère et s'ouvrant sur l'extérieur par une sorte de grand balcon naturel. Tous les repaires étaient reliés entre eux par un réseau de cavernes et de vastes galeries pratiquées dans les flancs du volcan.

Au fond du cratère, s'étendait l'une des plus belles cités qu'il soit donné de voir de par le monde. En son centre, s'élevait le plus remarquable édifice de la ville. Il dominait tous les autres, non seulement par sa hauteur, mais surtout par sa splendeur. Tel était le Temple du Tout-Puissant : de loin la plus gigantesque construction de l'univers, dont les tours et les flèches effilées jaillissaient du chaudron volcanique comme autant d'hymnes à la pureté et à l'harmonie. Nombre de monuments rivalisaient d'élégance avec lui ; mais, si impressionnants soient-ils, aucun ne l'égalait. Parmi eux se trouvaient notamment l'Institut des Sciences Physiques et Occultes et la fabuleuse Bibliothèque des Dragons. Le premier avait été bâti à l'initiative des dragons d'or qui, avec l'appui des esprits les plus brillants au sein de la communauté des rouges et des noirs, en assuraient la direction et se chargeaient de l'enseignement. La seconde, véritable cathédrale du savoir, renfermait annales et grimoires d'un passé si lointain que même les plus érudits des lettrés et des magiciens du monde extérieur ne pouvaient en soupçonner l'existence.

Markhaën repéra enfin l'entrée de son antre et se posa sur la corniche. Il replia ses ailes et s'accorda un bref moment de répit, le temps d'admirer la cité en contrebas. Brise-Bise semblait étrangement calme. Seuls quelques rares dragons glissaient silencieusement dans les airs entre les spirales immaculées de ses tours. La plupart avaient déjà rejoint l'ouest du continent, surtout les plus jeunes, toujours avides d'aventures, piaffant d'impatience à la perspective d'envahir les Hautes-Terres et de se battre à mort contre le Chevalier-Dragon. Markhaën ouvrit la porte, plaqua ses ailes contre sa carapace pour franchir le seuil et repoussa le lourd vantail de bois sombre.

En qualité de Premier Porte-Parole, il jouissait de plus vastes et plus confortables appartements que la majorité de ses concitoyens. Son repaire ne ressemblait en rien aux cavernes frustes que dépeignaient les légendes des humains. Ici, pas de pierre grossièrement taillée, mais du marbre poli d'une éclatante blancheur — certes, le marbre n'était pas un matériau des plus courants en terrain volcanique, mais les dragons n'hésitaient pas à couvrir des centaines de lieues pour le transporter, depuis les lointaines carrières dont il était extrait, jusqu'à Brise-Bise. Partout, le plafond était assez haut pour qu'il puisse se tenir assis sur ses postérieurs. Ce qu'il fit d'ailleurs, dès son arrivée, pour se délester de ses armes et de ses sacoches.

Après quoi, franchissant la porte qui communiquait avec les passages intérieurs, il se dirigea vers les thermes. Il se prélassa longuement dans l'un des bassins d'eau chaude auxquels pourvoyait naturellement le volcan, dénouant ses muscles endoloris par son vol de longue haleine et laissant la fatigue du voyage se dissoudre dans les vapeurs bienfaisantes. Il était encore jeune pour un dragon, surtout pour occuper un poste aussi important. Toutefois, il n'avait plus rien de l'intrépide écervelé de son adolescence. Il ne dédaignait pas quelques brèves escapades en pleine nature, mais coucher à même le sol, dans le froid et la pluie, nuit après nuit, ou se nourrir de gibier à peine rôti par son propre souffle avant d'être englouti tel quel, tant il était affamé, ne constituaient plus de ces exploits dont les plus juvéniles se rengorgeaient. Il y avait un temps pour tout. Et puis, il n'avait plus rien à se prouver, lui.

Quand il regagna son logis, il ne fut pas surpris d'y trouver Alenndhaë. Le vieux sorcier l'attendait dans l'entrée. Si Alenndhaë résidait à Brise-Bise, il n'était cependant pas un dragon. Il appartenait à l'ethnie des Eldars, la souche la plus ancienne de la race elfe. Les Eldars étaient plus robustement charpentés et de plus haute taille que les autres elfes. Ils dépassaient même la plupart des humains. Ils se distinguaient également de leurs frères par leurs grands yeux sombres et leur chevelure lustrée d'un noir bleuté. Ils jouissaient d'une longévité exceptionnelle, se rapprochant en cela davantage des dragons — dont l'existence se comptait en millénaires — que des elfes — qui ne vivaient guère au-delà de quelques siècles. Les elfes eux-mêmes les avaient oubliés et les rares qui se souvenaient de leur nom les croyaient depuis longtemps disparus. Il fallait dire, à leur décharge, que les derniers survivants de cette noble race avaient élu domicile dans la cité interdite des dragons. Or, qui connaissait l'existence de Brise-Bise, en dehors des dragons eux-mêmes ?

— Alors, comment ça se présente, à l'ouest ? demanda le vieux sorcier.

— Confusément, soupira Markhaën. C'est à se demander si cela vaut bien la peine de se fatiguer à combattre les Flaems ! Apparemment, ils ne nous ont pas attendus pour s'entre-tuer.

— J'ai ouï dire que certains de leurs magiciens avaient réussi à se changer en dragons et tenté, sous cette forme, d'assassiner le roi des Hautes-Terres et le Chevalier-Dragon.

— En ce qui concerne le roi, ils sont parvenus à leurs fins. Quant au Chevalier-Dragon, ils ont essayé de briser les sortilèges de son armure, mais leurs pouvoirs se sont révélés insuffisants. En des temps si troublés, il serait souhaitable que nous puissions nous tenir informés d'heure en heure de ce qui se passe en Occident. C'était tout de même beaucoup plus simple quand Kharenndaën vivait encore parmi les Flaems. Du moins savions-nous ce qu'ils fabriquaient.

— Ainsi le roi des Hautes-Terres est bel et bien mort... murmura pensivement Alenndhaë en s'asseyant dans le fauteuil que lui désignait Markhaën. (Parce qu'il recevait chez lui aussi bien des dragons que des elfes, Markhaën avait meublé son antre en conséquence.) Voilà qui change tout.

— Je ne suis pas persuadé que cela change quoi

que ce soit, rétorqua Markhaën en s'allongeant sur le tapis pour se mettre à la hauteur de son interlocuteur. Le Chevalier-Dragon avait déjà pris la direction des opérations et ordonné le retrait de son armée en signe ostensible d'apaisement, avant la disparition de Jherridan Maarsten. A présent, il replie ses troupes vers le centre du royaume, manifestement vers la capitale. A mon sens, cette manœuvre est un avertissement. Elle nous informe, d'une part, que ni les Flaems ni le Chevalier-Dragon ne veulent régler le conflit sur le champ de bataille, et, d'autre part, que, si, malgré tout, la guerre devait éclater, ils entendent se battre sur leur propre terrain. Ils se préparent d'ailleurs à soutenir un siège et concentrent toutes leurs forces à Braejr en ce moment même.

— Il n'en demeure pas moins que la moitié de la Nation des Dragons garde les yeux braqués sur eux. Cela doit sûrement leur donner à réfléchir.

Markhaën baissa la tête, les oreilles rabattues.

— Le Chevalier-Dragon s'attribue le beau rôle et nous met délibérément dans une situation impossible : s'il doit y avoir une guerre, l'initiative nous en reviendra et nous en porterons l'entière responsabilité. A nous de bien peser le pour et le contre. Les nôtres veulent absolument l'éliminer, mais je sais trop de quoi il est capable pour ne pas redouter les pertes qu'il nous en coûtera — si nous y parvenons ; ce qui reste à prouver. Kharenndaën affirme que nous pouvons lui faire confiance, tant que nous ne l'obligeons pas à prendre les armes, et je me rangerais volontiers à cet avis. Je ne crois pas qu'il soit nécessaire de supprimer le Chevalier-Dragon, tant qu'un solide traité de paix nous engage les uns envers les autres.

— J'ai bien peur que la majorité des dragons ne partage pas cette opinion.

— Je sais, grommela Markhaën, et je doute de

pouvoir les contenir encore longtemps. En tout cas, si je m'y essaie, j'ai intérêt à trouver de solides arguments. Contrairement à eux, je pense aux conséquences. Nous avons certes d'excellentes raisons d'en vouloir tant aux Flaems qu'au Chevalier-Dragon. Mais, même si notre fierté doit en pâtir, nous devons regarder la réalité en face : une guerre contre les Hautes-Terres va nous attirer les foudres de toutes les autres nations. Elles nous redoutaient déjà, elles nous haïront. Notre déplorable réputation n'a pas franchement besoin de ça ! Nous ne devons pas non plus oublier que cette décision aura de graves répercussions et que maintes générations en pâtiront.

— Les dragons sont puissants. Ils pourraient dominer le monde s'ils le voulaient — du moins, jusqu'à ce que les Immortels n'interviennent pour y mettre bon ordre. Seuls, les Immortels sont plus forts que les dragons. Avec le retour du Chevalier-Dragon, je crois qu'ils sont déjà intervenus une première fois. Penses-tu qu'ils vont laisser les dragons défaire leur champion ?

Markhaën soupira de plus belle.

— J'en viens parfois à me dire que notre supériorité est aussi notre malédiction. Même les Immortels nous craignent et nous méprisent.

— Les Immortels ne vous craignent pas plus qu'ils ne vous méprisent, le détrompa Alenndhaë. Mais ils sont chargés de préserver envers et contre tout l'équilibre du monde ; un équilibre que, par votre puissance même, vous menacez dangereusement. Il vous faut leur prouver que vous pouvez vous contrôler et étouffer cette propension à la cruauté et à la destruction qui sommeille en chacun de vous. Peut-être est-ce précisément ce que ce second Chevalier-Dragon est chargé de vous enseigner.

— Si tel est le cas, je lui souhaite bien du courage. Pour bon nombre d'entre nous, il aura intérêt à employer la manière forte. Mais, en ce qui me concerne, mon premier devoir est de protéger mon peuple, et si, pour cela, il me faut vaincre le Chevalier-Dragon, eh bien soit, je le vaincrai !

Le lendemain matin, Markhaën sortit sur sa corniche et respira à pleins poumons. Le ciel était d'un bel azur, aussi éclatant que la carapace d'un dragon bleu qui vient de naître. Mais il était trop tôt pour que le soleil ait chassé l'ombre des montagnes qui ensevelissait encore la profondeur du cratère. Il se fit la même réflexion que la veille au soir : Brise-Bise semblait avoir été désertée par plus de la moitié de ses habitants. Il régnait dans la cité une désagréable impression d'abandon, comme après un cataclysme ou... une guerre...

Si Markhaën avait cru aux présages, il aurait certainement vu là un avertissement : le spectacle d'une désolation prochaine, funeste conséquence de l'irréparable erreur qu'il s'apprêtait à commettre. Mais les dragons ne croyaient guère aux présages et, si le Tout-Puissant avait voulu lui dire quelque chose d'aussi important, Il aurait probablement choisi un moyen beaucoup plus éloquent. En fait, il n'y avait là rien de bien mystérieux. Nul besoin d'être devin pour savoir que, fermement résolus à en découdre, les plus jeunes avaient tous pris la route de l'ouest. Ce qui était déjà, en soi, de fort mauvais augure.

Markhaën déploya ses ailes et s'élança dans les airs. Il descendit en flèche, puis se rétablit de quelques vigoureux battements d'ailes et survola les rues désertes, en direction du cœur de la cité silencieuse. Comme il approchait du Temple du Tout-Puissant, il reprit de l'altitude et décrivit une large spirale ascendante autour des hautes murailles lisses et étincelantes. Parvenu à destination, il se stabilisa et se posa sur le surplomb.

Les allées du Temple du Tout-Puissant étaient larges et son plafond, assez élevé pour qu'une dizaine de dragons puissent s'y ébattre sans se gêner. Cela n'avait rien d'un détail architectural quand on connaissait leur ombrageux caractère : quand, par malheur, deux dragons se retrouvaient piégés dans un endroit trop exigu pour que chacun puisse y respirer à son aise, ils passaient systématiquement à l'attaque. Le grand dragon d'or possédait une loge privée au sein même de l'édifice. Bien qu'il ne l'ait pas prévu, il ne fut pas vraiment surpris que Daresha l'y ait devancé. Chaque fois qu'il la retrouvait, sa beauté le séduisait davantage. Elle devait à sa jeunesse l'éclat de sa carapace, qui semblait coulée dans l'or pur, et à sa sagesse, la profondeur de son regard si troublant. Elle pencha la tête pour se frotter le bout du museau contre son poitrail et il s'empressa de répondre à son invite. Ce geste d'affection était aussi un gage de confiance absolue : offrir ainsi sa nuque aux crocs et aux cornes de l'autre, n'était-ce pas lui reconnaître un véritable droit de vie ou de mort sur sa personne ?

— Quel bonheur de te revoir enfin ! murmura-t-elle, la joue tendrement pressée contre la sienne. Mais je sens que ce bonheur sera de courte durée. Tu ne resteras pas longtemps, je suppose ?

— Je dois retourner dans l'ouest au plus tôt et je partirai dès que le Parlement aura pris une décision. Je ne suis pas tranquille avec toutes ces têtes brûlées postées en lignes de bataille à la frontière des Hautes-Terres. Ils ont encore leurs ennemis à portée de leur souffle. Or, ils les voient plier bagage et leur échapper, par la même occasion. Si personne n'est là pour les tenir à l'œil, ils pourraient bien en profiter pour jeter leur gourme, avec les conséquences que l'on sait.

— Tu sembles oublier que tu n'es pas beaucoup

plus vieux qu'eux, lui fit remarquer Daresha, une petite étincelle de malice dans les prunelles.

— Les soucis m'ont fait vieillir avant l'âge.

— Je crains de devoir aggraver ce vieillissement prématuré, dit-elle en relevant la tête pour le regarder bien en face.

Toute lueur taquine avait disparu de ses yeux pour faire place à une gravité alarmante.

— La nouvelle nous est parvenue cette nuit, enchaîna-t-elle. Le Chevalier-Dragon sera couronné roi des Hautes-Terres ce matin même.

— Roi ! s'exclama Markhaën. (Il se laissa choir plus qu'il ne s'assit.) Ça alors ! Je ne m'y attendais pas, je l'avoue. Kharenndaën a toujours vanté la droiture de son cher Chevalier-Dragon dont nulle soif de pouvoir ne venait ternir l'intégrité. Je dois bien admettre, soit dit en passant, que je n'étais pas loin de partager cette opinion.

— Dois-je te rappeler qui il est ? Sachant cela, comment s'étonner qu'il ait été tenté ?

— Peut-être lui ai-je accordé ma confiance un peu trop hâtivement, tu as raison. Cependant, je ne comprends pas où il veut en venir. Kharenndaën a toujours dit qu'il dédaignait les honneurs et se méfiait de la corruption du pouvoir comme de la peste. Tu sais à quel point on peut se fier à la justesse de son jugement. Et puis, s'il avait voulu s'emparer du pouvoir, il l'aurait fait depuis longtemps. Qu'est-ce qui a bien pu provoquer un tel revirement en si peu de temps ?

— Tout bien considéré, je me demande s'il a eu le choix. Sans roi et sans l'autorité de ses magiciens, le royaume flaemois partait à la dérive, au moment même où la guerre menaçait. Le problème, c'est que maintenant qu'il y a goûté, j'ai bien peur que son appétit de pouvoir ne se soit singulièrement aiguisé. En tout cas, la paix me paraît fort compromise et, à mon avis, tu vas avoir bien du mal à convaincre nos petits camarades du contraire.

— J'ai déjà du mal à m'en convaincre moi-même. Je me disais que nous pourrions négocier une nouvelle trêve, puisque le Chevalier-Dragon faisait reculer ses troupes et que nous nous trouvions désormais en position de force. Mais, s'il lui prend des envies de grandeur, il commence à devenir un peu trop ambitieux pour que je puisse dormir sur mes deux oreilles. Pourtant, j'aurais bien voulu avoir un peu plus de temps pour réfléchir à la question et obtenir quelques précisions.

— Oui, mais nous ferions mieux de gagner la Salle du Conseil dès maintenant ou les rouges vont régler le problème sans nous.

Markhaën raccompagna Daresha à la porte qu'il referma derrière elle. La Salle du Conseil — ou, comme l'appelaient plus volontiers les elfes, « le Parlement des Dragons », d'après le nom que se donnait elle-même cette noble assemblée délibérante — était une vaste enceinte circulaire, sorte d'amphithéâtre situé au centre du Temple du Tout-Puissant. Un couloir en faisait le tour et permettait à chaque délégué de rejoindre sa loge qui s'ouvrait sur un balcon faisant office de tribune oratoire. Chaque membre du Parlement siégeait dans sa tribune, couverte d'un dais et partiellement fermée sur les côtés par deux solides parois de pierre. L'espace était trop restreint pour qu'un dragon puisse y déployer ses ailes : utile précaution contre les réactions inopinées d'esprits par trop échauffés.

En qualité de Premier Porte-Parole du Parlement, Markhaën bénéficiait d'une loge plus grande et d'une tribune plus élevée que les autres. Cette dernière était même dotée d'une monumentale plate-forme suspendue qui lui permettait d'embrasser d'un seul coup d'œil l'assemblée au grand complet. Il n'était que le troisième à occuper cette place d'honneur depuis que Brise-Bise existait, autant dire des siècles. Une seule tribune dominait la sienne. Par le passé, dans les moments les plus critiques de l'histoire des dragons, le Tout-Puissant lui-même s'était parfois matérialisé sur cette corniche, au pinacle, là où nul autre dragon n'aurait osé prendre place. Mais le Tout-Puissant s'était retiré du monde un quart de siècle auparavant et plus du double d'années s'étaient écoulées depuis qu'il avait présidé pour la dernière fois au Parlement.

Markhaën n'était encore qu'un très jeune dragon quand il avait vu siéger le Tout-Puissant et il ne se sentait guère, à présent, plus rassuré que ce jour-là. Il aurait donné cher pour que le seul véritable Seigneur des Dragons soit à ses côtés pour le guider, alors même qu'il s'apprêtait à prendre l'une des décisions les plus cruciales que la Nation des Dragons ait jamais eu à prendre. Comme il surveillait l'assistance, il constata que moins d'un tiers des membres du Parlement avaient répondu à l'appel. Il espérait que le débat en serait écourté d'autant. Bien entendu, les Porte-Parole des dragons rouges et des dragons noirs n'auraient pour rien au monde manqué le rendez-vous : Jherdar et Thalbar étaient fidèles au poste. Gheradaën, représentant des dragons d'or, et Lhorann, représentant des dragons bleus, étaient là également. Les deux représentants des dragons blancs eux-mêmes s'étaient déplacés. Mais ils n'interviendraient sans doute pas. Cette guerre ne les concernait que de très loin : ils ne prendraient part au combat que si la situation devenait vraiment désespérée. Créatures des régions polaires, ils n'allaient pas s'aventurer dans « les pays chauds » — appellation qu'ils donnaient à tout ce qui se trouvait au sud de la Cordillère Wendarienne —, à plus forte raison en plein été, pour livrer bataille à des humains dont ils avaient, jusqu'alors, ignoré l'existence.

Markhaën les dévisageait l'un après l'autre, se préparant déjà au tir nourri d'arguments dont ils ne manqueraient pas de le bombarder. En tant que Premier Porte-Parole, il lui fallait tenir compte de l'avis de chacun, sans privilégier les dragons d'or, même s'il en faisait partie. Jherdar et Thalbar, chefs des espèces les plus vindicatives, allaient probablement demander la tête du Chevalier-Dragon. Quant aux dragons bleus, il n'aurait pu se prononcer : Lhorann pouvait pencher d'un côté comme de l'autre. Le reste écouterait ce qu'il avait à dire avant de trancher. Markhaën était tenu en haute estime. Tous respectaient sa grande sagesse et ses dons de fin stratège. Même les rouges et les noirs l'admiraient parce que, à leurs yeux, il vibrait encore de cette impétuosité propre à la jeunesse. Comme dans toutes les délibérations importantes, il aurait le mot de la fin, à moins qu'une majorité ne juge ses théories trop irrecevables pour lui apporter son soutien.

Encore une heure auparavant, Markhaën se serait contenté d'éprouver la détermination de ses ouailles. Il leur aurait dépeint les conséquences d'une guerre contre les Flaems, puis leur aurait suggéré d'envoyer une délégation auprès du Chevalier-Dragon pour négocier un nouveau traité de paix, en insistant lourdement sur les avantages d'une trêve et sur les risques d'un affrontement avec leur terrible ennemi. Mais les choses avaient bien changé en une heure. A présent, il n'avait plus l'intention de remettre la nécessité d'un conflit en question : l'invasion des Hautes-Terres était devenue inévitable. Il ne chercherait plus désormais qu'à obtenir un vote de confiance qui lui accorderait les pleins pouvoirs, lui garantirait une obéissance aveugle et, surtout, lui permettrait de se charger lui-même du Chevalier-Dragon.

Daresha venait de prendre place dans sa loge,

signal convenu indiquant qu'il pouvait ouvrir la séance : tous les représentants souhaitant assister au débat étaient présents. Il se leva et s'avança jusqu'au bord du surplomb.

— Nous sommes réunis aujourd'hui pour prendre une grave décision, une décision dont dépendra la destinée de tous les dragons, déclara-t-il. A l'instant même, l'Armée des Hautes-Terres se retire de la frontière nord avec la manifeste intention de prendre position à Braejr pour défendre le royaume, si besoin est. Le Chevalier-Dragon a pris le contrôle de la situation et sa politique tend à prouver que ni lui, ni les Flaems ne veulent plus d'un conflit contre nous. La question est donc de savoir comment nous allons réagir à cet état de fait.

— Ne sais-tu pas que le Chevalier-Dragon s'est fait couronner roi des Hautes-Terres ? lança Jherdar d'un ton provocateur.

— Je le sais et je présume que, à cette heure, vous avez déjà tous appris la nouvelle. Je reconnais qu'elle me préoccupe au plus haut point. Cela ne ressemble guère au Chevalier-Dragon que j'ai connu il y a cinq ans. Tu l'as toi-même rencontré, Jherdar. A cette époque, il m'avait paru sage et enclin à l'indulgence. En tout cas, il ne semblait pas tirer vanité de ses pouvoirs.

— C'est vrai, concéda Jherdar de mauvaise grâce. Il n'a pas abusé de la situation, comme il aurait pu le faire ; ce qui témoignait d'une certaine bienveillance à notre égard, j'en conviens.

— J'ai toujours pensé que nous lui en étions redevables et que la meilleure façon de nous acquitter de cette dette envers lui était encore de faire preuve d'une patience et d'une ouverture d'esprit qui ne nous sont pas naturelles, reconnaissons-le. Mais notre sécurité passe avant tout. Or, la mort du roi des Hautes-Terres et la disgrâce de ses pyromages ont placé le Chevalier-Dragon en position de force et lui ont conféré une autorité dont il ne jouissait pas auparavant. Il semble, à présent, qu'il ait pris goût à l'exercice du pouvoir et qu'il entende bien s'accrocher à sa couronne. Qui nous dit qu'il s'arrêtera là ? Sa puissance et son invulnérabilité lui procurent une influence à laquelle nul n'osera s'opposer. S'il lui prend des envies de conquête, qui pourra mettre un frein à ses ambitions ? Qui, sinon nous ?

— Le Chevalier-Dragon doit mourir ! décréta Jherdar en projetant la tête dans le vide, comme un coq de combat donne un coup de bec pour intimider l'adversaire. Et il doit mourir maintenant ! insista-t-il. Nous connaissons ses points faibles et nous savons qu'il cherche à y remédier grâce à de nouveaux sortilèges. C'est pourquoi nous devons agir vite, avant qu'il ne devienne trop puissant.

— Jherdar a raison, s'écria Thalbar, qui s'était campé à l'extrémité de sa tribune, tel un général galvanisant ses troupes avant la bataille. Nous perdons notre temps. La question n'est pas : « Devons-nous tuer le Chevalier-Dragon ? » mais : « Comment y parvenir ? »

— Je suis tout à fait d'accord, affirma posément Markhaën en s'asseyant sur ses postérieurs. Jherdar, tu prétends que le Chevalier-Dragon n'est pas invulnérable. Je te rappelle qu'il n'a de points faibles que parce qu'il le veut bien. Il peut nous sembler moins dangereux que le premier Chevalier-Dragon, mais il ne faut pas oublier que, contrairement à son prédécesseur, il n'a jamais utilisé ses armes au maximum de leur puissance. Et ce, par pure compassion. J'ai vu, de mes propres yeux, ce qu'il a fait de Kardayeur qui était considéré comme le plus puissant de tous les rois renégats. J'étais là quand il a foudroyé six de ses gardes du corps d'une seule décharge de son glaive. Si nous l'obligeons à renoncer à la clémence dont il a toujours fait preuve envers nous jusqu'ici, il deviendra une menace aussi terrifiante qu'a pu l'être le premier Chevalier-Dragon.

Jherdar s'apprêtait à protester violemment, mais il se ravisa et réfléchit quelques instants en silence, les oreilles rabattues et le regard flamboyant de colère. Il savait que Markhaën ne disait là que la plus stricte vérité et il bouillait de rage à l'idée de devoir l'admettre.

— Tu as raison, Premier Porte-Parole, fit-il néanmoins. Si nous le poussons à bout, si sa vie même est en jeu, le Chevalier-Dragon pourrait bien recourir à toute la puissance de ses sortilèges pour se défendre.

— Non seulement aux sortilèges de son armure magique, mais aussi à ses propres pouvoirs, car ce sont là deux choses différentes, lui fit remarquer Markhaën. Et un atout dont ne bénéficiait pas le premier Chevalier-Dragon. Autant dire qu'il est encore plus redoutable que lui. Nous pouvons remercier la Providence qu'il n'ait pas encore pris toute la mesure de sa force et nous serions bien malavisés de lui ouvrir les yeux.

Pas un membre de l'assemblée n'osa le contredire. Tous semblaient manifestement troublés et demeuraient plongés dans leurs réflexions, la mine sombre et le regard préoccupé. Les dragons n'étaient pas habitués à se poser autant de questions. Leur taille, leur force et leur magie les en dispensaient. Quand un obstacle se mettait en travers de leur route, il leur suffisait de le détruire et le problème était réglé. Ils ne faisaient preuve d'autant de patience, de subtilité et de précautions que lorsqu'ils étaient amenés à se battre entre eux. Or, leur chef venait de leur démontrer qu'ils n'étaient pas aussi bien armés qu'ils l'auraient cru pour remporter le combat après lequel ils soupiraient tous depuis cinq ans. De toute évidence, ils devaient envisager une lutte contre le Chevalier-Dragon comme s'ils étaient confrontés à l'un des leurs, et non des moindres.

— Tu penses donc que nous n'avons aucune chance de le vaincre ? demanda finalement Jherdar.

— Je pense qu'une telle situation nécessite une réaction immédiate, répondit Markhaën. Pour autant, une décision hâtive pourrait nous être fatale. Avec un ennemi aussi dangereux, nous devons nous montrer prudents et avisés. Je ne veux pas voir un seul d'entre nous payer ce conflit de sa vie. Ne nous voilons pas la face : toute tentative d'anéantir le Chevalier-Dragon nous coûtera de lourdes pertes. Selon moi, l'important n'est pas tant de le détruire que de trouver le moyen de le mettre hors d'état de nuire.

A ces mots, Jherdar ravala aussitôt ses récriminations. Il s'assit calmement et dressa l'oreille, tout ouïe.

— Aurais-tu un plan ?

— C'est possible... fit Markhaën d'un ton propre à éveiller la curiosité de ses auditeurs. Thelvyn Œil de Renard s'est institué roi. Ce qui n'est pas compatible avec ses devoirs de Chevalier-Dragon. Il a pris goût à l'exercice du pouvoir et s'est même découvert un bel appétit de despote. Il en est désormais de lui comme des renégats : son absolue confiance en lui l'aveugle ; sa soif de pouvoir le consume et l'irrésistible désir de dominer le monde ne va plus le quitter. Nous devons absolument empêcher cela.

— Le Chevalier-Dragon doit être détruit coûte que coûte ! s'exalta Jherdar.

— Non, pas coûte que coûte, objecta Markhaën. Je ne permettrai pas que les nôtres se fassent tuer inutilement. Quelle assurance avons-nous de pouvoir le vaincre ? Aucune. Je vous rappelle qu'il détient les pouvoirs de Blackmoor qui ont déjà bien failli nous décimer. Il jouit aussi de la faveur des Immortels.

Qui, parmi nous, peut se prévaloir de l'emporter face à une seule de ces formidables puissances ? Alors, face aux deux...

— Pourtant, nous ne pouvons pas nous laisser faire sans réagir ! s'insurgea Jherdar. Nous mourrons s'il le faut, mais nous ne vivrons jamais en esclaves !

— Telle n'est pas mon intention. Souvenez-vous de la Prophétie. Nous la craignons comme une véritable malédiction, mais avons-nous vraiment essayé de la comprendre ? La Prophétie nous annonce qu'avec le retour du Chevalier-Dragon notre destin a pris un nouveau cours et que, par sa simple présence, il déclenchera toute une série d'événements qui façonneront notre avenir. Sa décision de monter sur le trône des Hautes-Terres et de prendre le pouvoir pour gouverner les Flaems nous paraît de très mauvais augure car elle semble présager ce qui nous arrivera à plus ou moins long terme. Mais, je le répète, avons-nous correctement interprété la Prophétie ? Elle ne contient aucune menace que nous n'y ayons mise nous-mêmes. Nous pouvons lui faire dire ce que nous voulons et personne ne nous oblige à y voir l'annonce d'un âge de ténèbres. Elle peut tout aussi bien être la promesse d'une ère de gloire et de lumière.

Jherdar éclata d'un grand rire carnassier.

— Tu ne veux tout de même pas nous faire croire que le Chevalier-Dragon est revenu pour nous sauver !

— Au dire de notre Grande Prêtresse Kharenndaën, c'est exactement ce qu'il a toujours cru lui-même. Je vous rappelle que les clercs du Tout-Puissant n'ont jamais rien fait pour nous protéger du Chevalier-Dragon, comme nous l'espérions. Au contraire, ils ont plutôt semblé lui faciliter la tâche.

— Oserais-tu insinuer que le Tout-Puissant entend

nous soumettre à l'autorité du Chevalier-Dragon ? rugit Thalbar, outré.

Presque tous les dragons s'étaient dressés d'un bond, frémissants d'indignation. Une clameur guerrière montait vers la tribune d'honneur. Un vent de révolte s'était levé.

— Non, s'époumona Markhaën pour couvrir le brouhaha. Non, répéta-t-il plus posément quand le calme fut revenu. Ce n'est pas ce que j'ai voulu dire. En tout cas, pas dans le sens où le Chevalier-Dragon nous asservirait. Je ne peux imaginer que le Tout-Puissant et tous ses disciples nous trahissent. Simplement, j'ai de bonnes raisons de penser que le Chevalier-Dragon n'a pas encore accompli ce pour quoi il a été appelé et qu'en le détruisant nous pourrions bien anéantir notre unique chance d'accéder à un avenir meilleur. Mais, s'il faut le combattre, alors combattons-le à notre manière. Je persiste à croire que nous ne devons pas le tuer, si nous pouvons l'éviter. Du moins, pas encore.

Jherdar se rassit, perplexe.

— Facile à dire...

— Nous savons qui il est et d'où il vient, insista Markhaën. Or, lui-même ne le sait pas. Nous connaissons sa force, mais aussi ses faiblesses. Or, lui-même ne connaît pas ses limites et ignore l'étendue de ses pouvoirs. Laissez-moi le défier en combat singulier. Si je ne parviens pas à obtenir sa soumission, alors, et alors seulement, je le détruirai. Tout ce que je vous demande, c'est de me faire confiance et de me suivre sans plus remettre en question mes décisions. L'heure est trop grave pour autoriser les dissensions. J'ai besoin de votre soutien inconditionnel. Je ferai tout mon possible pour vous donner les raisons qui me pousseront à agir comme je le ferai. Je crains que nous ne devions nous préparer à affronter des temps difficiles et qu'en provoquant le Chevalier-Dragon nous ne déclenchions la première d'une longue succession de batailles.

— Essaierais-tu de nous faire peur pour nous amadouer ? fit Jherdar d'un ton soupçonneux.

— Je veux seulement que vous regardiez la réalité en face et que vous compreniez bien pourquoi il est si important de garder les yeux tournés vers l'avenir. Toutes les autres races nous craignent. Si, pour nous, le Chevalier-Dragon incarne une menace que nous ne pouvons ignorer, pour elles, nous incarnons une menace plus redoutable encore. Si nous tuons le Chevalier-Dragon, peut-être d'autres décréteront-ils que nous devons être détruits à notre tour, exactement comme les sorciers de Blackmoor l'ont fait jadis.

— Peuh ! Nous pouvons écraser le monde entier si nous le voulons ! s'écria Thalbar avec morgue.

— Certes, mais à quel prix ? lui rétorqua Markhaën. Croyez-vous que les Immortels nous laisseront faire sans intervenir ? Tous ceux qui ont essayé de dominer le monde ont été anéantis. Quand Blackmoor est tombée, la face du monde en a été changée. La destruction de Nithia a été si radicale que le souvenir même de son existence a été effacé de la mémoire collective et que nous sommes les seuls à savoir que, sous ce nom inconnu de tous, se cachait une civilisation. Qu'avons-nous donc de si exceptionnel que les Immortels puissent renoncer à nous faire subir le même sort ?

— Je reconnais la valeur de tes arguments, convint Jherdar d'un ton conciliant. Si tu peux vaincre le Chevalier-Dragon sans le tuer, je te soutiendrai. Ce que je ne comprends pas, c'est comment tu vas bien pouvoir t'y prendre pour accomplir un tel prodige.

Oreilles rabattues, Markhaën courba le cou pour foudroyer son interlocuteur d'un regard noir.

— Les pyromages flaemois ont bien failli y parvenir en privant son armure et son glaive de leurs sortilèges, et j'ai la prétention de croire — libre à toi de penser le contraire — que nous sommes largement plus intelligents et plus puissants qu'une poignée de jeteurs de sorts humains. Il n'y a donc aucune raison pour que nous ne puissions faire mieux. L'erreur serait de tenter de triompher du Chevalier-Dragon sur le champ de bataille. N'oublions pas que les sorciers de Blackmoor l'ont doté de toutes les armes propres à faire de lui un rival à notre mesure. Nous sommes, nous aussi, de redoutables guerriers, mais des magiciens plus redoutables encore. C'est donc sur le terrain de la magie que nous devrons l'attaquer. Nous verrons bien si nos pouvoirs ne sont pas supérieurs aux sortilèges qui l'ont créé. A cette fin, j'entends faire appel aux plus éminents sorciers de notre race et réunir tous leurs pouvoirs pour les lancer dans la bataille.

Jherdar pencha la tête de côté et plissa les yeux.

— Je crois que je commence à comprendre où tu veux en venir. Si nous ne pouvons pas vaincre le Chevalier-Dragon par la force, nous utiliserons d'autres armes.

— Et, quand il ne jouira plus de ses pouvoirs, nous n'aurons plus besoin de le tuer. Il sera à notre merci.

— Fais comme tu l'entends, je m'estime satisfait, s'inclina le fougueux dragon rouge. Mon honneur voudrait que j'exhorte mes troupes au combat pour détruire notre ennemi honni, mais je ne suis pas prêt à sacrifier ceux qui s'en remettent à moi pour garantir leur sécurité. Si tu peux le dompter en recourant à quelque moyen plus subtil et moins dangereux pour la vie des nôtres, qu'il en soit ainsi. Mais, si jamais tu échoues, sache bien que nous combattrons le Chevalier-Dragon jusqu'à ce que mort s'ensuive.

Jherdar se replia vers le centre de sa tribune et s'assit, comme s'il s'effaçait pour laisser la parole aux autres. Mais Markhaën savait déjà qu'il avait gagné la partie. Le Seigneur des Dragons Rouges avait ouvertement pris fait et cause pour le Premier Porte-Parole du Parlement des Dragons : nul n'oserait se rebeller. Il y aurait bien sûr un vote, mais ce ne serait guère plus, à présent, qu'une pure formalité.

— Les dragons d'or t'assurent de leur soutien, annonça Gheradaën, après avoir consulté du regard Daresha et l'unique autre représentant des dragons d'or assistant au débat.

— Les dragons noirs aussi, grommela rageusement Thalbar, comme si ces mots lui écorchaient la langue.

Il n'avait probablement rien compris aux arguments de Markhaën et ne souhaitait rien tant que ravager autant de cités et tuer autant d'ennemis que possible. Mais il se rangeait toujours à l'avis de Jherdar, quitte à aller contre ses propres convictions si nécessaire.

— Alors, c'est décidé, conclut Markhaën. Si aucun d'entre vous n'y voit d'inconvénient, je déclare la séance close. Je dois retourner dans l'ouest sur-le-champ.

La Salle du Conseil se vidait déjà et Markhaën sortit dans le couloir pour attendre Daresha qui ne tarderait pas à le rejoindre. Il fut cependant surpris de la voir arriver en compagnie de Jherdar et de Thalbar. J'aurais dû me douter que ces deux-là n'avaient pas encore dit leur dernier mot ! songea-t-il.

— Si tu pars pour l'Occident, nous viendrons avec toi, décréta Jherdar. Quand tu seras prêt, fais-le-nous savoir.

— Je serai prêt dans une heure, répondit Markhaën. Je dois voir quelqu'un avant de partir.

Markhaën n'avait pas à aller très loin. Il prit son essor et s'éleva régulièrement, tournant autour du

Temple du Tout-Puissant pour en atteindre le sommet, là où tours et flèches aériennes, véritable dentelle de pierre, semblaient tutoyer le soleil. Il fut bientôt si haut dans le ciel qu'il aurait pu tenir la cité tout entière entre ses griffes. Luttant contre les rafales traîtresses qui l'assaillaient de tous côtés avec une violence inouïe, il s'efforçait de conserver son assiette tout en louvoyant agilement entre les tourelles. Plus d'un dragon avait trouvé la mort ici. Fauchés par une bourrasque, certains s'empalaient sur ces dards de marbre blanc, d'autres s'y déchiraient les ailes et, déséquilibrés, plongeaient en vrille pour s'écraser en contrebas.

Le grand dragon d'or savait que cette visite serait probablement infructueuse, mais il devait tout de même tenter sa chance. L'affaire était trop grave pour qu'il s'avise de la régler à sa manière, sans même essayer d'obtenir l'aval du Tout-Puissant. D'autant que, plus il y réfléchissait, plus il lui semblait évident que le Tout-Puissant n'avait pas seulement annoncé le retour du Chevalier-Dragon, mais qu'Il l'avait bel et bien orchestré. Or, si le Chevalier-Dragon jouait un rôle si essentiel pour le devenir de la Nation des Dragons, qui était-il pour oser le détruire ? Il avait besoin de savoir comment résoudre ce problème au mieux des intérêts de son peuple. S'il se trompait, si — comme la majorité de ses frères le pensait — le Chevalier-Dragon était effectivement l'ennemi à abattre, celui par qui le malheur arriverait, alors il agirait en conséquence. Mais il devait d'abord en avoir le cœur net.

Il localisa enfin la corniche et se posa en catastrophe, avant que le vent ne l'emporte au loin. A peine avait-il replié ses ailes qu'il s'empressait d'ouvrir la porte pour s'engouffrer à l'intérieur. Le dernier étage du Temple du Tout-Puissant n'avait rien à envier au grand hall du rez-de-chaussée : il était presque aussi vaste et, surtout, beaucoup plus clair. S'élevant bien au-dessus du volcan et comptant de nombreuses fenêtres aux vitres de cristal, il bénéficiait tout le jour d'une luminosité exceptionnelle. Mais, à cette altitude, l'édifice était constamment exposé au blizzard et il y régnait un froid glacial.

Markhaën venait juste de repousser la porte quand un jeune dragon bleu se précipita à sa rencontre.

— Il faut que je parle à Saërna immédiatement, lui dit-il. L'affaire est de la plus haute importance.

Le jeune dragon hocha la tête et tourna les talons sans souffler mot. Markhaën lui emboîta le pas. Il ne se demandait pas si Saërna le recevrait : cela ne faisait pas l'ombre d'un doute. Quant à savoir si elle répondrait à ses questions, c'était une tout autre histoire. Saërna était, de tous les disciples du Tout-Puissant, celle qui occupait la plus éminente fonction. Hiérarchiquement, elle était même au-dessus du Prêtre Suprême. Elle était la Mère Prieure, la Supérieure de tous les clercs voués au culte du Tout-Puissant et probablement la doyenne de tous les dragons de l'univers. Bien qu'elle ne soit pas assez âgée pour avoir connu le premier Chevalier-Dragon, elle avait tout de même assisté à la chute de Blackmoor et survécu à la Grande Pluie de Feu. Elle était l'histoire incarnée, la voix du passé. Précisément à cause de son grand âge, Markhaën aurait préféré qu'elle ne passe pas la majeure partie de son temps à la cime du temple, là où l'oxygène se raréfiait et où tout mouvement devenait un effort tant on était transi.

Il attendit devant sa porte, pendant que le jeune dragon bleu annonçait sa visite. Celui-ci revint le chercher quelques instants plus tard, s'effaça pour le laisser entrer, puis referma le vantail derrière lui. Allongée sur sa couche, Saërna étudiait son livre d'heures ouvert sur le lutrin placé devant elle. L'œil vif, la carapace encore lisse, elle ne faisait guère son âge canonique, même si les écailles qui scandaient son encolure étaient peut-être un tantinet émoussées. Pourtant, elle était si vieille qu'elle avait enterré tous ses semblables. Elle était la dernière survivante d'une espèce qui s'éteindrait avec elle. Elle ressemblait vaguement aux dragons d'or par sa silhouette et la délicatesse de ses traits, mais elle était aussi menue qu'un dragon bleu et portait une cuirasse d'argent.

— Premier Porte-Parole Markhaën, quel plaisir de te revoir ! fit-elle de sa voix fluette. Dis-moi : les rumeurs que l'on me rapporte sont-elles fondées ? Les dragons vont-ils vraiment entrer en guerre ?

— Hélas, oui, je crains que ce ne soit inéluctable, lui confirma son visiteur en prenant place à son chevet. Quant à savoir si nous allons physiquement nous battre, cela reste à voir. Je répugne à verser le sang et j'espère être à même d'éviter une bataille qui tournerait immanquablement au massacre.

— Guerroyer sans combattre ? Voilà qui est intéressant ! Et comment comptes-tu donc t'y prendre ?

— Il faut que je trouve le moyen de placer le Chevalier-Dragon en porte à faux. Nous devons réussir à maîtriser les sortilèges de son armure et de son glaive. Nous devons imposer nos règles et l'obliger à s'y conformer. Nous devons le vaincre, sans le tuer.

— Puis-je te demander la raison de tant de clémence ?

— Il me semble que telle n'est pas la volonté du Tout-Puissant. Je pense, en effet, qu'Il n'est pas étranger au retour du Chevalier-Dragon et qu'Il entend lui faire jouer un rôle déterminant qui pourrait bien changer le cours de notre destinée.

— Ah, vraiment ? Je croyais pourtant qu'Il avait disparu pour toujours... N'était-il pas évident pour tout le monde qu'Il avait abandonné les dragons à leur triste sort ?

— De grâce, Ma Mère, ne me compliquez pas la tâche ! Elle est déjà bien assez difficile comme ça ! Notre avenir, et peut-être même la survie de notre race sont en jeu. Or, nous ne sommes déjà plus si nombreux. Je suis convaincu que les disciples du Tout-Puissant communient toujours avec leur dieu. Les membres de votre ordre semblent un peu trop occupés pour des clercs qui n'ont plus aucun Immortel à prier. Vous ne pouvez pas, tout à la fois, porter le deuil de votre mentor et continuer à le servir.

— Tu es un dragon intelligent, Markhaën. Pourquoi ne te fais-tu pas prêtre puisque tu entends déjà la voix du Tout-Puissant ? Mais, écoutes-tu seulement ce qu'elle te dit ?

Markhaën baissa les yeux.

— Elle me dit d'épargner le Chevalier-Dragon, grommela-t-il.

— Et où est le problème ?

— Le problème — et il est de taille — est que je suis tenu de le vaincre sans le tuer. Il serait bon que le Tout-Puissant daigne me dire comment accomplir pareil exploit. Certes, les magiciens flaemois ont bien failli y parvenir en neutralisant les sortilèges de son armure, et c'est là un exemple dont je compte m'inspirer. De toute façon, je ne vois pas d'autre solution. Le rendre vulnérable, c'est notre seule chance.

Saërna sembla hésiter.

— Pourquoi chercher de périlleux détours quand le chemin le plus sûr est aussi le plus direct ? La réponse tombe sous le sens, Markhaën. Elle te crève les yeux. Ne sais-tu pas qui est vraiment le Chevalier-Dragon ?

— Bien sûr que si ! Mais j'espérais que vous m'aideriez au lieu de jouer aux devinettes avec moi, s'emporta le grand dragon d'or.

— Allons, Markhaën ! Ton impatience t'aveugle. Je te croyais plus sage. Pourquoi devrais-tu affronter le Chevalier-Dragon quand il te suffit de lui dire ce qu'il a toujours voulu savoir ? Penses-tu vraiment qu'il fera la guerre aux dragons quand il connaîtra sa véritable identité ? Dévoile-lui son passé et il n'aura plus guère le cœur à se battre. Révèle-lui qui était sa mère. Il sera bien obligé de se remettre en question. Je ne doute pas qu'il ait, alors, une tout autre vision des choses.

Markhaën réfléchit un moment, puis leva les yeux vers le vénérable dragon dont le regard clair et paisible le troubla.

— Si je vous comprends bien, je n'aurais pas à le combattre du tout ?

— Tu ne te battras pas contre le Chevalier-Dragon, Markhaën, répondit calmement Saërna. Mais tu lui infligeras plus de souffrance qu'il n'en a jamais enduré.

— Je peux donc le vaincre d'un mot ! s'extasia Markhaën.

Le dernière sentence de la Mère Prieure résonna à nouveau à ses oreilles et il en mesura brusquement les terribles implications. Il se rembrunit.

— Je vois, murmura-t-il sombrement. Est-ce là la volonté du Tout-Puissant ?

— A-t-on déjà vu dragon plus indiscret ? s'indigna Saërna en lui montrant la porte. Je t'en ai déjà trop dit. Va et fais ton devoir !

6

Bien qu'il n'en ait ni l'envie ni le courage, Thelvyn savait qu'il était temps pour lui de déménager. Il était désormais roi des Hautes-Terres : il devait s'installer au palais. Non seulement, il lui coûtait de quitter sa confortable propriété, mais l'état de délabrement dans lequel se trouvait la demeure royale ne faisait rien pour l'y inciter. Tous les bras valides avaient été réquisitionnés pour organiser la défense de la cité et les travaux de réfection n'avançaient guère. L'édifice disparaissait sous une couche de poussière qui ne cessait de s'épaissir à mesure que l'on déblayait débris et gravats, et une épouvantable odeur de brûlé prenait à la gorge dès que l'on approchait du corps du bâtiment — ou de ce qu'il en restait. Ce désolant spectacle, et les souvenirs qui s'y attachaient n'avaient assurément rien de réjouissant et le moral de Thelvyn s'en ressentait.

Il finit néanmoins par se faire une raison et s'efforça de ne plus voir que le bon côté des choses. Après tout, résider au palais ne présentait pas que des inconvénients : pour commencer, il fit octroyer à ses compagnons des appartements privés dans l'aile réservée aux dignitaires de la Cour. Il se sentait assurément moins isolé, mais, tout à coup, leurs relations perdaient de cette chaleureuse intimité que confère le partage d'un logis commun. Mieux encore : Alessa Vayledaar était retournée s'installer à l'Académie. Depuis la mort ou la fuite de tant de ses pairs, elle était constamment sollicitée et ses éminentes fonctions à la tête de la vénérable institution l'accaparaient tellement qu'elle s'était résolue à réintégrer la Résidence des Maîtres. Thelvyn ne vit pas s'éloigner cette tentation ambulante sans quelque soulagement. Il avait déjà bien assez de Selliànda pour mettre son sang-froid à l'épreuve. Heureusement, la jeune elfe prenait sa mission de conseillère très au sérieux et le rôle exigeait un minimum de dignité et... de retenue. Mais, pour Thelvyn, la situation n'en était pas claire pour autant. Selliànda inspirait naturellement la déférence. Son allure noble, sa calme assurance, la profondeur de ses vues et sa maturité imposaient immédiatement à tous ses interlocuteurs une distance respectueuse. Cependant, elle avait beaucoup de points communs avec Thelvyn et sa haute taille, sa peau mate et sa robuste constitution, si elles étaient plutôt des défauts pour les autres elfes, ne faisaient, quant à lui, qu'ajouter à ses charmes.

Si surprenant et illogique que cela puisse paraître, il se rendit vite compte que Kharenndaën lui manquait encore plus depuis qu'il ne vivait plus au manoir. Il n'avait pourtant plus sous les yeux l'entrepôt, désormais vide depuis qu'il avait donné son congé à Seldaëk — contraint, lui aussi, de quitter les Hautes-Terres pour ne pas se retrouver déchiré entre ses obligations à l'égard de la Nation des Dragons et ses devoirs envers le Tout-Puissant. Mais, à la réflexion, peut être cette immense dépendance était-elle devenue pour lui, sans qu'il le sache vraiment, une sorte de symbole, un port d'attache qui lui ramènerait son amie.

L'arrivée du nouveau monarque et de sa suite

apporta un peu d'animation au palais. Perpétuellement plongé dans l'obscurité, le vaste édifice était demeuré étrangement silencieux et désert depuis l'assassinat de Jherridan Maarsten. Byen Kalestraan et ses sbires l'avaient passé au peigne fin, trucidant avec méthode tous ceux qui avaient eu le malheur de croiser leur chemin, et le souvenir de ce carnage planait sur la demeure royale comme une malédiction — ce qui n'avait décidément rien d'engageant pour ses occupants. Nonobstant, la venue du second souverain nécessitait un minimum de personnel sur place et, pour la première fois depuis la nuit fatidique, la caserne royale résonna du pas des soldats et les communs, des bisbilles de rigueur entre gens de l'office. Thelvyn n'en avait pas moins l'impression d'habiter un chantier.

Cet après-midi-là, Messire George vint chercher Thelvyn dans son cabinet de travail pour lui proposer une petite promenade à cheval. Ils longèrent les remparts, franchirent la barbacane de la porte nord, puis empruntèrent la grand-route poudreuse pour rejoindre l'une des plus hautes collines dominant les champs, au nord de la cité. Quand ils parvinrent au sommet, Thelvyn aperçut au loin une procession de chariots qui se rapprochaient, lentement mais sûrement, dans un nuage de poussière ocre. Il plissa les yeux et, au terme d'un examen plus attentif, laissa échapper une exclamation de joie. Pièces maîtresses de la défense flaemoise, les catapultes réintégraient la capitale. Elles étaient en si grand nombre qu'il avait fallu rogner sur les attelages, à raison de deux chevaux de trait pour chacune. Les pauvres bêtes étaient épuisées et croulaient sous la charge. Par chance, le temps s'était montré clément tout le long du trajet : enlisées dans la boue, jamais elles ne seraient arrivées à bon port.

— Combien ? s'enquit Thelvyn.

— Environ vingt-cinq pour ce premier convoi. Et un joli petit bataillon de soldats qui nous seront bien utiles. Nous avons désespérément besoin de main-d'œuvre pour achever les préparatifs de guerre. Quand toutes les dispositions seront prises pour assurer la défense de la cité, nous pourrons mettre les catapultes en batterie au fur et à mesure de leur arrivée.

— Tout ce que je demande, c'est qu'un maximum soit en place avant que les dragons n'engagent les hostilités, lui dit Thelvyn en flattant machinalement Cadence qui renâclait. Le seul petit problème, c'est que je ne sais pas quand ils vont s'y décider.

— Je comprends ton inquiétude, mon garçon. Pour ne rien te cacher, ça m'étonnerait que toutes nos troupes aient pu quitter la frontière nord avant une bonne semaine. Mais d'autres catapultes devraient bientôt arriver des duchés du Sud, en même temps que des vivres qui nous seront tout aussi indispensables si nous voulons soutenir un siège.

Thelvyn secoua la tête avec lassitude.

— Je crains que ce ne soit trop tard. Les dragons doivent bien se rendre compte qu'ils ont tout intérêt à passer à l'offensive dès que possible.

— Tout dépend de l'ampleur de l'attaque qu'ils veulent porter. Il n'y a pas tant de dragons que ça de par le monde et la plupart sont dispersés un peu partout. Il leur faudra un bon bout de temps avant de réunir tous leurs effectifs.

— Tous ? Allons ! pour ravager Braejr, une vingtaine y suffira largement.

— Pour ravager Braejr, peut-être. Mais pas pour affronter le Chevalier-Dragon.

— Oui... Oui, bien sûr. Pour écraser leur ennemi juré, ils rameuteront la Nation des Dragons au grand complet !

— Je ne suis pas sûr que ça changera grand-chose. Les sortilèges de ton armure sont trop puissants pour qu'aucun puisse vraiment rivaliser avec toi. Au pis, la cité sera en cendres ; tes hommes, en charpie et tous les dragons, morts ou en fuite, que tu seras toujours debout.

— Charmant ! grogna Thelvyn en talonnant Cadence pour prendre le chemin du retour. Vous savez, ajouta-t-il, lorsqu'ils eurent rejoint la grand-route pour chevaucher à deux de front, je m'inquiète pour Solveig et pour vous. Ce conflit ne vous concerne ni l'un ni l'autre. Après tout, rien ne vous retient ici et vous feriez mieux de plier bagage pendant qu'il en est encore temps.

— Ça se peut. Mais, pour te dire le fond de ma pensée, je ne suis toujours pas persuadé que nous allons vraiment livrer bataille, même s'il semble bien que nous nous en approchions à grands pas. D'après moi, les Immortels contrôlent parfaitement la situation. Ils poursuivent leurs propres objectifs et je ne pense pas que la destruction des Flaems et encore moins celle des dragons soient du nombre.

— Beau témoignage de foi ! Je voudrais pouvoir partager vos certitudes. Mais, faute d'une intervention divine, il faut bien que je me dévoue pour nous sortir de là et le mieux que je puisse faire, c'est de parer au pire.

— Bien sûr, mon garçon, bien sûr.

Le problème, c'est que je n'en aurai jamais le temps, se disait Thelvyn. Il aurait encore besoin d'une dizaine de jours pour fortifier la ville et, n'en déplaise à Messire George, il était certain que les dragons n'attendraient pas si longtemps avant de donner l'assaut. Il soupçonnait d'ailleurs que cette question de temps importait assez peu finalement, car, même si les forces vives et tout l'arsenal du royaume étaient mobilisés, même en recourant à ses talents de clerc et de magicien, et aux sortilèges de son armure pour faire bonne mesure, il doutait que cela soit suffisant pour arrêter une invasion de dragons.

Malgré tout, depuis qu'il avait officiellement accepté de prendre sa destinée en main, la population des Hautes-Terres avait retrouvé du cœur à l'ouvrage et les préparatifs de défense progressaient rapidement. A Braejr, hommes, femmes, enfants... tous avaient retroussé leurs manches. Thelvyn éprouvait une certaine culpabilité à les voir déployer tant d'efforts. Certes, un souverain ne pouvait protéger son royaume sans un minimum de coopération de la part de ses sujets. Or, il ne pouvait bénéficier de cet appui sans qu'ils lui aient accordé leur pleine et entière confiance. Mais Thelvyn n'était pas sûr de la mériter et craignait fort de la trahir. La seule chose qui le rassurait, c'était que les Flaems avaient leur indépendance chevillée au corps. Ils se tueraient à la tâche s'il le fallait, mais ils ne se rendraient jamais. Hors de question de capituler ou de battre en retraite, quand il en allait de la survie de leurs propres foyers.

Le moment était venu d'arrêter une stratégie définitive pour ne pas être pris au dépourvu si les dragons arrivaient plus tôt qu'il ne l'aurait voulu. L'heure de tailler dans le vif avait sonné. Thelvyn préférait ne pas consulter les Flaems à ce sujet. Les décisions qu'il s'apprêtait à prendre feraient passer leur sécurité avant leur fierté nationale et il savait qu'aucun Flaem qui se respecte — fût-il capitaine de la Garde Royale ou bourgmestre de la capitale — ne saurait s'y plier. C'est pourquoi il résolut de n'en discuter qu'en petit comité. Il réunit donc Messire George, Solveig et Selliànda dans le cabinet privé du roi, qui leur tenait désormais lieu de salon. Le vieux chevalier l'avait déjà dûment approvisionné en bouteilles d'eau-de-vie, condition sine qua non pour lui rendre l'endroit supportable.

— Je crois bien que je ne t'ai jamais vu aussi fatigué, lui dit Solveig, qui s'était confortablement installée dans un des fauteuils placés devant la cheminée. Ni aussi anxieux. Je me souviens de cette expédition, il y a cinq ans, quand nous avons dû traverser la moitié du continent en quinze jours pour devancer l'invasion des dragons rebelles. Eh bien, tu n'avais pas l'air aussi inquiet, loin de là.

— J'étais jeune et inconscient, lui rétorqua Thelvyn en marchant de long en large. (Il comprenait mieux, maintenant, pourquoi Jherridan faisait toujours les cent pas quand il était préoccupé.) J'étais au cœur de l'action et je participais à une grande aventure. J'avais peut-être peur, mais je n'avais pas de décisions à prendre. Le plus angoissant, dans ce genre de situation, c'est que tous les choix ne dépendent que de vous et que la moindre erreur aura des conséquences épouvantables à l'échelle d'un pays tout entier. Je donnerais cher pour que mon divin patron prenne une part un peu plus active aux événements. S'il daignait seulement me dicter ses instructions en rêve, ce serait quand même beaucoup plus pratique et nettement moins éprouvant.

— Tu plaisantes ! railla Solveig. Les Immortels eux-mêmes ne voudraient jamais d'une pareille responsabilité !

— Peut-être ne savent-ils pas quoi faire non plus, hasarda Messire George en se servant un verre.

— Je commence à comprendre pourquoi les Immortels ne semblent pas nous porter dans leur cœur, soupira Thelvyn d'un air accablé.

Il s'assit en amazone sur le rebord de son bureau et tourna les yeux vers la jeune prêtresse elfe.

— J'imagine que ta déesse n'est pas décidée à nous

révéler ce que l'avenir nous réserve, n'est-ce pas ? lui demanda-t-il avec une moue incrédule.

— Ciel ! Heureusement que non ! s'écria Selliànda. Où serait l'intérêt ? Si tu veux obtenir de telles garanties, tu peux toujours t'en remettre à la Prophétie. D'après elle, tu joues un rôle fondamental dans la destinée des dragons. Ce qui laisse à penser que tu n'es pas encore au bout de tes peines.

— Autrement dit, à moi de me débrouiller tout seul, conclut Thelvyn en tirant une chaise pour prendre place à côté d'elle. C'est bien ça, le problème, quand on est un clerc : d'abord, les Immortels décident de votre vie à votre place et, quand vous êtes bien lancé sur le chemin tout tracé qu'ils ont choisi pour vous, sans vous demander votre avis, ils vous laissent tomber avec toutes les responsabilités sur le dos !

— Tu n'es pas un clerc, Thelvyn. Je te l'ai déjà dit. Tu ne sers aucun Immortel en particulier. Tu entretiens simplement une relation privilégiée avec l'un d'entre eux. C'est la raison pour laquelle tu sembles posséder toutes les aptitudes des clercs sauf celle de communier avec ton dieu, sans compter une kyrielle de pouvoirs qui ne sont assurément pas au nombre des sorts cléricaux ordinaires. Ces pouvoirs ne sont pas un don des Immortels, Thelvyn. Ce sont les tiens. Ils font partie de toi, au même titre que tes yeux ou tes jambes. Tu es une sorte de compromis entre mortels et Immortels : à la fois trop puissant pour appartenir aux premiers et pas assez pour appartenir aux seconds, un Immortel aux pouvoirs limités, en quelque sorte.

— Tu... tu n'es pas sérieuse, j'espère ? bafouilla Thelvyn, abasourdi par cette déclaration.

— Pour autant que je le sache, c'est la plus stricte vérité, Thelvyn. Mais cela ne te dit toujours pas ni qui tu es, ni d'où tu viens.

Messire George était si surpris par ce qu'il venait d'entendre qu'il reposa la bouteille avant d'avoir rempli son verre.

— Si je comprends bien, rien n'empêche de penser que Thelvyn puisse un jour devenir un Immortel lui-même, fit-il d'un air songeur. Tu sais, mon garçon, entre les sortilèges de ton armure et tes propres pouvoirs, tu devrais être capable de faire à peu près tout ce que tu veux.

Selliànda acquiesça d'un hochement de tête.

— Si on lui en avait laissé le temps, Thelvyn aurait pu largement surpasser le premier Chevalier-Dragon et les dragons n'auraient jamais osé l'affronter. Malheureusement, il est encore très jeune, surtout pour un individu de sa race, et il lui faudra acquérir beaucoup d'expérience avant d'être à même de maîtriser les pouvoirs latents qu'il détient sans le savoir. Or, aucun magicien, aucun clerc ne peuvent lui procurer cette expérience. Seul un véritable Immortel peut l'y aider.

Thelvyn s'était figé, tout ouïe. Il se demandait si ces révélations lui étaient bien destinées. Si vagues soient-elles, elles lui avaient plus appris sur lui-même et sur son avenir qu'il n'en avait jamais découvert en vingt et un ans d'existence. Une fois de plus, il s'interrogeait sur cette mystérieuse et remarquable lignée à laquelle il appartenait : où étaient donc ses semblables aujourd'hui ? Et pourquoi de tels êtres, dotés de pouvoirs quasi divins, n'avaient-ils jamais fait parler d'eux ? Le monde entier n'aurait-il pas dû retentir de leurs exploits ?

Il fut soudain saisi d'une brusque inspiration. Rien ne prouvait qu'ils soient de ce monde, justement. Après tout, d'autres étranges et puissantes créatures n'étaient-elles pas venues hanter cette terre par le passé ? Voilà qui pourrait expliquer la subite apparition de sa mère en pleine nuit, au beau milieu des montagnes sauvages du Wendar, quelque vingt ans plus tôt, et qui justifierait la haine et la terreur qu'il inspirait lui-même aux dragons, non pas en tant que personne, mais bien en tant que représentant d'une race trop puissante pour ne pas menacer leur incontestable suprématie. Peut-être en était-il l'unique survivant de par l'univers ? Ce qui n'avait assurément rien de réconfortant, bien au contraire.

— Malheureusement, j'ai autre chose à faire, en ce moment, que de m'occuper du secret de mes origines, se ressaisit-il brusquement. J'ai besoin de savoir comment gérer la situation si les dragons arrivent avant que nous ne soyons prêts à les accueillir.

— Je sais à quel point ça te préoccupe, mon garçon, lui répondit le vieux chevalier en se calant dans son fauteuil. Mais tu te laisses peut-être un peu trop impressionner par tes adversaires ou, du moins, par leur réputation. Ce n'est pas parce qu'ils sont les plus gigantesques, les plus rapides et les plus puissantes créatures du monde que les dragons sont convaincus de leur supériorité, comme tu sembles le croire. Tu te dis que, si tu étais à leur place, tu passerais à l'attaque pendant que l'Armée des Hautes-Terres est encore disséminée d'un bout à l'autre du royaume. Tu ne vois que les avantages qu'ils ont sur toi et tu oublies ceux que tu as sur eux.

— Je sais, vous allez encore me resservir le couplet sur la terreur que leur inspire le Chevalier-Dragon.

— Je ne crois pas que tu aies jamais compris combien tu leur fais peur, insista Messire George. Je te rappelle que le Chevalier-Dragon est leur pire cauchemar, qu'en te combattant ils mettent en péril la survie de leur race. Cette terreur leur est devenue si intolérable qu'elle les pousse à t'affronter dans l'espoir de se débarrasser, une bonne fois pour toutes, de la menace que tu représentes pour eux. Mais, en même temps, elle est si écrasante qu'à la seule idée de se retrouver face à toi au combat ils sont littéralement paralysés d'effroi. A mon avis, ils voudront lancer toutes leurs forces dans la bataille et, d'ici à ce qu'ils parviennent à se rassembler, nous aurons bien le temps de nous préparer à les accueillir, et même plus qu'il n'en faut.

— C'est aussi mon point de vue, approuva Selliànda. Ne va pas imaginer que les dragons ménagent leurs effets parce qu'ils sont sûrs de leur victoire. D'ailleurs, jusqu'à maintenant, rien dans leur comportement n'accrédite cette théorie. A dire vrai, ce serait même plutôt le contraire. Leurs deux attaques surprise et le fait qu'ils soient restés à surveiller le repli de ton armée depuis le versant de la cordillère, au lieu de la réduire en cendres pendant qu'ils la tenaient encore à portée de leur souffle, prouvent qu'ils te craignent trop pour passer à l'action.

— C'est possible, admit Thelvyn. Je me suis peut-être laissé décourager trop vite. Peut-être la situation n'est-elle pas aussi désespérée que je le crois. Je me suis tellement battu pour éviter ce conflit, et pour de si piètres résultats, que j'en ai conçu un sentiment d'impuissance. J'ai peut-être fini par perdre tous mes moyens. J'en suis venu à oublier que les pouvoirs dont je dispose me permettent d'accomplir ce qu'aucun mortel ne pourrait espérer réaliser.

— Absolument, acquiesça Selliànda. Et tu dois garder à l'esprit que les dragons peuvent se montrer complètement irrationnels quand ils succombent à la panique, au point de foncer tête baissée sur ce qu'ils redoutent le plus, quitte à provoquer une guerre si nécessaire. Je dois reconnaître que les Immortels eux-mêmes sont très inquiets.

Tout ça, c'est bien beau, songeait Thelvyn, mais je n'en suis pas plus avancé pour autant. Certes, il se faisait peut-être une idée un peu plus précise de la situation, mais il en était encore à prévoir le pire tout en priant pour le meilleur. Il attendait toujours que les dragons fassent le premier pas. A eux de décider s'ils voulaient ou non faire la guerre au Chevalier-Dragon. A lui d'aviser en conséquence. Certes, il y avait déjà une kyrielle de dragons massés à la frontière nord et, pourtant, aucun n'avait encore manifesté la moindre agressivité. Pouvait-il en tirer des conclusions ? En tout cas, s'ils étaient passés à l'offensive en attaquant les positions frontalières, j'aurais eu bien du mal à justifier le repli de l'armée sur Braejr, se disait-il.

La discussion ne se prolongea guère au-delà des quelques anecdotes dont Messire George avait le secret pour détendre un peu l'atmosphère, puis tous regagnèrent leurs chambres. Tous, sauf Solveig. Au bout de quelques instants de silence pensif à regarder les flammes danser dans l'âtre, la guerrière quitta son fauteuil, s'étira et alla reposer son verre plein sur le bureau.

— J'ai besoin d'exercice, décréta-t-elle tout à coup. J'ai beau être guérie, par moments, je me sens encore tout ankylosée. Tu viens faire un tour sur les remparts avec moi ?

La façade ouest du palais faisant partie intégrante du mur d'enceinte de la cité, ils n'eurent qu'à emprunter un escalier, au bout du couloir, pour rejoindre le chemin de ronde. Des soldats y patrouillaient en permanence et des sentinelles gardaient toutes les issues, y compris sur le toit du palais, pour en interdire l'accès à d'éventuels assassins. Thelvyn fut ravi de constater que tous étaient à leurs postes et que les énormes boucliers de tuiles, que Messire George avait fait fabriquer pour protéger les catapultes, étaient déjà empilés contre le parapet.

Les gardes reconnurent immédiatement leur souverain et, soucieux de préserver son intimité, se détournèrent prestement pour surveiller avec obstination les champs qui s'étendaient à perte de vue dans la nuit. Le firmament était constellé d'une poussière d'étoiles et une petite lune scintillait timidement à l'ouest. A cette hauteur, la douce brise estivale se faisait plus fraîche. Au loin, des éclairs lacéraient les ténèbres par intermittence.

— C'est bizarre, fit Solveig en avançant d'un pas nonchalant sur le chemin de ronde. Quand on pense que, dans quelques jours seulement, ces collines seront peut-être infestées de dragons, alors qu'on n'en a même pas vu la queue d'un ! On a du mal à croire qu'une guerre peut éclater d'un moment à l'autre, quand l'ennemi refuse de se montrer.

— Ce n'est pas moi qui m'en plaindrais ! Quand le premier dragon se profilera à l'horizon, tu peux être sûre que le gros des troupes ne sera pas loin derrière et je ne suis pas franchement pressé de les voir arriver.

— Alors ? Que penses-tu de notre chère Selliànda ? lâcha de but en blanc la guerrière. Elle nous a réservé quelques belles surprises, ce soir, avec toutes ces révélations qu'elle a laissées échapper.

— Je doute qu'elles lui aient échappé. A ma connaissance, un clerc ne te dira jamais l'heure qu'il est sans que son dieu l'y ait expressément autorisé. Si Selliànda m'a révélé certaines choses, ce soir, c'est que les Immortels avaient décidé qu'il était temps pour moi d'en être informé.

— Je commençais à me demander si elle allait finir un jour par se rendre utile, persifla Solveig. Pour ne rien te cacher, je ne m'attendais pas qu'une elfe, qui a toujours vécu claquemurée dans sa forêt à des lieues d'ici, ait grand-chose d'intéressant à nous dire. Mais elle semble en connaître un rayon sur les dragons et je dois bien avouer qu'elle m'épate.

— En tout cas, ce n'est pas par expérience personnelle. Je suppose qu'elle doit tout ce qu'elle sait à sa déesse. D'après moi, si elle a été choisie pour remplacer Kharenndaën, c'est sans doute parce qu'elle connaissait déjà une bonne part des secrets du Chevalier-Dragon. Ça évitait d'avoir à les dévoiler à quelqu'un d'autre : moins il y a de gens dans la confidence et mieux c'est.

Solveig haussa les épaules.

— N'empêche, elle n'est pas aussi bête qu'on pouvait le craindre. Comptes-tu partir avec elle, quand tout ça sera terminé ?

Thelvyn secoua lentement la tête.

— J'ai bien peur qu'on ne m'en laisse pas l'occasion. Selliànda retournera à Alfheim et mon destin m'appellera ailleurs. Nous ne nous reverrons probablement pas de sitôt.

— Tu mériterais bien une petite pause, tu ne crois pas ?

— Que je la mérite ou non n'entre pas vraiment en ligne de compte. Les Immortels ne l'entendent pas de cette oreille, à mon avis, ironisa-t-il avec amertume. Selliànda n'aurait pas été autorisée à me révéler en partie qui je suis et d'où je viens, si le voile n'allait pas être bientôt levé. Quels que soient les projets que les Immortels ont formés pour moi, je ne suis pas près d'en voir la fin. D'après moi, ça ne fait même que commencer. J'ai l'impression d'être subitement précipité dans le futur en accéléré, si vite même que je n'ai plus le temps de me concentrer sur le présent.

Perdu dans ses pensées, il suspendit sa déambulation, le regard attiré par les éclairs qui ferraillaient au sud. Au bout d'un moment, il s'approcha du parapet pour scruter le ciel. Il pouvait difficilement évaluer les distances de nuit, mais il lui semblait bien que les éclairs éclaboussaient les collines, de l'autre côté du Massif des Hautes-Terres, à quelque dix lieues de là. Même en tendant l'oreille, il ne percevait pourtant pas le moindre grondement de tonnerre.

Au plus fort de l'été, le vent tournait brusquement et l'air marin remontait du sud. Chaque soir, les nuages s'accumulaient au-dessus des Monts du Colosse et du Massif des Hautes-Terres. Tantôt, ces orages stagnaient sur les cimes, déversant des torrents de pluie qui dévalaient les versants ; tantôt, ils envahissaient le centre des Hautes-Terres comme des armées de Furies échevelées.

Ce que Thelvyn regardait au loin, c'était bel et bien l'arrivée des pluies estivales. Elles ne sont pas en avance, cette année, se disait-il. Mais elles le sont encore beaucoup trop pour nous...

Le soleil venait à peine de franchir la dorsale des Monts du Colosse que Thelvyn faisait déjà mander Alessa Vayledaar pour une « affaire de la plus haute importance ». Une demi-heure plus tard, la magicienne frappait à sa porte.

— Entrez !

Alessa franchit le seuil d'un pas mal assuré. Alarmée par une convocation aussi matinale que pressante, elle s'attendait déjà au pire.

— Avez-vous remarqué l'orage, cette nuit ? demanda Thelvyn en levant les yeux de la carte qu'il étudiait sur son bureau, tandis que, sur un signe de lui, Alessa s'asseyait en vis-à-vis.

La jeune femme sembla pour le moins troublée par la question.

— Non. J'ai passé la nuit plongée dans mon livre de sorts.

— C'est le début de la saison des pluies, expliqua-t-il. Le sommet des montagnes disparaît sous les nuages et les tempêtes estivales ne vont pas tarder à arriver jusqu'ici. Elles ne partiront pas de sitôt. Il se peut bien que Braejr en fasse les frais dès ce soir et le reste des Hautes-Terres n'y coupera pas demain.

— J'aurais plutôt pensé que la pluie servirait nos intérêts. Si les dragons attaquent, les incendies n'en seront que mieux maîtrisés.

— J'y compte bien, répondit Thelvyn en se levant, une pointe d'agacement dans la voix devant l'incompréhension manifeste de son interlocutrice. Le seul problème avec la pluie, c'est qu'elle va détremper les routes. Ce qui va retarder d'autant l'arrivée de nos catapultes. Même avec des routes en parfait état, elles arrivaient déjà au compte-gouttes ; mais, si la boue se met de la partie, elles n'arriveront plus du tout. Nous allons être obligés d'en abandonner la moitié pour doubler les attelages et, même avec quatre chevaux pour chacune, le convoi pataugera des semaines avant de parvenir jusqu'ici.

— Ah oui... oui, je vois... Ce sera une catastrophe.

— Qu'il faut éviter à tout prix. La magie est notre seul espoir. Vous devez trouver le moyen d'écarter ces orages pour que les routes restent sèches.

Alessa fronça les sourcils.

— Nous sommes des pyromages, pas des aéromages, comme les Alphatiens. Ce genre de magie n'est pas notre spécialité.

— Eh bien, vous ferez comme vous voudrez, mais vous trouverez les sorts appropriés. Il doit tout de même bien exister une solution !

Alessa opina en silence et se retira tout aussitôt, partagée entre inquiétude et dépit. Elle mesurait parfaitement l'importance stratégique de routes praticables pour rapatrier les catapultes, mais elle aurait aimé avoir plus de temps pour étudier la question. Une journée ! Facile à dire ! songeait-elle en regagnant l'Académie en toute hâte. Cependant, les pyromages n'étaient pas en odeur de sainteté et ils avaient tout intérêt à prouver leur utilité à la Couronne. Le défi était de taille, mais c'était l'occasion ou jamais de recouvrer les faveurs du roi. Alessa mit toutes ses recrues à l'ouvrage et chacun attaqua le problème à bras-le-corps.

Pour dramatiques qu'en soient les conséquences, les intempéries n'étaient guère qu'une broutille, en comparaison des problèmes à venir. La journée ne faisait que commencer...

A peine Alessa atteignait-elle l'Académie que ses pairs lui faisaient part des dernières nouvelles reçues du nord. Elle s'empressa de dépêcher un émissaire pour en informer le souverain au plus tôt. En substance, les dragons ne se contentaient plus de surveiller de loin le repli de l'armée, mais la suivaient vers lc sud. Une partie d'entre eux, du moins. Quant à ceux qui demeuraient postés sur le versant de la Cordillère Wendarienne, leur nombre ne cessait d'augmenter. Thelvyn en déduisit que les dragons commençaient à envisager très sérieusement l'invasion des Hautes-Terres. Me voilà édifié ! se dit-il. Mais il ne voyait pas vraiment ce qu'il pouvait y changer.

Il n'y eut tout de même pas que des mauvaises nouvelles, ce jour-là. Peu avant midi, Alessa Vayledaar était de retour au palais pour annoncer à Thelvyn que le sort demandé avait été trouvé et les instructions nécessaires, transmises aux pyromages accompagnant l'armée. Et, en début d'après-midi, Taëryn déboula dans son cabinet pour lui dire, en trépignant comme un gamin surexcité, qu'une surprise l'attendait dans la cour. Thelvyn eut beau insister, le jeune valet refusa obstinément de lui révéler son secret.

Alertés par le bruit et la confusion qui régnaient à l'extérieur, Solveig et Messire George les avaient devancés. Thelvyn ralentit au moment de franchir le portail : plus habitué, ces temps-ci, aux mauvaises qu'aux bonnes surprises, il n'était plus très sûr de vouloir aller plus loin. Quand il se résolut enfin à voir de quoi il retournait, il n'en crut pas ses yeux. Plus d'une centaine de soldats thyatiens montés sur des griffons avaient envahi la cour du palais, tandis que d'autres se posaient encore dans les jardins. Une dizaine de griffons s'étaient perchés comme des corbeaux le long des remparts. Thelvyn n'aurait osé compter sur de si prompts renforts et il remerciait intérieurement l'Empereur Cornélius de lui avoir accordé son soutien. Il n'en demeurait pas moins qu'il allait devoir rapidement trouver un asile à tous ces volatiles s'il ne voulait pas que la cour devienne un champ de bataille avant l'heure. Déjà, les féroces créatures s'assenaient de méchants coups de bec, en dépit des efforts de leurs cavaliers pour les maîtriser. Il était grand temps de les séparer.

Le soldat le plus proche de Thelvyn sauta à terre et s'approcha en tirant son griffon par sa longe. Il portait une version améliorée de l'uniforme thyatien et arborait l'insigne d'or des capitaines de l'Armée Impériale. Il avait déjà enlevé ses longs gants de cuir à manchettes cloutées et ôtait à présent son armet, révélant un visage d'une stupéfiante beauté. Il était aussi étonnamment jeune pour endosser de si éminentes responsabilités. Sa haute taille n'était pas moins surprenante, pour un Thyatien. Il dépassait même Thelvyn de quelques pouces.

— Darius ! s'exclama ce dernier en descendant les marches pour l'accueillir, un large sourire aux lèvres.

— Chevalier-Dragon, je vous salue, répondit le Thyatien avec une désinvolture que Taëryn lui-même jugea déplacée. Nous n'avons encore rien raté, j'espère ?

— Voilà bien un enthousiasme de guerrier ! railla Thelvyn. Mais, si c'est aux dragons que vous faites référence, vous arrivez à point nommé.

Solveig avait suivi Thelvyn jusqu'au pied du perron, dévorant des yeux le charmant visiteur. Elle n'avait cessé de le dévisager avec une sorte de fascination muette depuis qu'il avait ôté son casque. A peine Thelvyn avait-il achevé sa réponse que le beau capitaine se tournait vers elle pour la saluer d'une profonde révérence. La barbare resta sans voix devant tant de galanterie. Conscient de son trouble, Darius s'empressa de venir à son secours.

— Vous devez être Solveig Pluie d'Or, lui dit-il. Enchanté de faire votre connaissance, Gente Damoiselle. Permettez-moi de me présenter : Darius Glantri, Capitaine de l'Armée Impériale et Commandant de la Flotte Thyatienne. Pardonnez mon arrivée tardive, mais mon griffon semblait me trouver à son goût et j'ai eu quelque peine à l'empêcher de me manger vif.

— On le comprend ! lâcha Solveig. (Elle se mordit la lèvre et se reprit :) Je veux dire... les griffons sont tellement voraces... Oh ! non ! s'exclama-t-elle entre haut et bas. Ne me dites pas que je rougis comme une jouvencelle !

— Si fait, et cela vous sied à ravir, lui assura Darius, avant de se tourner vers le vieux chevalier pour laisser à la guerrière le temps de se remettre de ses émotions. Messire George Kirbey, je présume ?

Messire George opina.

— Vous semblez tout savoir de nous, s'étonna-t-il.

— Vous êtes les compagnons du Chevalier-Dragon, autant dire des héros de légende dont nul n'ignore les exploits, lui répondit Darius avec un respectueux hochement de tête. Mais je dois tout de même vous avouer que Thelvyn est un ami et qu'il m'a souvent parlé de vous.

Il se retourna vers l'intéressé.

— Hormis ceux du service diplomatique, j'ai

mobilisé tous les griffons de l'Empire pour les mettre à votre disposition, l'informa-t-il.

— Peuvent-ils vraiment combattre des dragons ? s'enquit Thelvyn.

— Nous n'avons jamais eu l'occasion d'en faire l'expérience, reconnut Darius. Mais, laissez-moi vous montrer quelque chose qui vous intéressera grandement, j'en suis sûr.

Se saisissant des rênes de sa monture, il sauta souplement en selle. La bête se rebiffa, tournant brusquement la tête pour lui assener un coup de bec en représailles. Darius tira d'un coup sec sur les rênes pour la rappeler à l'ordre. Il se pencha alors pour attraper une arbalète fixée au quartier de sa selle. L'arme était d'une taille impressionnante. L'arc luimême était constitué d'une large lame d'acier recourbée et le câble, d'un solide filin du même métal. Massives hampes sommées de fers barbelés, les carreaux tenaient davantage du harpon que de la flèche.

— C'est ce que nous avons pu faire de mieux, vu le peu de temps qui nous était imparti, expliqua Darius. Si nous parvenons à nous approcher suffisamment pour réussir à transpercer la carapace d'un dragon, la pointe de ce trait s'accrochera entre les plates et bien malin celui qui pourra l'en déloger. Je n'irai pas jusqu'à croire que ça peut tuer un dragon, mais ça peut se montrer diablement dissuasif.

— Et vous pouvez utiliser une arme aussi lourde en vol ? s'étonna Messire George.

— Nous avons tout prévu.

Darius souleva le pied gauche et le plaça dans l'étrier de l'arbalète, tout en maintenant le câble de la main. D'un simple coup de pied, il abaissa violemment le fût et le fil se tendit pour s'enclencher dans la noix. Tout l'effort nécessaire pour armer l'énorme arbalète était accompli par les muscles de la jambe et il était d'autant moins important que l'arbalétrier était en appui sur sa selle.

— Il ne faut pas s'attendre à des miracles avec ça, admit-il en tendant l'arbalète à Thelvyn pour mettre pied à terre. Mais, si les dragons essaient de franchir les remparts ou s'ils se posent en pleine ville, nos griffons sauront leur faire regretter d'être venus. Au sol, ils sont largement de taille à affronter un dragon.

— J'aimerais autant qu'ils dissuadent les dragons d'attaquer au lieu de les exciter au combat, soupira Thelvyn en présentant l'arbalète à Solveig qui s'en empara aussitôt pour la regarder de plus près. Si on en vient vraiment à la bataille rangée, l'armée thyatienne au grand complet n'y suffirait pas, je le...

Tous sursautèrent au claquement sec de l'arbalète. En la retournant pour mieux l'examiner, Solveig avait malencontreusement actionné la détente. Fort heureusement ses mains étaient posées sur le fût, hors d'atteinte du câble. Tout le monde suivit des yeux en silence le carreau qui montait vers les nuées, toujours plus haut, comme s'il voulait crever la voûte céleste. Enfin, au bout d'un temps incroyablement long, il sembla hésiter, oscilla dans le vide, puis piqua brusquement du nez, entraîné par le poids de sa pointe métallique, et se précipita vers le sol à une vitesse vertigineuse. Tous s'écartèrent prestement juste avant que le trait ne frappe les dalles sur lesquelles Solveig se tenait encore quelques secondes auparavant. Des éclats de pierre giclèrent et la pointe de fer émit un « clang » sonore avant de rebondir. Thelvyn attrapa le carreau en plein vol.

Darius laissa échapper un sifflement admiratif.

— Joli coup ! commenta-t-il. C'est le sport national chez vous ?

Au terme de cette démonstration, Thelvyn en vint aux choses sérieuses : il devait sans attendre trouver des locaux assez vastes pour loger quelque cent vingt griffons. Les griffons requéraient plus d'espace que les chevaux : il fallait les séparer pour qu'ils ne passent pas leur temps à s'entre-déchirer. Par chance, la caserne de la porte nord était restée inoccupée depuis l'assassinat du défunt roi et les écuries de la cavalerie étaient vides. Les soldats thyatiens y menèrent leurs montures, décollant par petits groupes successifs pour ne pas énerver davantage les ombrageux volatiles déjà passablement agités. Thelvyn se sentit lui aussi nettement moins nerveux quand toute cette volaille eut rejoint sa basse-cour.

Le soir même, Thelvyn et ses hôtes étaient encore à table quand Taëryn fit irruption dans la salle pour informer Sa Majesté que les sentinelles en faction sur les remparts avaient aperçu un gros orage au sud qui semblait se rapprocher de la cité à toute allure.

Tous se précipitèrent sur le chemin de ronde pour examiner le phénomène. De lourds nuages noirs bouillonnaient dans les nuées, barrant l'horizon, des Monts du Colosse au Massif des Hautes-Terres. Ils galopaient comme un troupeau de chevaux sauvages lancés à l'assaut de la ville, obscurcissant le ciel, tel un crépuscule hivernal. Déjà, des trombes d'eau s'abattaient sur les champs qui s'étendaient par-delà le confluent de l'Areste et de l'Aalban.

— J'espère que les pyromages de l'Académie l'ont vu venir, celui-là, parce que, s'ils le ratent, on peut tout de suite faire une croix sur les catapultes, marmonna sombrement Thelvyn en regardant avec appréhension la tempête avancer.

— Ils sont censés avoir posté des guetteurs toutes les cinq lieues le long des routes principales, lui précisa Messire George. Ça devrait suffire à empêcher les averses de se balader là où il ne faut pas. J'ai même suggéré à Alessa de réorienter les orages vers les montagnes pour importuner les dragons.

Solveig leva les yeux comme un éclair crevait la masse nuageuse.

— Les dragons sont assez rapides pour déguerpir avant que la tempête ne leur tombe dessus, lui fit-elle remarquer.

— C'est bien possible, mais, comme ils n'en ont pas du tout l'intention, ça leur cassera sacrément les pieds, tu peux me croire, rétorqua le vieux chevalier avec une satisfaction manifeste.

Selliànda s'esclaffa.

— Messire George, lui dit-elle, je ne comprends pas pourquoi on lève une armée et encore moins pourquoi on épuise tant de braves gens à la tâche pour fortifier une simple cité quand on pourrait confier la défense du pays tout entier à un seul homme. Je suis persuadée que vous connaissez mille et une façons de pousser un dragon à bout et qu'à force de les tarabuster vous auriez fini par obtenir la reddition de la Nation des Dragons au grand complet.

Le vieux chevalier remercia la jeune elfe du compliment en s'inclinant courtoisement.

— Ma chère, j'ai l'art et la manière de faire craquer n'importe qui. C'est le secret de mon succès auprès des jolies femmes.

Thelvyn s'apprêtait à rétorquer qu'il n'avait jamais entendu parler des exploits de Messire George — quant aux affaires galantes, du moins —, mais il s'avisa tout à coup que, depuis qu'il séjournait à Braejr, le vieux chevalier avait eu tout le temps de faire des tas de choses dont il n'avait pas été informé. Il y avait eu, récemment, assez de romance dans l'air pour le tenir occupé, sans qu'il aille fourrer son nez dans les fredaines de son vieux compagnon. Il y en avait encore plus que de raison, en ce moment même, d'ailleurs : Thelvyn n'aurait jamais cru voir un jour l'impétueuse Solveig réduite à l'état de brebis bêlante sous le coup d'une toquade, mais c'était précisément ce qui s'était produit à la minute où elle avait posé les yeux sur Darius Glantri. C'est bien la peine d'avoir joué, des années durant, le rôle de la belle guerrière inaccessible pour se couvrir de ridicule devant tout le monde en succombant au charme d'un beau capitaine ! se disait-il. Surtout maintenant ! Elle aurait pu choisir un autre moment. D'autant plus qu'après s'être montré plutôt amusé par ses émois de jouvencelle effarouchée, Darius semblait à présent bien décidé à lui conter fleurette. Tous deux s'étaient discrètement écartés du groupe et se faisaient des messes basses avec force regards énamourés.

— Solveig a finalement trouvé chaussure à son pied, on dirait, commenta à voix basse le vieux chevalier en lorgnant vers le couple. Je commençais à me demander s'il existait un modèle de sa pointure.

A son insu, Thelvyn avait dû regarder les deux jeunes gens d'un air triste et esseulé car il sentit tout à coup la main de Selliànda se glisser dans la sienne. Il en fut profondément touché, sans pour autant oublier que Selliànda et lui étaient prisonniers de leur devoir et que leurs missions respectives les sépareraient inéluctablement.

— Avez-vous réussi à découvrir quelque chose au sujet du Collier des Dragons ? demanda-t-il à Messire George pour chasser ses idées noires.

Le vieux chevalier secoua la tête avec un geste d'impuissance.

— Certes, Kalestraan a laissé derrière lui des rapports remarquablement détaillés sur ses manigances. Nous avons même mis la main sur une description assez précise du collier pour savoir avec certitude qu'il l'a eu, à un moment ou à un autre, en sa possession. Mais il avait tellement peur des dragons qu'il n'a pas fait la moindre allusion à la façon dont il se l'était procuré ni à l'endroit où il l'avait caché. J'envisage de retourner à l'Académie pour faire des recherches plus approfondies. J'espère qu'un des conspirateurs incriminés a commis quelques indiscrétions à ce sujet dans ses archives secrètes. J'entends bien découvrir de nouvelles cachettes dans leurs chambres. Mais je dois bien avouer que je joue là ma dernière carte.

— Je me demande si ça en vaut bien la peine, maintenant, fit Thelvyn. Même si nous le trouvons, nous n'avons plus aucun moyen de le transporter : j'ai déjà renvoyé Seldaëk dans ses foyers.

— Nous pourrions tout au moins fournir aux dragons une indication quant à l'endroit où aller pour le récupérer, insista Messire George.

Tout à leur conversation, ils en avaient presque oublié la tempête. Une gerbe d'éclairs jaillissant du banc de nuages qui gagnait déjà le sud de la capitale les rappela brutalement à la réalité. Il y eut alors d'étranges remous dans la masse cotonneuse, puis, imperceptiblement d'abord, mais de plus en plus nettement ensuite, elle se divisa en deux parties inégales qui commencèrent à s'éloigner de la cité. La plus grande se dirigea bientôt vers les Monts du Colosse, tandis que l'autre s'effilochait peu à peu pour finalement se dissoudre dans les airs au bout de quelques instants.

— Il semble que les pyromages gèrent la situation de main de maître, dit Thelvyn d'un ton incrédule. C'est bien la première fois que je les vois réussir quelque chose.

— Ils n'ont toujours pas résolu le problème de ta cape, si je ne m'abuse, lui fit observer le vieux chevalier en s'asseyant entre deux merlons.

— Il faudrait que j'interroge Alessa à ce sujet, mais, comme ils ne me l'ont toujours pas fait porter, j'imagine qu'elle leur pose quelques petits pro...

Il s'interrompit subitement en apercevant les silhouettes de trois dragons qui émergeaient des gros nuages noirs s'agglutinant au sud-ouest. Ils fonçaient à tire-d'aile sur Braejr, en perdant rapidement de l'altitude. Tous s'étaient à présent tournés dans leur direction. Les dragons ralentirent soudain pour planer silencieusement au-dessus de la cité puis, dès qu'ils furent à l'aplomb de la porte nord, ils prirent de la vitesse et remontèrent en flèche. Quelques minutes plus tard, ils avaient déjà disparu.

Thelvyn perçut immédiatement toute la signification de cette brusque irruption. Ils étaient passés assez près pour qu'il puisse parfaitement les examiner : deux jeunes dragons rouges sous le commandement d'un dragon d'or adulte.

— Impressionnant ! souffla Solveig.

Selliànda se tourna vers Thelvyn, la mine sombre.

— As-tu remarqué le dragon d'or ?

— J'ai vu, répondit-il en hochant lentement la tête. Je me suis toujours dit que, lorsque les dragons d'or se mettraient de la partie, la guerre serait vraiment inévitable. Maintenant qu'ils ont fait leur petit tour d'inspection, nous pouvons être sûrs que le gros des troupes ne va plus tarder. Mes amis, il est temps de fourbir nos armes...

7

Markhaën se laissait porter par le vent du soir, ne jetant guère qu'un morne regard aux forêts qui défilaient lentement au-dessous de lui. La nuit tombait sur les Monts du Colosse et les lumières de Braastar scintillaient déjà dans le couchant. Le grand dragon d'or prit un virage sur l'aile pour s'élever vers les sommets. Son estomac criait famine. Il était assailli de visions de gibier rôti, seule consolation à cette vie de sauvages qu'ils menaient tous depuis... trop longtemps déjà ! soupirait-il à part soi.

La discrétion n'était plus guère de mise, maintenant qu'il avait envoyé une patrouille à Braejr. Il ne tenait pourtant pas à ce que les Flaems mesurent l'ampleur des effectifs mobilisés contre eux. A son appel, les dragons avaient afflué des quatre coins du monde. Ils étaient désormais plus de deux mille, rassemblés dans les montagnes dominant les Hautes-Terres. Jusqu'alors, il était parvenu à les contenir. Mais, pour combien de temps encore ? Craignant que les esprits ne viennent à s'échauffer, il avait réparti ses troupes en petites escouades déployées sur un large périmètre, tant pour éviter les effets pervers de l'excitation collective que pour prévenir une pénurie de gibier, conséquence inévitable d'une telle concentration de prédateurs sur une aire aussi restreinte.

La majeure partie de son armée régulière était regroupée dans les Monts du Colosse, gigantesque massif de hauts éperons déchiquetés où les humains ne s'aventuraient guère. Une centaine de dragons pouvaient aisément se disséminer dans ce dédale minéral sans attirer l'attention. Markhaën louvoya souplement entre crêtes rocheuses et vallées encaissées jusqu'à voir enfin apparaître le rougeoiement des feux dans la pénombre du crépuscule. Il s'en approcha peu à peu, tournoya quelques instants au-dessus du camp, puis se posa dans une clairière toute proche, s'écartant prestement pour faire place à son escorte, deux jeunes dragons d'or qui atterrirent dans des tourbillons de poussière et d'aiguilles de pin.

Au moins les nuits étaient-elles fraîches sur ces hauteurs, se disait-il. Il avait bien du mal à supporter la chaleur étouffante qui régnait dans les plaines flaemoises en plein été. Il gagna une enclave de verdure cernée de gros rochers, à l'autre bout du camp. Assis en son centre, devant une belle flambée, un dragon rouge faisait cuire quelque proie, si minuscule qu'il aurait pu aisément l'embrocher sur une de ses serres. Jherdar surveillait le rôti tout en déchiquetant nonchalamment son dîner.

— Quel est le menu ? lui demanda Markhaën.

— Mouflon, grogna Jherdar en lui présentant la dépouille à demi dévorée qu'il tenait entre ses griffes. Je t'en ai gardé un.

— Encore du mouflon ! protesta Markhaën en s'asseyant à son tour. N'y a-t-il donc que cela dans ces montagnes ?

— De ce côté, la pente est trop abrupte et trop aride pour l'élan ou le cerf. Après ça, on ne s'étonnera pas que cet endroit ait si mauvaise réputation auprès des dragons. C'était bien ici que Kharenndaën trouvait habituellement sa pitance quand elle vivait dans les Hautes-Terres, d'après ce que tu m'as dit, non ?

— Oui, mais j'imagine qu'elle chassait surtout dans les forêts, en contrebas.

Markhaën renifla la carcasse calcinée qui lui tenait lieu de souper avec une moue circonspecte.

— L'ordinaire ne devrait pas tarder à s'améliorer, reprit-il. Je pense qu'il serait temps d'assiéger Braejr sans même attendre l'arrivée des renforts.

— Nous avons déjà assez attendu comme ça !

— Le temps travaille pour nous, Jherdar. De toute façon, il est toujours bon de faire lanterner l'adversaire. Imagine leur angoisse, en face ! Cela fait déjà tant de jours qu'ils s'échinent à deviner nos intentions : attaqueront-ils ? N'attaqueront-ils pas ? Détruiront-ils les fermes et les villages ? Accepteront-ils de négocier ? Donneront-ils l'assaut sans sommation ? Les malheureux ! Au fil du temps, sans trop oser y croire, ils ont fini par reprendre espoir. Le moment est venu de refermer le piège. Ils sont faits comme des rats.

— Seigneur Markhaën !

Le Premier Porte-Parole tourna vivement la tête pour regarder derrière lui. Tout à sa conversation, il n'avait pas entendu le messager approcher. Le jeune dragon d'or était à bout de souffle, manifestement éprouvé par un vol de longue haleine.

— J'a... J'arrive de Brise-Bise, hoqueta-t-il. Les Alphatiens ont rompu la trêve et envahissent le Normonde en masse. Une flotte de cinq cents unités se dirige vers Grand-Baie. Gheradaën m'envoie vous dire qu'une partie de l'armée doit revenir de toute urgence si nous voulons avoir une chance de les repousser avant qu'ils ne reprennent possession de leurs anciens bastions.

— Cinq cents vaisseaux... fit songeusement Markhaën en se demandant combien d'hommes cela pouvait bien représenter. Est-ce que ce sont tous des navires de guerre ou y a-t-il des bateaux de ravitaillement dans le lot ?

— Je ne sais pas, Monseigneur, avoua le messager d'un air contrit. Je ne les ai pas vus.

— Qu'est-ce que ça change, de toute façon ? tempêta Jherdar. D'un sens comme de l'autre, ces félons nous ont trahis. C'est tout ce qui compte.

— Cela me permettrait de savoir quelle tactique ils vont adopter, expliqua Markhaën. S'ils ont privilégié les galères, c'est qu'ils veulent frapper vite et fort. Ils ne pourront guère tenter qu'un raid éclair sous peine de manquer de vivres. S'ils ont prévu des bateaux de ravitaillement, il est probable qu'ils aient l'intention de s'incruster. (Il reporta son attention sur le jeune dragon d'or.) Est-ce tout ce qu'on t'a chargé de me rapporter ?

— Seulement qu'on a encore deux ou trois jours avant qu'ils n'accostent au fond de la baie.

Markhaën hocha la tête.

— Repose-toi près du feu et mange quelque chose, lui proposa-t-il en désignant son propre repas, avant de tourner les talons pour s'enfoncer dans la nuit.

Au bout d'un long moment de déambulation inquiète, il perçut la présence de Jherdar à ses côtés.

— Ils doivent avoir eu vent de notre conflit avec les Flaems et ils se sont dit que c'était l'occasion ou jamais de reconquérir leurs colonies pendant que le gros de nos troupes était occupé ailleurs, grogna-t-il, plus pour lui-même qu'à l'intention de son compagnon.

— Les scélérats ! s'insurgea Jherdar, bouillant de rage. Si nous leur tombons dessus, quand ils sont encore en haute mer, ce sera un vrai jeu de massacre. Mais est-ce que ça ne va pas perturber tes plans concernant le Chevalier-Dragon ? Penses-tu qu'il vaut mieux régler le problème ici d'abord ?

— Non mais ! qu'est-ce qu'ils croient ? Qu'on va les laisser faire, peut-être ? marmottait Markhaën en faisant les cent pas. Qu'espèrent-ils donc y gagner ? Ils m'étonneront toujours, ces Alphatiens !

— Au moins, ce qu'il y a de bien avec le Chevalier-Dragon, c'est qu'on sait à quoi s'en tenir, lâcha le dragon rouge. Pas de surprise de ce côté-là !

Markhaën suspendit enfin son va-et-vient pour se tourner vers son interlocuteur.

— Malheureusement, je vais tout de même avoir besoin d'un peu de temps pour en venir à bout, maugréa-t-il en s'asseyant lourdement, comme sous le poids d'une trop grande lassitude.

Après un long moment de silence songeur, il se redressa. Sa décision était prise.

— Nous allons nous séparer. Tu vas immédiatement partir pour Grand-Baie, en emmenant la moitié de nos effectifs. Détruis la flotte alphatienne aussi vite que possible, mais sans prendre de risques inconsidérés. Ta mission accomplie, tu reviendras ici.

— Je ne serai pas absent très longtemps, lui assura Jherdar.

— Quant à moi, je vais rassembler le reste de nos troupes. Dès que nous serons suffisamment organisés, nous assiégerons Braejr. Je me chargerai d'occuper le Chevalier-Dragon jusqu'à ton retour.

— Mais, les Flaems auront tout le temps de se préparer pour la bataille, objecta Jherdar.

— Nous ne pouvons pas faire autrement. Quoi qu'il en soit, ce n'est pas très important. Je n'ai jamais vraiment eu l'intention de leur déclarer la guerre, de toute façon.

Jherdar rebroussa chemin pour battre le rappel. Resté seul, Markhaën demeura plongé dans ses pensées. A la réflexion, l'attaque des Alphatiens ne bouleversait pas vraiment ses plans. Il savait déjà comment s'y prendre avec le Chevalier-Dragon et quelques jours de délai ne changeraient rien à l'affaire.

Bien sûr, rouvrir les hostilités avec les Alphatiens ne l'enchantait guère. Mais, après tout, il pourrait retourner la situation à son avantage. Quand les dragons auraient détruit la majeure partie de la Flotte Impériale, toutes les autres nations pourraient bien être tentées de fondre sur les Alphatiens comme une bande de charognards sur un animal blessé. Rien de mieux qu'une invasion massive d'Alphatia pour leur faire oublier leur crainte des dragons et servir d'exutoire à cette fureur qui allait s'emparer des puissances occidentales quand elles apprendraient que ces monstres sanguinaires tant redoutés avaient fait mordre la poussière à leur invincible Chevalier-Dragon.

Dès le lendemain matin, les dragons commencèrent à manifester leur présence avec une alarmante insistance. Pas un convoi qui n'ait droit à son escorte ailée. Chaque patrouille tournoyait lentement au-dessus des chariots avant de se poser, bien en vue sur une éminence, pour surveiller la procession des soldats avec une arrogance conquérante. A les voir narguer les malheureux fantassins apeurés avec une telle impudence, on en venait à se demander s'ils n'allaient pas prendre la direction des opérations. Tout juste s'ils n'entendaient pas superviser eux-mêmes le repli de l'armée ! Au début, leur apparition déclencha une vague de panique parmi la piétaille qui s'empressa de mettre les catapultes en batterie. Mais les Flaems durent vite se rendre à l'évidence : les dragons n'avaient, pour l'heure, aucune intention d'attaquer. Force leur fut donc de reprendre la route en feignant d'ignorer cette perturbante inquisition.

Au bout du compte, ils finirent même par s'y habituer, comme si les gigantesques créatures faisaient partie du décor.

Tous les habitants des villages et des cités des Hautes-Terres durent bientôt en faire autant. A Braejr, il aurait été bien difficile de ne pas les remarquer. Dans les premiers temps, les dragons s'étaient contentés de survoler la ville ; mais, au terme de leur quatrième jour de guet, ils commencèrent à se masser sur les collines dominant les champs qui s'étendaient au nord de la ville. De quelques dizaines, leur nombre passa en deux jours à plusieurs centaines. La nuit, les sentinelles postées sur le chemin de ronde regardaient avec une inquiétude croissante leurs feux de camp se multiplier dans les ténèbres. Thelvyn s'était attendu à les voir encercler la cité pour en interdire l'accès, dès qu'ils auraient réuni les effectifs nécessaires ; mais, à son grand étonnement, les convois franchissaient la porte nord en un flux ininterrompu sans être inquiétés. A quoi jouent-ils donc ? se disait-il. Il ne parvenait pas à s'expliquer cette passivité. Leur comportement lui semblait totalement incohérent. Ils avaient tout intérêt à passer immédiatement à l'offensive. La majeure partie des troupes et les deux tiers de l'arsenal flaemois étaient encore sur les routes. La cité n'était défendue que par une moitié d'armée épuisée par des jours de marche forcée. L'adversaire était à leur merci. Pourquoi n'attaquaient-ils pas alors qu'ils étaient en position de force ? Peut-être cette flagrante indifférence pour les efforts défensifs de l'ennemi n'était-elle qu'une expression du mépris souverain qu'ils lui portaient ? Peut-être ne cherchaient-ils qu'à lui signifier le peu de cas qu'ils faisaient de si pitoyables rivaux ? Il se remémorait pourtant combien Messire George avait insisté sur cette terreur irraisonnée qu'ils éprouvaient tous à l'égard du Chevalier-Dragon et il se demandait s'ils n'essayaient pas de le pousser à commettre quelque erreur tactique. Si, las d'attendre en vain et miné par l'anxiété, il cédait à l'impatience et sortait de la cité pour aller à leur rencontre, il savait pertinemment qu'il livrait Braejr au carnage et se mettait lui-même en péril. Peut-être était-ce précisément ce qu'ils attendaient ?

Finalement, le dernier convoi arriva à destination et la porte nord se referma définitivement derrière lui. Les catapultes étaient désormais en place : une toutes les cent aunes au sommet des remparts et le reste, réparti à travers la cité dans les espaces assez dégagés pour qu'on puisse aisément les manœuvrer. Les archers avaient été réquisitionnés par compagnies entières. La plupart étaient postés derrière les créneaux de l'enceinte fortifiée et les autres avaient pris position en haut des tours et des édifices les plus élevés, au centre de la capitale. Ils seraient hélas nettement moins efficaces que les catapultes, à moins que leurs proies ne passent à portée de leurs flèches. Les elfes des territoires du Sud avaient envoyé des renforts. L'adresse de leurs archers était telle que même un dragon se serait bien gardé de les approcher.

Les dragons avaient établi leurs camps en arc de cercle autour de la cité : au nord, dans les collines ; à l'est et à l'ouest, sur les berges des deux rivières dont les cours tumultueux, en se rejoignant au sud de la ville, formaient un barrage naturel qui en interdisait l'accès. Quand Thelvyn se rendait sur les remparts pour passer ses troupes en revue, il restait toujours un long moment immobile, comme tétanisé, son regard embrassant la multitude des assiégeants, accablé par l'ampleur des forces mobilisées contre lui. Bien qu'il soit impossible de les dénombrer exactement, leurs effectifs se montaient sans aucun doute à plus de mille. La nuit, leurs feux de camp cernaient Braejr d'une guirlande rougeoyante et, le jour, ils emplissaient les nuées dans toutes les directions pour chasser. Jusqu'alors, ils avaient fait preuve d'une remarquable discipline et s'étaient miraculeusement abstenus d'attaquer les fermes des environs pour décimer les troupeaux.

— Ils jouent au chat et à la souris, commenta Thelvyn, à l'intention du vieux chevalier qui l'avait accompagné sur le chemin de ronde.

— Je regrette d'avoir à l'admettre, mais je commence à croire que tu as raison, mon garçon. Et ça m'inquiète bougrement. Je n'aurais jamais imaginé que les dragons puissent se montrer aussi confiants au moment d'affronter le Chevalier-Dragon. J'en viens à me demander quel mauvais tour ils nous préparent.

— Ils ne chercheraient tout de même pas à nous affamer, n'est-ce pas ?

— Une pareille armée ? Ils mourraient de faim avant nous ! Certes, Kharenndaën n'a jamais eu de mal à dénicher quotidiennement un élan ou un cerf pour son dîner, mais les choses ont bien changé à présent. Sous peu, ils ne pourront plus voler assez loin pour trouver leur pitance et revenir à temps pour maintenir le siège. Dans une semaine, dix jours tout au plus, il ne restera pas assez de gibier pour les nourrir. Ils dédaigneront les chevaux et les chèvres aussi longtemps qu'ils pourront se le permettre, mais ils finiront bien par se rabattre sur le bétail des fermes et des villages.

Quel que soit leur problème d'approvisionnement, les dragons n'étaient manifestement pas décidés à lever le siège, trop heureux de laisser le Chevalier-Dragon se consumer d'impatience en essayant de deviner où ils voulaient en venir. La seule modification notable dans leur tactique consista à couper la cité de tout contact avec le monde extérieur, une fois le dernier convoi de ravitaillement arrivé à bon port. On pouvait encore quitter Braejr sans problème, mais il était désormais impossible d'y entrer.

Thelvyn ne laissait pas de s'étonner de la fascination que les dragons semblaient exercer sur lui. Il se sentait étrangement attiré par ces gigantesques créatures ailées et restait de longs moments à les observer dès qu'il en avait l'occasion. Leur grâce et leur indéniable beauté avaient toujours suscité son admiration, mais, outre la peur instinctive qu'ils lui inspiraient, il ne s'était jamais vraiment posé de questions à leur sujet. Oh ! le paradoxe de la situation ne lui échappait pas. Qu'il se sente à présent si proche d'eux, alors même que, dans les jours prochains, il se pourrait fort qu'ils le détruisent ou inversement, ne manquait assurément pas de piquant. Cruelle ironie, en vérité !

Pour la première fois, il commençait à comprendre le désarroi et la fureur des dragons et il était plus déterminé que jamais à ne pas rééditer les erreurs de son tristement célèbre prédécesseur. Cependant, il n'était pas maître des circonstances : il n'était guère plus qu'un serviteur soumis à la volonté de son dieu. Il ne lui appartenait pas de prendre des décisions. Ce seraient les dragons eux-mêmes qui, par leurs actions, lui dicteraient ce qu'il devrait faire. Il ne se battrait que s'ils l'y contraignaient et se garderait bien d'en tuer ou d'en blesser un seul, à moins d'y être obligé. Cependant, il ne pouvait pas pour autant sacrifier la population de Braejr.

Ce souci le rongeait tant qu'il décida de s'en ouvrir à Messire George et à Selliànda. Tous deux connaissaient bien les dragons : ils sauraient le conseiller. Thelvyn ne voulait surtout pas que les Flaems viennent à penser qu'il ménageait l'adversaire au détriment de leur sécurité. Il présidait désormais à la destinée du royaume flaemois et ne prenait pas son devoir de souverain à la légère.

— A la seule idée d'avoir à me battre contre Markhaën, ou même contre n'importe quel dragon, je suis assailli d'épouvantables visions de carnage. J'en ai la nausée. Ça tourne à l'obsession, leur avoua-t-il, tandis que tous trois venaient de se rejoindre dans son cabinet où ils s'étaient donné rendez-vous avant de passer à table pour le déjeuner. L'un d'entre vous connaîtrait-il un bon moyen de mettre un dragon hors d'état de nuire sans pour autant attenter à sa vie ?

Selliànda ferma les yeux et soupira. Apparemment, l'idée de répandre le sang des dragons lui répugnait tout autant qu'à son compagnon.

— La meilleure tactique serait peut-être d'utiliser le pouvoir tranchant de ton glaive pour leur déchirer les ailes. C'est la partie la plus vulnérable d'un dragon. Elles se régénèrent certes spontanément, mais cela prend du temps. Un dragon dont les ailes sont endommagées ne pourra pas voler avant une quinzaine de jours, voire davantage. Cependant, c'est une blessure douloureuse, d'autant plus que le pouvoir de ta lame brûle les chairs. Tu devras faire très attention à ne pas toucher l'os, sinon tu risques d'amputer une partie de l'aile et le dragon ne pourrait plus jamais voler.

Messire George hocha la tête.

— C'est ce qui m'est arrivé. Des assassins m'ont surpris dans mon sommeil et, comme je n'avais même pas une épée à portée de la main, j'ai immédiatement changé de forme pour en appeler aux défenses naturelles des draks. Oh ! ils n'étaient pas bien nombreux, les gredins, mais l'un d'entre eux a abattu sa lame juste à la jointure de la dernière articulation. Seul le Tout-Puissant aurait pu me rendre l'usage de mon aile gauche après un coup pareil.

Thelvyn n'avait jamais su exactement comment Messire George était devenu manchot, hormis qu'il était Chevalier de l'Ordre des Routes de Darokin, à l'époque, et qu'il était censé avoir perdu la main gauche au combat.

Le conseil de Selliànda lui semblait assurément pertinent, mais bien difficile à suivre. Il se disait que, dans le feu de l'action, il aurait beaucoup de mal à contrôler tant la puissance de son glaive que la précision de sa trajectoire et que, en dépit de tous ses efforts, il blesserait sans doute plus de dragons qu'il ne le voudrait. En tout état de cause, il leur infligerait d'atroces souffrances, quand bien même il ferait de son mieux pour en épargner autant qu'il le pourrait.

Peut-être devrait-il plutôt se préoccuper du sort que les dragons lui réservaient ? se disait-il. Ils semblaient manifestement sûrs de leur fait et il se demandait s'ils n'allaient pas reproduire l'erreur qui avait coûté la vie à Byen Kalestraan. Autrement dit, le sous-estimer. Certes, ils étaient en position de force : ils avaient déjà combattu un Chevalier-Dragon — lequel détenait probablement des pouvoirs bien supérieurs aux siens — et ils avaient eu plus de trois mille ans pour tirer les leçons de leurs imprudences passées. Il ne pouvait s'empêcher de penser qu'ils savaient sur lui des choses qu'il ignorait et qu'ils connaissaient quelque défaut de sa cuirasse qu'il n'avait jamais soupçonné.

Le lendemain matin, un garde pantelant vint avertir Thelvyn que les dragons se préparaient à donner l'assaut. Flanqué de ses compagnons, Thelvyn se précipita sur les remparts. Le spectacle qui les attendait les laissa perplexes. Les dragons ne semblaient pas se rassembler pour assiéger la cité elle-même, mais bel et bien le pont qui enjambait l'Aalban. Certains s'étaient déjà postés en ligne de bataille à la lisière des bois, sur la rive orientale, tandis que d'autres tournoyaient au-dessus du pont lui-même.

— On dirait qu'ils cherchent à empêcher quelqu'un de traverser la rivière, commenta le vieux chevalier.

— Des milliers de quelqu'un, rectifia Thelvyn, dont les yeux perçants avaient déjà distingué la horde de guerriers qui se profilait à l'horizon. Apparemment, les Ethengars ont décidé de venir à la rescousse, fit-il avec un petit sourire figé. Il faut faire quelque chose pour les aider.

— Mes hommes peuvent intervenir, proposa Darius. Le temps de seller leurs griffons et, dans quelques minutes, ils voleront sus à l'ennemi.

— Les dragons sont trop nombreux, objecta Thelvyn tout en faisant un rapide inventaire des autres solutions qui s'offraient à lui. Tenez-les prêts à décoller en cas de besoin, mais il serait stupide de les exposer inutilement. Vu la façon dont les choses se présentent, il suffirait de distraire l'attention des assiégeants pour laisser aux renforts le temps de franchir le pont et le mur d'enceinte. A ce petit jeu-là, il n'y a que moi qui aie une chance de m'en sortir.

Il courut vers les écuries du palais et enfourcha la seule monture déjà sellée. Comme tous ceux que Thelvyn avait jusqu'alors approchés, l'animal fut saisi de tremblements à son contact et rua comme un cheval sauvage. Mais, trop pressé par les circonstances pour en faire grand cas, Thelvyn le maîtrisa rapidement. En un éclair, il avait déjà traversé les rues et franchi les remparts pour filer à bride abattue à travers la campagne.

Les dragons serraient toujours les rangs pour refouler les Ethengars et leur interdire l'accès du pont, ultime obstacle qui les séparait encore de la porte salvatrice, à moins d'un mille de là. Thelvyn espérait surprendre les assaillants et provoquer une panique générale dont les guerriers des steppes pourraient profiter pour se réfugier dans la cité sans encombre. Pour lors, les dragons se contentaient de les effrayer, usant de leur souffle pour les repousser, en espérant qu'ils finiraient par se décourager et feraient demi-tour. C'est bon signe, se disait Thelvyn. Après tout, ils auraient tout aussi bien pu passer à l'attaque et les transformer en torches vivantes !

A peine franchi la porte, Thelvyn avait invoqué son armure. Par chance, sa monture était assez robuste pour supporter cette surcharge et filait comme le vent sur la grand-route, à l'abri des regards derrière le rideau d'arbres qui la bordait. Au demeurant, la distance à couvrir pour atteindre le pont était trop courte pour l'épuiser et, doutant de parvenir à combattre efficacement en selle, Thelvyn comptait la débarrasser de son fardeau en sautant à terre dès qu'il serait à pied d'œuvre. Il la guidait d'une main ferme et réussit à se faufiler derrière les lignes ennemies sans être vu. Il atteignit bientôt le pont et s'y engagea au triple galop. Les fers de son cheval résonnèrent sur la pierre, comme il chargeait, glaive au clair.

L'effet de surprise fit merveille. En le voyant arriver, les dragons s'égaillèrent comme une volée de moineaux. Les Ethengars s'engouffrèrent aussitôt dans la brèche et, remerciant le Chevalier-Dragon à grands cris, piquèrent des deux pour franchir le pont et rejoindre la porte nord.

Thelvyn devait à présent couvrir leurs arrières. Quand tous les cavaliers furent passés, il reprit position au milieu du pont, défiant les dragons de l'affronter s'ils l'osaient. Tous avaient pris leur envol et tournoyaient dans le ciel en le surveillant d'un regard haineux. Thelvyn se demandait s'ils n'attendaient pas qu'il ait tourné bride en direction de la cité pour fondre sur lui. Pour l'instant, aucun ne se risquait à l'approcher. Peut-être avaient-ils trop peur de lui ? Peut-être avaient-ils reçu l'ordre de ne pas l'attaquer avant l'heure dite ? Il se tordait le cou pour les examiner à travers la visière de son heaume. Ni Jherdar, ni Markhaën n'étaient en vue.

Quand l'arrière-garde des Ethengars ne fut plus qu'à deux cent cinquante aunes de la barbacane, Thelvyn talonna son cheval pour rebrousser chemin. Plus vite je déguerpirai d'ici, mieux ça vaudra, pensait-il, craignant que les dragons n'aient déjà eu que trop de temps pour préparer leur riposte. Il chevauchait pourtant au petit trot, soucieux de ménager sa monture qui s'essoufflait sous le poids de sa charge et tremblait d'effroi, apeurée tant par son cavalier que par les monstrueuses créatures ailées. Si courte que soit la distance à parcourir, elle leur paraîtrait bien longue à tous deux.

Thelvyn n'était plus qu'à une encablure de la porte et commençait à se dire qu'il était sauvé quand quelque chose passa en sifflant sur sa gauche, hors de son champ de vision, et foudroya la route dans une explosion de roche et de poussière. Son cheval s'arrêta net et se cabra avec un hennissement de terreur. Sans trop savoir comment, Thelvyn parvint à rester en selle et pressa sa monture de vigoureux coups de talon. Il se demandait à quelle sorte de projectile il venait d'échapper : de toute évidence, cela n'avait rien à voir avec la gerbe de flammes que crachait habituellement un dragon. Il jeta un coup d'œil en arrière. L'ennemi n'avait pas bougé, se tenant toujours prudemment hors de portée de son glaive magique.

Un deuxième geyser de terre et de poussière s'éleva du fossé, puis un troisième. Cette fois, Thelvyn avait bien vu de quoi il s'agissait : les dragons arrachaient de gros rochers au lit de la rivière et les projetaient de toute leur force sur leur cible. Dans ce cas-là, songea-t-il, la meilleure défense, c'est la fuite. Il n'eut guère besoin de pousser son cheval. A peine s'apprêtait-il à lui labourer les flancs qu'il se retrouva pris dans une averse de pierres. Il en tombait de partout, par dizaines. Affolée, sa monture bondit en avant et s'élança au triple galop.

Thelvyn se coucha sur l'encolure et s'agrippa d'une main à la crinière, tenant toujours fermement son glaive de l'autre. Du calme ! s'exhortait-il. Du calme ! Ton armure te protège et tu n'as pas grand-chose à craindre d'un tir nourri de rochers. Il y avait tout de même une limite au poids qu'un dragon pouvait soulever. Mais il avait sous-estimé la force qu'acquérait un projectile lancé avec une telle puissance. Il ressentit soudain un terrible choc entre les omoplates et vida sa selle. Sa chute fut si brutale qu'il faillit perdre connaissance. Un voile noir passa devant ses yeux et, pendant un instant affreusement éprouvant, il se crut aveugle.

Redoutant que les dragons ne se ruent sur lui pendant qu'il était encore à terre, Thelvyn rampa sur le sol pour récupérer son glaive qui lui avait échappé des mains et lutta pour se relever. Son cheval avait été tué sur le coup, les reins brisés. Il se tourna vers la porte. Deux cents pas, Thelvyn, s'encouragea-t-il, juste deux cents pas ! Il fit volte-face. Toujours sur leurs gardes, les dragons n'avaient pas avancé d'un pouce, sans cesser pour autant leur pilonnage.

Soulevant son glaive, il leur décocha une rafale foudroyante. Il y avait peu de chances pour qu'il puisse les atteindre d'aussi loin ; mais, pris de panique, les dragons reculèrent malgré tout. Profitant de leur débandade, il se précipita à toutes jambes vers la porte. Quoique son armure ne soit pas précisément lourde, elle entravait ses mouvements et il peinait sur le parcours, comme un cheval fourbu. C'est fou ce qu'une centaine d'aunes peut paraître longue quand on a des dragons à ses trousses ! songeait-il en courant à perdre haleine.

Cependant, les dragons semblaient satisfaits d'en rester là. Thelvyn téléporta son armure dès qu'il eut franchi le mur d'enceinte et s'écarta pour laisser les gardes refermer les massifs vantaux et barrer le portail. Solveig et Messire George l'accueillirent à grand renfort de bourrades et de soupirs de soulagement, mais il ne put leur dire un mot tant il était essoufflé.

— Pauvre bête ! fit-il enfin en repensant à la perte de son cheval. Elle était presque au bout de ses peines.

— Elle est tombée au champ d'honneur. C'est une belle mort — si ça peut avoir une quelconque signification pour un cheval, le consola Messire George. Et toi, mon garçon ? Comment te sens-tu ?

— Aussi bien qu'on puisse l'être quand on a reçu de plein fouet une caillasse de la taille d'un sanglier ! grommela Thelvyn en se redressant avec raideur. Où est Darius ? Il ne manquerait plus qu'il lance ses hommes à l'assaut pour que je sois obligé de retourner les chercher.

— Il ne franchira pas les remparts sans s'assurer qu'on a besoin de lui, le rassura le vieux chevalier en se dirigeant vers la porte qui s'ouvrait sur la cité. Le plus important, pour le moment, c'est de savoir ce qu'on va faire de tous ces fougueux guerriers. Sans compter qu'il faudra les nourrir, non seulement eux, mais aussi leurs chevaux. Ils sont bien six mille, au bas mot. Ça fait douze mille estomacs d'herbivores à remplir. Nos provisions de fourrage n'y suffiront jamais.

— Je me demande comment ils ont réussi à tromper la vigilance d'une armée de dragons, murmura Solveig d'un air pensif.

— Ils ont dû emprunter le défilé des Monts du Colosse et prendre à travers la forêt, répondit distraitement Messire George en lorgnant par l'entrebâillement de la porte.

La foule des Ethengars avait envahi les places et les rues pavées. Complètement désorientés par ce qui les entourait, les nomades dévoraient tout avec de grands yeux d'enfants émerveillés. Chacun d'eux se déplaçait toujours avec deux montures qu'il chevauchait alternativement sur le trajet et la ville tout entière semblait métamorphosée en un gigantesque marché aux chevaux. La caserne de la porte nord pourrait accueillir une partie des guerriers, mais la majorité serait sans doute obligée de bivouaquer dans ce que les Braejrois, non sans un certain sens de l'humour, dénommaient le « Jardin Public » ; ce qui ne devrait, d'ailleurs, pas trop les changer et même plutôt les rassurer. Quand on vivait dans l'immensité des steppes, même un palais prenait vite des allures de prison. Alors, une caserne...

— Maintenant qu'ils sont ici, je ne suis plus très sûr de savoir pourquoi je les ai fait venir, avoua Thelvyn avec une grimace.

— Ils nous seront bien utiles, protesta Messire George. Les Ethengars sont presque aussi dangereux que les elfes, quand on leur met un arc entre les mains. Ils ne seront pas de trop pour défendre les remparts. Et puis, si nous en venons à négocier une trêve avec les dragons, leur nombre ne donnera que plus de poids à nos arguments.

Thelvyn et ses compagnons prenaient leur petit déjeuner dans les appartements royaux quand la nouvelle que tous redoutaient arriva. Le Capitaine Gaïrstaän, qui avait pris en charge le commandement militaire de la cité dès son retour du front nord, envoya son ordonnance auprès du souverain pour l'avertir que les dragons s'étaient rangés en ordre de bataille. Selon toute évidence, ils ne tarderaient plus à donner l'assaut.

Tous se précipitèrent dans les escaliers qui menaient au chemin de ronde où de rapides coursiers étaient maintenus sellés en permanence pour relayer les ordres entre les différents points stratégiques de l'enceinte fortifiée. Massés derrière le parapet, catapultes, arbalètes lourdes, archers et boucliers géants ne laissaient guère qu'un étroit couloir de circulation, assez large cependant pour livrer passage à un cheval. Thelvyn et sa suite sautèrent en selle sans attendre et gagnèrent la porte nord en file indienne.

Alignés de part et d'autre de la grand-route, les dragons avaient envahi les champs à perte de vue. Thelvyn examina cette armée parfaitement ordonnée d'un air sceptique. Ils ne se seraient sans doute pas rangés en bataillons comme des fantassins s'ils avaient eu l'intention d'attaquer, raisonnait-il. D'autant plus que leur offensive viendrait vraisemblablement du ciel.

— Je crois qu'ils cherchent seulement à attirer notre attention, dit-il à Harl Gairstaän, qui s'était empressé de saisir sa monture par la bride pour lui permettre de mettre pied à terre. Peut-être veulent-ils seulement parlementer ?

— Ça m'en a tout l'air, répondit Messire George en descendant de cheval à ses côtés. Ça m'aurait tout de même étonné qu'ils se ruent à l'attaque sans sommation.

Ils empruntèrent la courtine, traversèrent les tours de garde et atteignirent le parapet dominant le portail extérieur. Parfaitement remise de ses blessures, Solveig sauta souplement pour se jucher dans une embrasure. Messire George et Selliànda restèrent prudemment à l'abri des regards, derrière les merlons. Avec leur vue perçante, les dragons seraient bien capables de démasquer le vieux chevalier, même à cette distance, et ce n'était vraiment pas le moment qu'ils dénoncent publiquement ses véritables origines. Imaginez un peu la réaction des Braejrois, se disait Messire George, s'ils apprenaient que le plus fidèle compagnon de leur souverain bienaimé n'était autre qu'un drakhumain, autant dire un petit cousin des dragons...

A peine Thelvyn et Solveig s'étaient-ils montrés au sommet des remparts qu'un dragon d'or prenait son essor depuis les collines dominant les champs où la foule de ses congénères s'était assemblée en formation de combat. Il la survola en rase-mottes pour se diriger vers eux. Thelvyn pensa tout de suite qu'il s'agissait de Markhaën. Quoique plus massif, doté de cornes et d'une crête plus longues et d'une tête moins fine, Markhaën ressemblait trop à sa sœur pour que Thelvyn puisse se méprendre. Le dragon se posa à moins d'un mille du mur d'enceinte, se dressa sur ses postérieurs et s'avança lentement, d'un pas assuré. Parvenu au pied de la muraille, il s'assit, puis étira le cou pour dominer ses adversaires d'un regard hautain.

Avant que le dragon d'or n'ait pu prendre la parole, Thelvyn monta au créneau.

— Ecoutez, Markhaën, lui dit-il, les yeux dans les yeux. Le moment est venu de mettre un terme à toute cette folie. Aucun de nous deux ne veut de cette guerre, c'est évident. Nous ne mesurons que trop les désastreuses conséquences d'un tel conflit.

— Je ne saurais mieux dire, acquiesça le dragon. Néanmoins, je ne peux pour autant oublier l'affront que nous avons essuyé. Les dragons n'ont rien à se reprocher, mais ils ont, en revanche, de justes griefs à formuler. Nous avons été honteusement accusés d'avoir dénoncé le traité de paix et le défunt roi de cette contrée a essayé de chasser les nôtres de la Cordillère Wendarienne, territoire qu'il nous avait lui-même concédé.

— Cette affaire a été tirée au clair depuis. Le pyromage Byen Kalestraan s'est ligué aux renégats pour tenter de m'assassiner et les dragons loyaux ont été lavés de tout soupçon. Le jugement du Roi Jherridan a été hâtif et sa sentence, disproportionnée. A la lumière de ces éléments, nous pouvons sûrement trouver un terrain d'entente.

— C'est un début, concéda Markhaën. Mais rien de plus qu'un début. Nous avons d'autres plaintes, tout aussi légitimes, qui doivent être portées à votre connaissance avant qu'une trêve ne puisse être conclue. Premièrement, je dois vous faire part de l'inquiétude que vos soudaines et fort préjudiciables ambitions ont suscitée parmi les nôtres. Votre soif de pouvoir constitue une menace pour la Nation des Dragons. En conséquence de quoi, non seulement nous vous sommons de renoncer au titre de Roi des Hautes-Terres, mais nous exigeons également qu'à partir de maintenant vous refusiez de servir quelque cause ou pays que ce soit, de vous voir conférer tout titre ou poste d'autorité et de prêter allégeance à quiconque, en dehors des exigences que vous dicte votre devoir de Chevalier-Dragon.

Stupéfait de constater comment ses récentes initiatives avaient pu être interprétées, Thelvyn resta un moment à fixer son interlocuteur sans répondre.

— Il semble qu'il y ait là un affreux malentendu, se défendit-il enfin. Je n'ai jamais convoité la couronne. Je n'ai accepté de porter le titre de roi qu'aussi longtemps que durerait ce conflit. Si nous parvenons à conclure la paix, un nouveau souverain prendra immédiatement ma place.

Les oreilles rabattues, Markhaën leva les yeux au ciel, comme s'il suppliait le Tout-Puissant de lui venir en aide, puis il gonfla les joues, laissa échapper un long chuintement qui hésitait entre soupir et sifflement de serpent près de mordre, projeta la tête en avant et foudroya le Chevalier-Dragon d'un regard étincelant de rage.

— Non mais ! faut-il être idiot ! explosa-t-il. Si seulement j'avais été informé de vos intentions, nous n'en serions pas là ! Mais, à présent, je ne peux plus faire autrement que d'achever ce qui a été commencé.

— Suis-je censé vous demander l'autorisation avant de prendre une décision ? répliqua Thelvyn, gagné par la colère. Que voulez-vous de plus ? N'en avez-vous pas fini ?

— Deuxièmement, martela Markhaën, qui rongeait son frein, nous voulons qu'il soit mis un terme à la colonisation flaemoise au nord des Hautes-Terres. Les montagnes et les forêts du Wendar sont le refuge de nombreux dragons et abritent certains sites qui revêtent, à nos yeux, un caractère sacré. Aussi longtemps que les Flaems continueront à s'approprier indûment ces terres, nous considérerons qu'ils se mêlent de nos affaires et nous nous estimerons en droit d'y mettre bon ordre.

— Cette dernière question ne pourrait-elle pas faire l'objet de discussions ultérieures ? demanda Thelvyn d'un ton radouci en pensant à la réaction du Duc Aalban et du Duc Ardelan quand ils entendraient une chose pareille.

— Il se peut qu'un compromis soit possible, répondit Markhaën, volontairement évasif. Mais ne comptez pas sur nous pour négocier le troisième et dernier point suivant : si vous voulez faire amende honorable pour l'affront que nous avons subi et conclure un nouveau traité de paix, vous devez impérativement nous rendre le Collier des Dragons.

Thelvyn laissa échapper un soupir à fendre l'âme.

Jamais ils ne pourraient parvenir à un accord si les dragons se montraient inflexibles sur cette clause.

— Nous n'avons cessé de chercher ce collier depuis que toute la vérité a été faite sur la trahison de Byen Kalestraan. Nous craignons fort, hélas, que ses complices n'aient péri avec lui. Or, ils étaient probablement les seules personnes à savoir où il avait caché le collier. Si vous voulez vraiment conclure une trêve, peut-être pourrions-nous unir nos efforts pour le retrouver ?

— Vous niez donc l'avoir dérobé ?

— Vous savez pertinemment que je n'ai jamais rien volé ! s'indigna Thelvyn, qui recommençait à s'échauffer. Si tel avait été le cas, Kharenndaën vous l'aurait dit. Je ne lui ai jamais demandé de trahir un seul de vos secrets et nous savons, l'un comme l'autre, qu'elle ne l'aurait pas fait, de toute façon. Elle a toujours été la meilleure amie du monde et s'est montrée le plus fidèle et le plus loyal des compagnons, mais c'est le Tout-Puissant qu'elle sert et non moi.

Markhaën pesa l'argument en silence.

— Je ne peux que faire part à mes pairs de votre suggestion. Mais je ne vous cacherai pas qu'il y a peu d'espoir. Des trois choses que je vous ai demandées, vous ne nous concédez que la première. On ne saurait donner meilleure preuve de mauvaise volonté. Dans ces conditions, je vous propose ceci : si vous acceptez de me céder l'armure et le glaive du Chevalier-Dragon et si vous me donnez votre parole que vous mettrez tout en œuvre pour retrouver le Collier des Dragons, je m'estimerai satisfait et ordonnerai le retrait de mes troupes.

Thelvyn n'en croyait pas ses oreilles. Il s'efforça pourtant de garder son sang-froid et se contenta de secouer la tête.

— Je ne puis accéder à de telles exigences pour la

bonne raison que l'armure du Chevalier-Dragon ne m'appartient pas. Il n'est donc pas en mon pouvoir de la donner. Il me faudrait le consentement des Immortels. Or, j'ai le regret de vous dire qu'ils n'ont pas pour habitude de s'entretenir avec moi.

— Dans ce cas, brisons là ! conclut Markhaën d'un ton cassant. Je vous engage cependant à bien peser votre décision et à prendre conseil auprès des vôtres avant de me donner votre réponse définitive.

Il se détourna pour s'éloigner, mais, au moment de partir, jeta un dernier regard en arrière.

— Je vous accorde trois jours de réflexion, ajouta-t-il, avant de déployer ses ailes pour prendre son essor.

Thelvyn comprit alors qu'il était bien loin d'aboutir à un règlement pacifique du conflit. A première vue, la paix ne dépendait que de son bon vouloir : il lui suffirait d'accorder aux dragons ce qu'ils lui demandaient. Le seul petit problème, c'était qu'ils lui demandaient des choses qu'il ne possédait pas. Comme Markhaën l'avait suggéré, il réunit ses compagnons dans son cabinet pour en discuter. Les dragons, quant à eux, s'étaient déjà repliés dans les collines et sur les berges des deux rivières où ils avaient établi leurs campements. Apparemment, ils semblaient prêts à attendre sans bouger pendant les trois jours de délai que Markhaën lui avait promis.

— Je dois me faire à l'idée que nous ne trouverons pas le collier dans le peu de temps qui nous est imparti, je suppose, soupira Thelvyn d'un air résigné. Ne pourrions-nous pas nous délester de cette tâche auprès des dragons eux-mêmes ? Après tout, ils sont bien impliqués dans cette affaire, puisque ce sont probablement les renégats qui ont prêté leur concours à Kalestraan, non ?

Messire George accueillit cette proposition avec une moue dubitative.

— Ça me paraît difficile. De toute évidence, Markhaën fait exprès de te demander des choses que tu ne peux lui donner, comme s'il cherchait vraiment à provoquer la guerre. Pourtant, je suis convaincu qu'il ferait n'importe quoi pour éviter un conflit armé. A mon avis, il mijote quelque chose. Le mieux que nous ayons à faire, c'est de trouver un moyen de lui donner exactement ce qu'il veut.

— Oui, mais le pouvons-nous ? demanda Solveig.

— Eh bien.... voyons, voyons... fit le vieux chevalier en caressant le projet d'ouvrir une nouvelle bouteille d'eau-de-vie. Thelvyn est prêt à renoncer au titre de roi — mais il l'aurait fait de toute façon. Je suis sûr que nous pourrons parvenir à un accord en ce qui concerne les colonies de la Frontière. Donc, si nous pouvions seulement leur redonner le collier, ou, du moins, leur dire où il se trouve, nous ne devrions plus avoir aucun souci à nous faire. Les dragons ont fixé les termes du marché et on peut compter sur eux pour les respecter.

— Et le malheur veut que ce soit à moi de trouver ce maudit collier ! intervint Alessa, qui semblait écrasée par une telle responsabilité. Je ne sais que vous dire, avoua-t-elle avec un geste d'impuissance. Nous avons cherché partout, sans trouver le moindre indice. Le fait est que nous ne savons pas ce que Kalestraan a bien pu faire de son butin et nous ignorons tout autant quels renégats l'ont aidé à le dérober.

— A moins d'un formidable coup de chance, ça ne me laisse guère le choix, conclut Thelvyn. Je n'ai plus qu'à livrer à Markhaën l'armure du Chevalier-Dragon. Qu'à cela ne tienne ! Je suis prêt à la lui donner. A une seule condition : que je sois dedans !

Selliànda se redressa brusquement.

— En voilà une idée intéressante ! s'exclama-t-elle avec un petit sourire en coin. Le Chevalier-Dragon et le Premier Porte-Parole des dragons dans le même panier : l'impasse totale !

Alessa la regarda d'un air incrédule. Elle semblait scandalisée.

— Vous plaisantez, j'espère ?

— Oh non ! il ne plaisante pas ! N'est-ce pas, Thelvyn ? insista l'elfe. Le devoir du Chevalier-Dragon le lie inéluctablement au destin des dragons. Pourquoi ne vivrait-il pas avec eux ? Après tout, ce serait tout de même plus simple.

Messire George lui-même paraissait pris au dépourvu.

— Voulez-vous dire par là que les dragons accorderaient à Thelvyn le droit de conserver son armure ?

Selliànda se tourna vers lui pour le regarder droit dans les yeux.

— Je suis convaincue que Kharenndaën et tous les autres disciples du Tout-Puissant seraient trop heureux d'user de leur considérable influence pour obtenir cette concession. Sachant ce que vous savez sur la situation et sur les dragons, croyez-vous vraiment qu'un tel contentieux puisse demeurer bien longtemps en suspens dans de pareilles conditions ?

— Non, je suppose que non, admit le vieux chevalier. Thelvyn n'aura qu'à entrechoquer deux ou trois têtes haut placées pour que tous se serrent la main comme de vieux amis.

Alessa se trémoussait nerveusement sur sa chaise.

— Je commence à croire que nous ferions mieux de déclarer la guerre tout de suite, lâcha-t-elle avec humeur.

Elle n'aurait pas dû dire ça, songea immédiatement Thelvyn. Non, elle n'aurait pas dû. Cette petite phrase assassine venait de lui rappeler qu'Alessa Vayledaar était bel et bien une Flaem. Comme Jherridan, comme Kalestraan et comme tant d'autres, elle n'était que trop impatiente de livrer bataille. Elle était cependant la seule à pouvoir trouver le Collier des Dragons avant qu'il ne soit trop tard pour éviter une guerre et il avait besoin de croire qu'elle ferait de son mieux pour y parvenir. Sa méfiance instinctive des pyromages s'était réveillée et, tout à coup, il la voyait d'un autre œil. Il ne savait que trop à quel point il fallait se défier des magiciens flaemois. C'était là une leçon qu'il avait apprise dès l'enfance et elle ne s'était jamais démentie depuis lors. Bien au contraire.

Après avoir dîné en compagnie de ses amis, Thelvyn se rendit en solitaire sur le chemin de ronde. La nuit était tombée sur la cité. Seule, une pâle lueur luttait encore contre l'invasion des ténèbres, au loin, là où le soleil s'était couché depuis longtemps déjà. Les feux de camp des dragons rougeoyaient à travers le rideau d'arbres, en lisière de forêt, par-delà les champs, à des lieues de distance et pourtant si proches pour l'œil aiguisé de Thelvyn. Les heures s'étaient enfuies et la journée s'était achevée sans qu'aucune nouvelle solution ait été trouvée. Il n'avait plus que deux jours pour régler le problème et, si les choses en restaient là, il lui faudrait se livrer.

Il se retourna brusquement en sentant une présence dans l'obscurité. Il savait que les dragons ne reculeraient devant rien pour se débarrasser de lui et il demeurait perpétuellement en alerte, craignant toujours qu'on ne l'attaque en traître. Certes, il n'était pas vraiment seul sur les remparts. Des guerriers elfes montaient la garde toute la nuit et il aurait été impossible d'échapper à leur vigilance, d'autant plus qu'ils voyaient aussi bien que lui dans le noir. En outre, des soldats se relayaient en permanence aux catapultes, toujours prêts à repousser d'éventuels assaillants. Il fut cependant surpris de constater qu'Alessa Vayledaar l'avait discrètement suivi.

— Avez-vous découvert quelque chose ? lui demanda-t-il, saisi d'un soudain regain d'espoir.

— Non, rien de neuf pour l'instant, répondit-elle en secouant la tête d'un air désolé. Le moins que l'on puisse dire, c'est que Kalestraan savait garder ses secrets.

La magicienne s'était approchée tout près de lui et Thelvyn commençait à redouter une tentative de séduction. Depuis qu'il avait emménagé au palais, ils ne se voyaient plus que lors des réunions de travail et, dans la précipitation des derniers jours, il avait quelque peu oublié la femme au profit de la fonction. Mais, si elle se proposait de l'attirer dans ses filets, elle choisissait bien mal son moment. Surtout après avoir réveillé, le matin même, sa méfiance des pyromages. Comme Thelvyn ne réagissait pas, elle s'approcha encore davantage.

— Je ne vois pas comment nous pouvons éviter cette guerre, reprit-elle.

— J'ai pourtant bien l'intention de faire tout mon possible pour y parvenir.

— Vous ne parliez pas sérieusement quand vous disiez que vous vous rendriez s'il le fallait, n'est-ce pas ? dit-elle en levant vers lui un regard implorant.

— Ce ne serait pas vraiment une reddition. Du moins, pas tel que j'entends leur proposer la chose. Je garderais mon armure et je vivrais parmi eux, mais je ne serais pas leur prisonnier. Comme l'a dit Messire George, dans de telles conditions, notre différend serait vite réglé.

— Surtout si vous vous entre-tuez, répliqua Alessa avec aigreur. Je ne veux pas que vous partiez, Thelvyn. Et puis, pourquoi partiriez-vous ? Ça n'aurait aucun sens. Vous êtes le Chevalier-Dragon et le Roi des Hautes Terres. Puisque ces maudits dragons veulent la guerre, eh bien, qu'ils l'aient ! Quand vous en aurez tué une bonne dizaine, ils ne seront peut-être plus si pressés de se battre. Et n'allez pas vous embarrasser de scrupules à l'idée de les trucider.

Après tout, ils ne l'auront pas volé. Restez ici, Thelvyn. Restez... avec moi.

— Il est hors de question que je « trucide » qui que ce soit. Et, de toute façon, je n'ai aucune envie d'être roi.

— Et vous ne voulez pas rester avec moi, je le sais, enchaîna Alessa d'une petite voix triste. Je reconnais que vous n'avez aucune raison de me faire confiance. À vos yeux, je ne vaux guère mieux que tous ces pyromages que vous avez connus et qui ont toujours comploté contre vous. Je sais aussi que vous avez peine à croire que je suis plus attirée par vous que par le titre de souveraine. Et je ne vois pas comment vous prouver le contraire. Qui plus est, je n'en aurai pas le temps. Tout le monde s'accorde à dire que, quoi qu'il arrive, vous partirez bientôt.

Thelvyn fronçait les sourcils. Il ne savait que répondre et cette conversation l'embarrassait. Comme il gardait le silence, Alessa posa la main sur son bras et l'étreignit en plongeant son regard dans le sien.

— Il n'y a qu'une seule chose que je puisse vous dire pour vous prouver ma sincérité : quand il sera temps pour vous de partir, où que vous alliez, je vous suivrai.

— Mais, vous qui parlez de temps, ne comprenez-vous pas que je n'en ai pas eu assez pour apprendre à vous connaître ?

— On dit que vous connaissez Selliànda depuis des années. Est-ce la raison pour laquelle vous vous sentez plus proche d'elle ?

Thelvyn secoua la tête en soupirant.

— Je ne sais que dire, avoua-t-il.

— Sire !

Il se retourna. Taëryn accourait vers lui à toutes jambes. Alessa s'écarta prestement. Thelvyn se demanda s'il devait sermonner le jeune page pour avoir interrompu son tête-à-tête avec une telle impudence ou s'il devait l'en féliciter.

— Mess... Messire George m'envoie vous chercher, haleta Taëryn. Il dit qu'un nain veut vous parler, un émissaire de Rocklogis.

Le garçon guida son souverain vers le palais et Alessa Vayledaar leur emboîta le pas, ruminant sa déconvenue en silence. Messire George avait déjà servi une tournée générale pour célébrer dignement l'occasion. A côté de Solveig et de Selliànda, au centre du cabinet royal, se tenait un jeune nain vêtu d'une épaisse tunique de cuir fatigué et de braies de drap sombre. Son havresac et ses armes gisaient au pied du bureau.

Thelvyn le dévisagea, bouche bée.

— Thorinn Terreur des Ours ! s'exclama-t-il enfin. Quelle joie de te revoir ! Quoique les circonstances ne se prêtent pas vraiment aux retrouvailles, en ce moment...

— J'ai dû attendre qu'il fasse nuit noire pour franchir les murs de la cité, lui expliqua le nain. Je n'aurais jamais cru qu'il existait autant de dragons de par le monde ! Mais comme c'est précisément grâce à eux que je suis là, je ne vais pas me plaindre. Je t'ai amené deux mille de mes meilleurs guerriers.

Thorinn s'interrompit pour reluquer d'un air dépité le verre d'eau-de-vie que le vieux chevalier lui tendait. Il s'en saisit comme à regret.

— Toujours est-il que nous attendions gentiment la tombée de la nuit quand, tout à coup, qu'est-ce qu'on voit arriver ? Pas moins de quatre mille elfes d'Alfheim ! reprit-il en allant s'asseoir dans un fauteuil. Si tu veux qu'ils te servent à quelque chose, tu as intérêt à les faire entrer dans la cité tout de suite. Vu le nombre, on en aura au moins pour jusqu'à l'aube.

— Oui, oui, bien sûr ! acquiesça Thelvyn, qui ne

s'était toujours pas vraiment remis de sa surprise. J'avoue que je suis un peu pris de court. Je ne pensais pas que la défense de Braejr revêtait autant d'importance pour les nains. Quant aux elfes, je n'en parle même pas.

— Je ne sais pas ce qu'il en est des elfes. J'ai bien entendu leur capitaine dire quelque chose sur « le soutien qu'il se devait d'apporter à ses frères des Hautes-Terres », mais je suppose qu'il ne veut tout bonnement pas admettre que les elfes sont dans tous leurs états à l'idée de voir une armée de dragons attaquer qui que ce soit, même les Flaems. C'est d'ailleurs ce qui m'a décidé à venir ici, je ne m'en cache pas. Je ne vois pas pourquoi les dragons s'arrêteraient en si bon chemin. Après les Flaems, ce sera notre tour. Et ce n'est pas seulement une conviction personnelle. C'est aussi l'avis du Roi Daroban, mon père. C'est bien pourquoi il a décidé qu'il vaudrait mieux intervenir sur-le-champ, au lieu d'attendre que les dragons ne viennent nous chercher.

Il se garda d'ajouter qu'on lui avait confié le commandement des forces armées du royaume, non tant pour l'excellente expérience qu'il en retirerait — à plus forte raison parce qu'il était pressenti comme héritier au trône —, que pour consolider une amitié que le Roi Daroban ne pouvait qu'encourager. On ne faisait pas la sourde oreille quand le puissant Chevalier-Dragon appelait à l'aide...

— Si je comprends bien, les dragons ne vous ont même pas vus arriver ? s'étonna Solveig, incrédule.

— Crois-tu qu'ils nous auraient laissés entrer dans Braejr, s'ils nous avaient vus ?

— Nous en sommes toujours à essayer d'éviter un conflit armé, l'informa Messire George. Tes renforts et ceux des elfes feront peut-être pencher la balance de notre côté.

— Encore plus que vous ne le croyez, renchérit

Thorinn. Les elfes nous ont dit qu'ils avaient aperçu plus de la moitié de l'Armée de Darokin à cinq jours de marche d'ici. A l'heure qu'il est, les dragons doivent déjà être au courant.

— C'est la meilleure nouvelle que j'aie reçue depuis longtemps ! s'enthousiasma Thelvyn. Je n'aurais jamais osé en espérer autant. Avec ça, je gage que Markhaën se montrera un peu plus raisonnable.

— Tu peux compter sur nous pour lui forcer la main ! Non mais ! Ce n'est tout de même pas une poignée de dragons qui va faire la pluie et le beau temps sur Brün ! railla le nain en reposant son verre intact sur le bureau. Et maintenant, si vous voulez bien m'excuser, je dois retourner auprès de mes troupes. Deux mille nains et quatre mille elfes encerclés par un millier de dragons constituent un mélange un peu trop explosif à mon goût pour ne pas mettre illico tout mon petit monde à l'abri !

Thorinn s'inclina et tourna les talons. Trop contents d'avoir retrouvé leur ancien compagnon d'aventure, Messire George et Solveig lui emboîtèrent le pas pour profiter encore un peu de sa compagnie, avant que les choses ne s'enveniment trop sérieusement pour leur en laisser le loisir. Thelvyn ne put réprimer un petit sourire, en les regardant s'éloigner. Le jeune nain avait bien changé en cinq ans ! Il avait mûri. A force de vivre auprès des siens, il avait pris leurs traits de caractère : cette même assurance un peu hâbleuse, cette tendance à prendre le mors aux dents à la moindre occasion. Il avait aussi acquis une sorte d'autorité naturelle qui forçait le respect. Thelvyn était heureux de pouvoir compter sur de si fidèles amis en ces temps d'infortune. Ça ne m'étonnerait qu'à moitié si Perrantin arrivait avec les renforts de Darokin, se disait-il, ravi de se savoir si bien entouré. Seule Kharenndaën manquerait à l'appel. Son absence n'en serait que plus criante.

— Si vous n'avez plus besoin de mes services, je pense que je ferais mieux de retourner à l'Académie, annonça Alessa d'un ton acerbe.

Thelvyn hocha la tête en silence et la suivit des yeux d'un air songeur. Il se demandait toujours s'il regrettait d'avoir échappé à ses assiduités ou s'il en était plutôt soulagé. J'imagine que je l'aurais repoussée sans ménagement, si elle m'avait vraiment fait des avances, se disait-il. Il ne pouvait s'empêcher de penser qu'elle nourrissait quelque secret dessein et qu'en cherchant à nouer des relations intimes avec lui elle s'efforçait d'atteindre un but précis, quelque chose qui, sans lui nuire à lui, lui profiterait indéniablement à elle.

— Des soucis ? s'enquit Selliànda en quittant son fauteuil pour se rapprocher de lui.

— Non. Rien de grave. C'est seulement Alessa. Elle a essayé de me convaincre de rester ici et de conserver la couronne. Elle veut que je demeure auprès elle. Ou, du moins, c'est ce qu'elle prétend. Elle m'a même dit qu'elle me suivrait si je partais. Elle cherchait sans doute à me prouver la profondeur de ses sentiments. J'avoue que je ne suis pas très doué pour ce genre de choses et que cette situation me met extrêmement mal à l'aise.

— Alessa est une magicienne ambitieuse. Je ne prétends pas qu'elle soit foncièrement méchante ni même égoïste ; mais, chez elle, l'ambition est une passion dévorante. C'est sa raison de vivre. Il n'est pas impossible qu'elle veuille se servir de toi pour accéder au pouvoir. Mais rien n'empêche de penser qu'elle voie tout simplement en toi l'homme puissant et influent qu'elle cherche. Est-ce qu'elle te plaît ?

— Non. Non, pas vraiment. (Il eut un petit rire ironique.) En fait, je crois que je me demande si je devrais être flatté ou offensé de ce subit intérêt pour ma petite personne. Je ne suis pas habitué à être l'objet d'une telle attention. Surtout pas de la part d'une Flaem. J'ai toujours été considéré comme un étranger, dans ce pays, un indésirable.

— Les Flaems t'ont enseigné la méfiance. Ils t'ont appris à douter des intentions de tout le monde parce que eux-mêmes ne font jamais rien dont ils ne puissent retirer quelque secret profit. Pourtant, qui suis-je pour me permettre de porter un jugement ? N'ai-je pas été la première à tout faire pour susciter ton affection, il y a cinq ans ? Et, aujourd'hui encore, je t'assure des tendres sentiments que tu m'inspires. Pourtant, je ne serais pas à tes côtés si mon Immortel ne me l'avait pas demandé. Et, malgré tout, je voudrais que tu éprouves pour moi plus que de l'amitié. Je voudrais ne jamais quitter tes pensées. Cependant, je sais aussi que ta place est auprès des tiens et que tu ne peux prendre aucun engagement avant d'avoir découvert qui tu es réellement.

— Rien ne dit que je le découvrirai un jour.

— Tu le découvriras, Thelvyn, sois-en certain.

— Oui, mais quand ?

— Bien plus tôt que tu ne le crois...

8

L'EMPEREUR LUI AVAIT RECOMMANDÉ LA PLUS GRANDE célérité et il parcourait le ciel à tombeau ouvert depuis l'aube. Dans sa précipitation, il fut au-dessus de Braejr avant même d'avoir aperçu l'armée assiégeante. Heureusement, car, s'il avait su devoir franchir les lignes d'un millier de dragons pour atteindre la capitale des Hautes-Terres, jamais il n'aurait osé s'en approcher. Les dragons, quant à eux, ne l'auraient jamais laissé passer s'ils avaient eu le temps de le voir arriver. L'émissaire thyatien survola brièvement la cité à basse altitude pour localiser le palais. Cinq dragons rouges l'avaient pris en chasse et il fit atterrir son griffon en catastrophe dans la cour intérieure avant qu'ils ne puissent l'intercepter.

Darius Glantri se précipita à sa rencontre, réceptionna la missive et gagna aussitôt le cabinet du roi, tandis que le malheureux messager se retrouvait embrigadé dans l'armée thyatienne. De toute façon, il n'avait guère le choix : ou il restait sur place pour défendre la cité, ou il bravait les dragons pour retourner à Thyatis.

Thelvyn s'entretenait avec Messire George et le Capitaine Gairstaän quand Darius Glantri se fit annoncer.

— C'est un message de la main de l'Empereur Cornélius lui-même, annonça Darius en posant le parchemin sur le bureau. D'après moi, ce sont plutôt de bonnes nouvelles pour nous. Apparemment, les Alphatiens ont eu vent de ce qui se passait ici et en ont profité pour envoyer leur flotte à l'assaut du Wendar, avec la manifeste intention de reconquérir les colonies qu'ils avaient perdues au début de l'année. Mais une armée de dragons les a attaqués, quand ils étaient encore en haute mer, et a envoyé tous leurs navires par le fond.

— Une armée de dragons ? s'étonna Messire George en fronçant les sourcils. Quand cette bataille a-t-elle eu lieu ?

— Il y a trois jours. Depuis les premiers incidents survenus dans le Normonde entre les Alphatiens et les dragons, nous faisons discrètement surveiller la région par des patrouilles volantes. C'est comme ça que l'Empereur a pu être averti si rapidement.

— Une deuxième armée de dragons... répéta pensivement Messire George. Ils peuvent donc se permettre de tenir en échec la flotte alphatienne tout en assiégeant les Hautes-Terres ! Eh bien, je ne suis vraiment pas sûr que ce soit ce qu'on peut appeler de « bonnes nouvelles ». Ça veut surtout dire que, sans la stupidité des Alphatiens, nous nous serions retrouvés avec deux fois plus de dragons sur le dos.

— Je vois... fit Thelvyn d'un ton sinistre. Et moi qui croyais qu'ils n'hésiteraient pas à mobiliser la Nation des Dragons au grand complet pour m'affronter ! Il faut qu'ils soient diablement sûrs d'eux pour avoir gardé une deuxième armée en réserve sur leurs terres.

— A moins qu'ils n'aient jamais vraiment eu l'intention de livrer bataille, hasarda Messire George. Auquel cas, ils sont déjà plus nombreux qu'il ne le faut.

Harl Gairstaän secoua la tête.

— Je ne suis pas convaincu que vous ayez raison. Nous venons d'apprendre que nous aurions pu nous voir confrontés au double d'effectifs adverses et c'est assurément une bonne nouvelle. Mais il faut bien en déduire que l'ennemi entend parvenir à ses fins avec seulement la moitié de ses troupes, et ça, c'en est une mauvaise, une très mauvaise, même, si vous voulez mon avis.

— Je commence à y voir un peu plus clair, reprit Thelvyn. D'après moi, Markhaën s'est vu contraint de diviser son contingent pour en envoyer une partie repousser les Alphatiens. Voilà pourquoi il nous a laissés tranquillement achever nos préparatifs. J'ai cru qu'il jouait au chat et à la souris avec nous, mais, en fait, il cherchait seulement à gagner du temps.

— Oui mais, maintenant que son problème avec les Alphatiens est résolu, il va sans doute changer de tactique. Pensez-vous qu'il ira jusqu'à rompre les pourparlers ? s'enquit Darius.

— Ça, je n'en sais rien, soupira Thelvyn avec un geste d'impuissance. Notre délai de réflexion s'achève et Markhaën va devoir abattre ses cartes. Il a même intérêt à se manifester sans tarder s'il ne veut pas que les troupes de Darokin viennent grossir nos rangs.

— Je ne pense pas qu'il ait du souci à se faire de ce côté-là, objecta Darius. La plus puissante des armées ne sert strictement à rien tant qu'elle n'est pas sur le champ de bataille. Et les dragons trouveront sans doute le moyen d'empêcher les forces darokinoises de traverser la rivière pour nous rejoindre.

En fin de compte, se disait Thelvyn, nous en sommes toujours au même point. Le message de Cornélius lui permettait certes d'interpréter les récents événements tout autrement, mais, en ce qui concernait la situation actuelle, il ne lui apprenait rien de neuf. Pouvait-il vraiment en conclure que les dragons n'étaient pas venus pour se battre ? Ce serait plutôt rassurant. Pourtant, il se demandait si Markhaën avait bien dit son dernier mot. Cherchait-il seulement à obtenir la reddition du Chevalier-Dragon ? Mais alors, pourquoi aurait-il assiégé Braejr ? Simple manœuvre d'intimidation ? Odieux chantage, oui ! pestait-il intérieurement. En définitive, il n'avait toujours pas avancé d'un pouce : il en était toujours réduit aux conjectures et ne savait toujours pas quelle stratégie adopter.

Le troisième jour de sursis touchait à sa fin et Thelvyn devait se rendre à l'évidence : les exigences de l'ennemi ne seraient pas satisfaites. Tout espoir de trouver le collier à temps pour éviter un conflit armé était perdu. Oh ! Il ne déniait pas aux dragons le droit de réclamer leur bien. Ce n'était que justice, après tout. Mais, trois jours ! C'était tout de même un peu court, non ? Il ne lui restait plus, désormais, qu'une seule alternative : ou il se résignait à combattre les dragons, ou il rendait les armes. Il n'espérait même plus voir sa proposition acceptée. A part soi, Markhaën en reconnaîtrait sans doute les avantages. Si le Chevalier-Dragon renonçait aux affaires du monde pour vivre avec eux, les dragons n'auraient plus grand-chose à craindre de lui, quand bien même il conserverait son armure ensorcelée. Mais, en tant que Premier Porte-Parole, Markhaën était tenu de se plier aux volontés de la majorité. Or, que voulait la majorité des dragons, si ce n'était rayer le Chevalier-Dragon du nombre des vivants ?

L'arrivée imprévue des armées de Rocklogis et d'Alfheim — qu'ils ignoraient encore — devrait tout de même leur donner à réfléchir, d'autant plus que les renforts de Darokin — qu'ils avaient sans doute déjà repérés — n'étaient plus maintenant qu'à deux jours de marche. Peut-être se montreraient-ils un peu plus raisonnables ? Un millier de dragons représentait assurément une puissance colossale, mais ils ne pourraient pas combattre à la fois le Chevalier-Dragon et une force de trente mille guerriers, toutes races confondues. Cependant, comme l'avait fort justement fait remarquer Darius Glantri, les troupes de Darokin ne serviraient à rien tant qu'elles seraient du mauvais côté de la rivière.

A peine le soleil s'était-il levé que toute la capitale flaemoise était déjà sur le pied de guerre. Thelvyn savait que Markhaën viendrait chercher sa réponse et il espérait avoir suffisamment d'arguments pour l'inciter à plus de circonspection. Il ne pensait pas que le grand dragon d'or prendrait sa décision le jour même. Il envisageait plutôt un nouvel échange de propositions, de promesses et de menaces : ultime tentative pour éviter un conflit meurtrier. Il devait néanmoins se tenir prêt au cas où les dragons seraient déjà à bout de patience et où, pressé de tous côtés, Markhaën se verrait contraint de régler le problème sur le champ de bataille. Il préférait aussi focaliser l'attention de l'ennemi sur Braejr pour laisser à l'armée de Darokin une chance d'arriver : si ce branle-bas de combat parvenait à les alarmer, peut-être les dragons n'attaqueraient-ils pas les renforts ?

Toutes les mesures avaient été prises pour que Braejr puisse soutenir un siège. Bien que l'Armée des Hautes-Terres ait déjà rejoint la capitale, les pyromages avaient continué à dérouter les orages pour ouvrir la voie aux troupes darokinoises. Ils avaient cependant attiré les plus gros nuages sur la cité elle-même au cours des deux dernières nuits et tous les réservoirs d'eau étaient pleins à ras bord. Les soldats avaient été mobilisés à travers tout le royaume pour défendre la capitale et toutes les catapultes avaient été convoyées à Braejr, puis postées aux endroits stratégiques. Chacune était désormais protégée par un bouclier recouvert de tuiles ou de métal et gardée par des hommes qui se relayaient jour et nuit pour l'actionner à la moindre alerte.

Alessa Vayledaar restait en contact permanent avec les magiciens de l'Académie pour relayer immédiatement les ordres du roi. Les pyromages étaient censés mettre tout leur savoir au service de Sa Majesté et recourir au pouvoir de la Radiance pour voler au secours de l'armée, le cas échéant. Les nains et les elfes demeuraient à couvert derrière les remparts : ils ne se jetteraient dans la bataille qu'au moment où l'ennemi s'y attendrait le moins. Darius Glantri avait fait seller ses griffons et les guerriers thyatiens n'attendaient qu'un mot de lui pour lancer leurs féroces montures à l'assaut des lignes ennemies.

Les dragons n'avaient pas ménagé leurs efforts, eux non plus. Pendant la nuit, ils avaient confectionné des centaines de ballots de branchages et de foin qu'ils avaient ensuite empilés au sommet des collines. Campé sur les remparts dominant la porte nord de la ville, Thelvyn examinait ces projectiles d'un œil critique. Pas un dragon ne se découpait sur le ciel pâlissant, mais des bataillons entiers s'étaient alignés en position de combat dans les champs, au pied de la cité. Le spectacle de ces milliers de gigantesques créatures immobiles, patientant en silence dans la pénombre du petit jour, était presque plus alarmant qu'une horde de dragons envahissant les nuées.

— Mais qu'est-ce qu'ils fabriquent ? s'impatienta-t-il, une pointe d'exaspération dans la voix.

— Les dragons ne pratiquent pas la guerre de siège, lui expliqua Messire George. Ils n'en connaissent ni la stratégie, ni les tactiques. A mon avis, ils improvisent sur le tas. Ces ballots de paille et de bois sec pourront être enflammés et jetés sur la cité en plein vol, d'une altitude qui les mettra hors de portée de nos catapultes. Ça leur permettra d'incendier Braejr sans s'exposer.

— Ce n'est pas ça qui les protégera de nos attaques magiques, objecta Thelvyn.

— Ils ne voleront jamais assez haut pour échapper aux jets de force de la Radiance, renchérit Alessa. Nous pensons également être à même de projeter un dôme de foudre qui recouvrira toute la cité, expliqua-t-elle. Malheureusement, nous ne pourrons pas le maintenir plus de quelques minutes chaque fois. Le mieux serait de n'utiliser ce sort qu'en dernier recours.

— Si les dragons refusent de parlementer, déclara Thelvyn d'un ton funeste, notre seul espoir est de soutenir leurs attaques jusqu'à ce que l'armée de Darokin puisse nous venir en aide.

Peut-être Markhaën les avait-il aperçus sur le chemin de ronde ? Toujours est-il qu'à la seconde même où Thelvyn évoquait une éventuelle rupture des pourparlers, il s'élançait dans les airs pour survoler la grand-route en direction de la porte nord. Le dragon d'or se posa à un mille du mur d'enceinte, replia ses ailes et s'approcha en marchant sur ses postérieurs. A quelques pas du portail, il s'assit et, comme il l'avait fait la première fois, étira le cou pour dominer ses interlocuteurs d'un regard dédaigneux.

— Alors, Chevalier-Dragon ? Avez-vous réfléchi à nos conditions ? demanda-t-il.

— Nous y avons réfléchi, lui répondit posément Thelvyn. Comme je vous l'ai déjà dit, j'ai toujours eu l'intention d'abdiquer dès qu'un successeur acceptable serait désigné. Cette première condition sera donc satisfaite. Quant au Collier des Dragons, nous n'avons pas réussi à le retrouver et nous pensons très sincèrement qu'il n'est pas ici. Il est même fort probable qu'il ne soit plus sur le territoire flaemois depuis un bon moment déjà. Je vous rappelle que les renégats sont impliqués dans cette affaire. Je ne vois qu'eux pour avoir pu révéler votre secret aux pyromages et ils sont sans aucun doute responsables du vol. Ils sont donc aussi les seuls à savoir où il se trouve actuellement.

— Et je vous rappelle, moi, que notre traité conférait au Chevalier-Dragon le droit de décider à sa guise du sort des renégats.

— Certes, mais rien ne vous empêchait de réclamer le collier plus tôt. Ce même traité m'aurait alors obligé à collaborer aux recherches et nous aurions eu des mois pour le retrouver. Au lieu de quoi, vous me donnez trois jours pour vous le remettre, en sachant très bien que vous exigez l'impossible. Sachez, malgré tout, que, même maintenant, je suis encore disposé à vous prêter main-forte.

— La question n'est plus là. Je vous ai proposé deux solutions. Puisque vous ne pouvez satisfaire aux trois conditions de l'une, il ne vous reste plus qu'à accepter l'autre. Y avez-vous pensé ?

— Amplement. Et voici ma réponse : j'accepte de me rendre, de vous suivre dans votre patrie et même de m'y installer à demeure, sous réserve que je puisse garder l'armure et le glaive du Chevalier-Dragon. Je n'envisage aucune autre façon d'accéder à votre demande sans pour autant trahir mon devoir envers les Immortels. Comme ça, vous pourrez être sûr que je ne passe pas mon temps à sillonner le continent pour lever des armées contre vous — ce que je n'ai d'ailleurs jamais fait, contrairement à ce que vous vous imaginez.

Markhaën eut une sorte de sursaut et dressa les oreilles, visiblement stupéfait.

— Votre proposition n'est pas dénuée d'intérêt, mais, au point où nous en sommes, je ne crois pas que les dragons soient prêts à l'accepter.

— Je ne peux pas renoncer à mon devoir de Chevalier-Dragon et je ne peux donc pas vous abandonner mon armure. Mais n'oubliez pas que, si vous voulez obtenir ma soumission, il faudra d'abord me vaincre. Vous n'ignorez pas que les Immortels me protègent, je présume ? Sachant cela, peut-être auriez-vous besoin d'un jour de plus pour reconsidérer votre position ?

Markhaën s'apprêtait à protester quand il avisa un déferlement de nains et d'elfes qui se postaient sur les remparts pour grossir les rangs des défenseurs flaemois. Le grand dragon d'or ne pouvait guère les dénombrer, mais, tout le long du mur d'enceinte, le chemin de ronde fourmillait de soldats massés en une foule pour le moins impressionnante. C'est alors que les Thyatiens firent décoller leurs cent vingt griffons, juste devant les casernes de la porte nord, à moins d'un mille des négociateurs. Thelvyn dut réprimer un sourire goguenard devant l'air consterné de Markhaën. Les oreilles rabattues et la mine sombre, le grand dragon d'or semblait déjà réviser son jugement.

— Oui... murmura-t-il d'un ton préoccupé. Oui, nous allons examiner votre proposition. Elle présente tout de même certains avantages, le moindre n'étant pas d'obliger les dragons et le Chevalier-Dragon à cohabiter en bonne intelligence. Vous connaîtrez notre décision demain matin.

Sur ces bonnes paroles, le dragon d'or tourna les talons, prit son essor et s'éloigna à tire-d'aile en direction des Monts du Colosse. Thelvyn se félicita que personne ne l'ait acclamé ou, pis encore, n'ait hué le dragon au moment où il lui concédait un nouveau sursis. Ce qui n'aurait très certainement fait que compromettre davantage les chances d'un accord, au demeurant toujours très hypothétique.

Cependant, il ne se leurrait pas. Ce n'était pas parce qu'il avait pu mesurer l'ampleur des forces mobilisées contre lui que Markhaën renoncerait à prendre Braejr. Si le dragon d'or avait demandé un délai de réflexion, c'était surtout pour avoir le temps de déterminer le nombre d'elfes et de nains avec lesquels il allait désormais devoir compter et de vérifier, par la même occasion, qu'aucun autre régiment ne se cachait dans les forêts pour prendre son armée à revers. Mais les dragons n'allaient pas se décourager simplement parce que le Chevalier-Dragon bénéficiait à présent des renforts de Rocklogis et d'Alfheim. Et ce n'était sans doute pas une centaine de griffons qui les ferait fuir. Thelvyn osait à peine espérer que le ralliement à sa cause de cinq des plus grandes puissances continentales pèserait assez lourd dans la balance pour parvenir à influencer leur décision.

— Bon. Nous avons tout de même réussi à gagner une journée, fit-il en se tournant vers ses compagnons. Si nous pouvons tenir jusqu'à demain, les troupes de Darokin devraient avoir une chance de nous rejoindre avant que Braejr ne soit plus qu'un tas de cendres. Cela dit, il nous reste un petit problème à régler : je ne vois pas quelle mesure prendre pour leur faire traverser la rivière et franchir les murs de la ville sans encombre. Thorinn, tu ne m'as toujours pas expliqué comment tu t'y étais pris pour faire passer tes guerriers au nez et à la barbe des dragons.

— Oh ! Ça n'a pas été bien compliqué. Nous nous sommes d'abord tous rassemblées au sud de la cité, à la hauteur des quais. Ensuite, les elfes ont attaché une corde au bout d'une flèche qu'un de leurs meilleurs archers a envoyée de l'autre côté de la rivière. Elle s'est fichée dans une bitte d'amarrage. Après ça, il ne leur a pas fallu plus d'un quart d'heure pour fixer solidement deux ponts de corde. Et voilà ! Le tour était joué.

Thelvyn se frotta le menton d'un air soucieux.

— Excellente tactique... quand on a l'ingéniosité des nains et l'adresse des elfes. Mais ça ne marchera pas pour les soldats de Darokin. Et puis, les dragons se sont peut-être fait gruger une fois, mais ils savent que l'armée de Darokin fait route vers Braejr et, à mon avis, on ne les y reprendra pas.

— Penses-tu qu'ils vont accepter ta proposition ? demanda Solveig.

— Je n'en ai pas la moindre idée. Markhaën accepterait sûrement, mais les autres ne seront sans doute pas si faciles à convaincre. C'est l'inconvénient de traiter avec un dragon intègre. Si nous avions eu affaire à Jherdar, il en aurait été tout autrement. Buté comme il est, il se serait contenté d'imposer sa décision. Que ça lui plaise ou non, le reste aurait bien été obligé de suivre. Mais, de toute façon, Jherdar n'envisagerait pas une seconde de voir le Chevalier-Dragon mettre les pieds sur ses terres.

— A moins que Markhaën ne soit là pour lui faire entendre raison, lui rétorqua Messire George avec un petit sourire en coin.

— Comme quoi, on ne peut pas tout avoir ! soupira Thelvyn.

— Je n'aime pas ça, grogna Thorinn. A-t-on idée de proposer une chose pareille, aussi ! Crois-tu vraiment que nous allons rester les bras croisés, pendant que tous ces monstres t'emmèneront pour t'emprisonner dans leurs antres puants ?

— Thorinn ! Faut-il être têtu comme un nain pour croire à de pareilles inepties ! s'insurgea Messire George. Et d'un, les dragons ne sont pas des monstres. Et de deux, leurs repaires n'ont rien à envier aux cavernes de Dengar — ce serait même plutôt le contraire. Et de trois, j'ai bien l'intention de partir avec Thelvyn. Qui plus est, je n'ai pas besoin de demander le consentement des dragons pour l'accompagner. C'est mon droit le plus strict. Et puis, Kharenndaën sera là aussi.

— Oui, eh bien, ce n'est pas ça qui va nous rassurer ! marmonna la guerrière. Encore une qui ne m'a jamais inspiré confiance, tiens !

— Si elle t'entendait, après ce qu'elle a fait pour toi... la tança Messire George.

— Je lui dois une fière chandelle, je l'admets, concéda Solveig. Mais c'est tout de même un dragon.

— Et les dragons... enchaîna Thorinn.

— Sont plus proches de vous que vous ne le croyez, acheva le vieux chevalier d'un ton propre à clore le chapitre.

Thelvyn avait recommandé au Capitaine Gairstaän de tenir ses hommes en état d'alerte au cas où les dragons attaqueraient sans crier gare. Mais, à part soi, il savait que cela ne servirait à rien. Les dragons étaient si rapides et la distance qui les séparait de Braejr, si courte — du moins, à leur échelle — qu'ils auraient envahi la ville avant qu'on ait pu faire quoi que ce soit pour les en empêcher. Cependant, ils n'avaient jamais poussé leur avantage, depuis qu'ils avaient franchi les frontières des Hautes-Terres, et Thelvyn ne croyait pas qu'ils le feraient maintenant. Ce qui laissait à penser qu'ils étaient extrêmement sûrs d'eux ou... qu'ils n'avaient jamais eu l'intention de se battre ?

Les heures succédaient aux heures dans l'attente fébrile d'un dénouement incertain. Tout espoir de trouver le Collier des Dragons et d'apaiser l'ennemi était perdu et il ne restait rien à faire qui n'ait déjà été fait pour défendre la cité. Cette attente sapait le moral des troupes. Thelvyn aurait bien aimé rencontrer un peu plus d'optimisme chez ses conseillers ou, du moins, chez ses compagnons. Mais tous mesuraient trop la gravité de la situation pour cacher leur inquiétude. Messire George semblait croire que la guerre était désormais inévitable et Thelvyn n'était pas loin d'en penser autant. Comme Alessa, Harl Gairstaän et tous les autres Flaems, Thorinn ne dédaignerait pas de fracasser le crâne de quelques dragons. Solveig suivrait le mouvement. Seule Selliànda semblait croire que les dragons ne voulaient pas d'un conflit armé et, comme elle était dans le secret des dieux, Thelvyn espérait qu'elle parlait en connaissance de cause. Elle n'en était pas plus optimiste pour autant. A vrai dire, la prêtresse elfe était même d'humeur maussade, comme ployant sous le faix d'une trop grande lassitude, presque résignée.

Si les dragons s'étaient laissé surprendre par l'irruption des nains et des elfes, leur riposte ne se fit pas attendre. Le soir même, ils se rangeaient une fois de plus en ordre de bataille dans les champs, aux portes de la cité. Immédiatement alertés, Thelvyn et ses compagnons regagnèrent aussitôt les remparts. Au début, Thelvyn crut que Markhaën s'apprêtait à donner sa réponse en avance, mais le grand dragon d'or ne se manifesta même pas.

En haut des tours de guet, derrière les meurtrières, sur le chemin de ronde... partout, les soldats attendaient dans un silence pesant. Soudain, juste au moment où les premières étoiles apparaissaient dans le ciel, au loin, venant du nord, des escadres de dragons commencèrent à envahir les nuées. Des dragons d'or, des rouges, des bleus, des verts, des noirs... presque toutes les espèces étaient représentées. En quelques minutes, une horde déferla sur la plaine, en vagues successives, comme un vol d'oiseaux migrateurs en partance pour le sud. Sous le regard atterré des défenseurs, l'ennemi venait de doubler ses effectifs : l'armée que Markhaën avait envoyée dans l'Est pour repousser les Alphatiens était de retour. Thelvyn comprit que le dénouement était proche.

Les dragons n'en écourtèrent pas pour autant leur

démonstration de force. Jusqu'alors, ils s'étaient contentés de se pavaner dans le ciel, bien en vue, pour impressionner l'adversaire, sans jamais se montrer menaçants. Mais, à présent, ils préparaient manifestement quelque coup d'éclat propre à rappeler à la soldatesque braejroise à quels dangereux et farouches ennemis elle avait affaire.

Durant toute la soirée, des dragons rouges et des dragons d'or quittèrent les collines par centaines pour carboniser tout ce qui se trouvait à portée de leur souffle destructeur. Fermes et granges furent assaillies de lances incendiaires si dévastatrices que les bâtiments explosaient sous l'intensité de la chaleur. Braejr fut bientôt cernée de bûchers crépitants. Pas une seule construction ne fut épargnée à une lieue à la ronde.

Quand la campagne environnante ne fut plus que tas de braises rougeoyant dans la nuit, les Braejrois se résignèrent enfin à regagner leurs lits. Mais, après un long moment de calme, une nouvelle offensive commença. Il était plus de minuit lorsqu'une averse de feu tomba sur la cité. Messire George avait vu juste. Les dragons emportaient les ballots de paille et de banchages qu'ils avaient stockés au sommet des collines, les enflammaient en plein vol et les lâchaient au hasard sur toute la ville.

Par chance, la plupart des toitures de Braejr étaient recouvertes de tuiles ou d'ardoises et tout ce qui aurait pu prendre feu avait déjà été mis à l'abri. Au début, l'averse incendiaire ne fit guère qu'effrayer les rares passants attardés. Mais la cité devint bientôt la cible d'un véritable pilonnage. Des centaines de ballots enflammés tombaient du ciel comme des météorites incandescentes. En dépit des précautions qui avaient été prises, des incendies se déclarèrent un peu partout dans la cité. Les entrepôts et les ateliers, regroupés dans le quartier sud, furent les premiers touchés. Pendant plus d'une heure, les Braejrois crurent que la Grande Pluie de Feu s'abattait sur eux. La panique se répandit encore plus vite que les flammes. Bien que de très nombreuses réserves d'eau aient été prévues à cet effet, personne n'osait mettre le nez dehors pour combattre le feu.

Las ! Que pouvaient faire l'armée, les pyromages ou même le Chevalier-Dragon contre une avalanche de ballots enflammés ? Les dragons volaient trop haut pour que les décharges magiques du Chevalier-Dragon ou les jets de force de la Radiance puissent les atteindre, à plus forte raison les traits des catapultes ou des archers. Or, Thelvyn savait qu'il ne s'agissait là que d'un avertissement. Enfin, le déluge de feu cessa et les dragons regagnèrent leurs camps. Ils avaient prouvé qu'ils pouvaient dévaster la capitale des Hautes-Terres quand bon leur semblait et ce, sans prendre le moindre risque : ils étaient satisfaits.

Le danger passé, la population de Braejr se précipita dans les rues pour éteindre les incendies. Grâce aux mesures préventives qui avaient été prises et, surtout, à la solidité des maisons braejroises, les dégâts furent relativement limités. Bien que le feu se soit propagé rapidement — essentiellement à cause de l'incurie des habitants —, seule une trentaine de bâtiments avaient été détruits. La ville disparaissait sous un épais nuage de fumée que les flammes éclaboussaient de lueurs cramoisies. Du haut d'une tour du palais, Thelvyn et ses compagnons contemplaient le désastre.

— Je ne sais vraiment plus quoi faire, se désolait Thelvyn. J'aurais dû me douter que Markhaën battrait le rappel, si la balance ne penchait plus de son côté. Pourtant, je ne suis toujours pas persuadé qu'il nous faille interpréter cette offensive comme une déclaration de guerre. Il peut tout aussi bien s'agir d'une manœuvre d'intimidation, une façon comme une autre de me pousser à accepter ses conditions.

— Vous n'avez tout de même pas l'intention de baisser les bras pour si peu ? s'écria Alessa Vayledaar, manifestement aux cent coups.

— J'ai dit à Markhaën qu'il n'était pas en mon pouvoir de lui céder l'armure et le glaive du Chevalier-Dragon et je suis sûr qu'il en a parfaitement conscience, lui répondit Thelvyn avec un geste de dénégation. J'espère seulement qu'il ne nous a offert ce beau feu d'artifice que pour mieux nous rappeler de quoi les dragons sont capables. D'après moi, ça ne l'empêchera pas de nous faire part de sa décision demain matin. Du moins, j'y compte bien. Cependant, les autres dragons — surtout les rouges — pourraient bien exiger plus que je ne peux leur accorder et, si Markhaën ne parvient pas à les raisonner, je crains que nous ne soyons obligés de livrer bataille.

Thorinn fronçait les sourcils, le regard tourné vers le désolant spectacle de fumerolles et de braises ensanglantant le quartier sud, là où, quelques heures plus tôt, se dressaient encore forges, fonderies et ateliers. Un véritable crève-cœur pour un nain.

— Nous nous sommes déjà sortis de situations bien plus dramatiques que ça, affirma-t-il d'un ton bourru. Et puis, je croyais que les Immortels te protégeaient...

— Ils ne me protègent que dans la mesure où je suis le parcours qu'ils ont tracé pour moi, lui expliqua Thelvyn en se laissant pesamment choir entre deux merlons. J'ai toujours pensé que, tôt ou tard, je serais amené à me rapprocher des dragons. Somme toute, si l'on y réfléchit bien, c'est exactement ce que dit la Prophétie. Peut-être le moment est-il venu ? Le devoir du Chevalier-Dragon n'est pas de remporter toutes les batailles, mais d'atteindre le but que les dieux lui ont fixé. Il ne me reste plus qu'à toujours suivre le chemin qui m'y mènera. S'il me conduit vers les dragons, soit ! J'irai vivre parmi eux. Est-ce bien la peine de faire une guerre pour ça ?

— C'est compter sans l'entêtement des dragons, l'avertit Messire George. Tu oublies que tu n'es pas seul en cause, mon garçon. Ce n'est pas parce que tu te dis prêt à leur pousser une petite visite qu'ils vont t'accueillir à bras ouverts. Pour sa part, Markhaën ne devrait pas voir ta proposition d'un trop mauvais œil, mais pour ce qui est des autres... La dernière chose que veulent les dragons, c'est bien que tu fourres ton nez dans leurs affaires.

— Je ne le sais que trop, soupira Thelvyn.

Tandis qu'aux dangers et frayeurs de la nuit succédait l'incertitude de l'aube, les défenseurs se prirent à espérer que les dragons leur accorderaient quelques heures de répit. Thelvyn envoya ses compagnons se coucher. La rude journée qui s'annonçait commencerait tôt et serait sans doute l'une des plus longues qu'ils aient jamais vécues. Quant à lui, il était bien incapable de trouver le repos. Cependant, il avait appris, en vieillissant, qu'une bonne nuit de sommeil ne lui était pas aussi nécessaire qu'elle semblait l'être aux humains. De toute façon, il avait encore trop de questions à régler. Le dénouement était imminent. Il ne pouvait pas se permettre la moindre erreur. Il ignorait si Markhaën accepterait son offre ou s'il lui préférerait une déclaration de guerre, mais, dans un cas comme dans l'autre, il devait trouver la meilleure façon de gérer la situation.

Thelvyn regrettait plus que jamais de ne pas être un clerc ordinaire. Peut-être aurait-il pu bénéficier de l'inspiration divine ? Du moins lui aurait-on montré la voie. Il y avait tant de choses qu'il avait désespérément besoin de savoir. S'il avait provoqué les dragons, c'était bel et bien sur les conseils que sa propre mère lui avait donnés dans ce rêve qu'il avait reçu en partage avec Kharenndaën. Résultat, il avait mis le feu aux poudres en réveillant leur terreur viscérale du Chevalier-Dragon et, maintenant, il craignait fort qu'ils n'aient de cesse qu'ils l'aient détruit. En aurait-il eu le choix, il leur aurait abandonné son armure, si tant est que cela les ait apaisés. Mais il savait que seul le Chevalier-Dragon pourrait les arrêter s'ils cédaient à leurs instincts belliqueux, semant la destruction sur leur passage comme ils l'avaient fait cinq ans auparavant. Or, comment y parvenir sans son armure ?

Thelvyn n'avait pas peur d'affronter les dragons sur le champ de bataille, mais il se refusait à semer la mort et la souffrance. Il ne voulait pas devenir un vengeur sanguinaire et répugnait tout autant à voir Braejr dévastée qu'à mettre en danger la vie de tous ceux qui le soutenaient si fidèlement.

Après un long moment de méditation solitaire, il rejoignit les remparts pour observer les mouvements de l'ennemi. Les incendies étaient éteints et les fermes des alentours n'étaient déjà plus que cendres. Les dragons continuaient cependant à tournoyer au-dessus des décombres en crachant des torrents de flammes qui n'embrasaient plus que la nuit. Thelvyn fut surpris de trouver Selliànda assise sur le rebord du parapet. Elle se retourna à son approche et se leva pour venir au-devant de lui.

— Es-tu inquiet ? lui demanda-t-elle.

— Non, juste impatient. Je ne saurai pas ce que je dois faire tant que Markhaën ne m'aura pas donné sa réponse et cette incertitude me ronge. Je me demande si les autres dragons vont nous laisser une chance de parvenir à un dénouement pacifique.

— Contrairement à ce que tu imagines, je ne pense pas qu'il y ait la moindre dissension entre eux. Ils ont pris leur décision avant même d'avoir quitté leur fief. Ils connaissent la position de Markhaën et lui ont depuis longtemps accordé leur confiance. Par nature, les dragons sont extrêmement indépendants et sujets à de brusques accès de violence en présence de leurs semblables. Ils n'accepteraient jamais de se rassembler, toutes espèces confondues, pour former une armée et se soumettre aux ordres d'un chef — à plus forte raison quand leur survie même est en jeu —, s'ils ne savaient pertinemment quelles sont ses intentions.

Thelvyn alla s'asseoir entre deux merlons et Selliànda prit place à côté de lui. L'espace était restreint et leurs épaules se touchaient. Ils regardaient en silence le jour se lever. Si Selliànda s'était assise si près de lui, ce n'était pas pour le troubler. Elle l'avait fait sans y penser, comme si ce geste d'intimité allait de soi entre eux. Pour Thelvyn, elle était demeurée une énigme depuis son arrivée à Braejr. Il ne doutait plus de ses sentiments, mais elle semblait attendre la fin du conflit pour y donner libre cours. Elle n'aurait pas laissé ses intérêts personnels empiéter sur son devoir de prêtresse.

— Je sais que tu ne veux pas te battre, Thelvyn, et je te comprends, lui dit-elle à voix basse, d'un ton qui se voulait réconfortant.

— Si seulement je pouvais savoir ce que va faire Markhaën ! soupira-t-il avec lassitude.

Selliànda baissa les yeux et fronça les sourcils, comme si elle mûrissait une grave décision.

— Je ne devrais peut-être pas te le dire, fit-elle au bout d'un long moment, mais je crois que tu cherches des réponses compliquées alors que la plus évidente est la bonne. Ne penses-tu pas que les dragons savent parfaitement ce qu'ils risquent s'ils te poussent dans tes retranchements ?

— Bien sûr que si. C'est bien pourquoi j'ai toujours pensé qu'ils ne s'aventureraient pas à me défier. Ils le paieraient trop cher.

— Quelle autre solution ont-ils donc, d'après toi ? Ils n'ignorent pas que les pyromages flaemois ont failli te détruire en te privant des sortilèges de ton armure. Ils ne connaissent pas le fonctionnement de la Radiance, mais la magie n'a aucun secret pour eux. Leurs pouvoirs ne ressemblent à nul autre et le plus puissant de leurs sorciers pourrait presque rivaliser avec un Immortel. S'ils ne peuvent pas détruire le Chevalier-Dragon, peut-être parviendront-ils à neutraliser ses pouvoirs, voire même à l'en priver définitivement ?

— Je n'avais pas envisagé cette éventualité, je l'avoue. Est-ce ta déesse qui t'en a avertie ?

— Non. Je ne fais qu'avancer des hypothèses, mais...

Elle hésita, le regard obstinément baissé. Il la sentit tressaillir.

— Mais je t'aime, acheva-t-elle. Et je veux rester à tes côtés pour partager ta vie, quel que soit le destin que les Immortels te réservent.

Une fois de plus, tout Braejr était sur le pied de guerre. L'aube poignait à peine que déjà les soldats s'activaient aux catapultes. Les archers avaient rejoint leurs postes. Les toits de bardeaux avaient été aspergés d'eau et les réserves d'incendie, remplies. De tous ceux qui s'apprêtaient si bravement à défendre leur cité, aucun n'avait dormi plus de deux ou trois heures. Quant aux dragons, ils s'étaient de nouveau placés en ordre de bataille, dans les champs, au pied de la cité, juste hors de portée des projectiles adverses. Mais, ce matin-là, ils avaient changé de tactique. Ils s'étaient répartis par espèces et, vus de loin, formaient une sorte de gigantesque échiquier multicolore, fait de carrés rouges, noirs, verts, bleus et or. Des ballots de foin et de branchages avaient été alignés sur le sol, devant eux, sur plusieurs rangées.

En dépit des assurances de Selliànda, Thelvyn ne savait toujours pas s'ils étaient là pour se battre ou pour parlementer. S'ils étaient venus livrer bataille, il essaierait de les repousser, en évitant au maximum de les blesser ou de les tuer. Mais le combat n'en durerait que plus longtemps et Braejr n'en pâtirait que davantage. Evidemment, il pouvait toujours suivre l'exemple du premier Chevalier-Dragon et faire tant de ravages dans les rangs de l'ennemi que le problème serait résolu en moins d'une heure. Il songea à tout ce qu'il savait des dragons, à la terreur irraisonnée que leur inspirait le Chevalier-Dragon, à la valeur qu'ils accordaient à la vie. Comment imaginer qu'ils puissent courir sciemment à une mort certaine dans une guerre qu'ils savaient perdue d'avance ? Et pourtant, ils l'avaient déjà fait par le passé, jusqu'à risquer l'extermination de leur race.

Thelvyn avait gagné la porte nord dès que les dragons avaient pris position. Markhaën ne passerait pas à l'attaque sans lui avoir parlé une dernière fois, ne serait-ce que pour exiger sa reddition. Il les observait depuis un bon moment, essayant vainement de deviner leurs intentions, quand il fut rejoint par ses compagnons.

— Un éclaireur elfe vient d'arriver, lui annonça Messire George. Peu avant l'aube, il a repéré une horde d'orcs et de gobelins qui quittaient les Terres Brisées pour se diriger vers Braejr. Ils devraient avoir atteint les collines, de l'autre côté de la rivière. Autant dire qu'il leur faudra encore quelques bonnes heures de marche avant de parvenir jusqu'ici.

— Ainsi, les dragons ont rameuté la racaille ! cracha Thorinn.

— Non. Seuls les renégats s'allient à de telles créatures, lui expliqua le vieux chevalier. Les autres dragons ne s'y abaisseraient pas. A mon avis, nos charmants visiteurs ont eu vent de la bataille qui se prépare et ils viennent piller les ruines que les dragons auront laissées derrière eux.

— Eh bien, inutile de leur demander sur quel camp ils ont misé ! Il est clair qu'ils ne donnent pas cher de notre peau, commenta aigrement Thelvyn.

— Ça n'a pas l'air de t'inquiéter plus que ça, mon garçon.

— M'inquiéter ? Pensez-vous ! J'ai juste l'impression d'être sur le point d'assister à la fin du monde, mais, sinon, tout va bien. Il y a si longtemps que je vois ça arriver et que je me bats en vain pour l'éviter qu'à présent j'en suis réduit à attendre gentiment que le ciel me tombe sur la tête.

— Donc, si je comprends bien, d'après toi, nous n'avons aucune chance de l'emporter ? demanda Solveig.

— Oh que si ! Au contraire. Je n'imagine même pas comment nous pourrions perdre. Il me suffirait de dégainer mon glaive pour en décimer un tiers avant qu'ils n'aient le temps de réaliser ce qui leur arrive, fit-il en désignant l'armée des dragons d'un ample geste de la main. Et, le pire, c'est qu'ils le savent. Ils ne sont pas venus ici pour se battre. Regarde-les. Ils attendent quelque chose, comme s'ils avaient été conviés au spectacle. Qu'est-ce que Markhaën peut bien mijoter pour qu'ils semblent si confiants ?

Thelvyn n'avait pas achevé sa phrase que déjà le Premier Porte-Parole du Parlement des Dragons approchait, planant au-dessus de la campagne braejroise comme un gigantesque aigle royal. Il survola crânement la cité en décrivant un large cercle, sachant pertinemment qu'il se plaçait ainsi à portée des catapultes, puis se posa et marcha jusqu'au portail.

— Sa Majesté Thelvyn Œil de Renard, Roi des Hautes-Terres, s'est-Elle enfin résignée à nous remettre l'armure du Chevalier-Dragon ? persifla-t-il en s'asseyant sur ses postérieurs, la tête dressée à hauteur de ses interlocuteurs.

— Non, répondit Thelvyn d'un ton ferme. Mon devoir me l'interdit. Avez-vous réfléchi à ma proposition ?

— C'est tout réfléchi, rétorqua le grand dragon d'or avec morgue. Sous peu, la question de savoir si vous viendrez ou non vivre parmi nous n'aura d'ailleurs plus aucun sens. Je ne peux pas vous vaincre au combat et je ne peux pas davantage m'emparer de votre armure par la force, ni même vous la dérober. Mais je peux vous anéantir d'un mot. Je sais sur vous des choses que vous ignorez et ce secret est si terrible que sa révélation va détruire toute l'estime et l'influence que vous avez acquises. C'est la seule arme que je possède contre vous et j'entends bien en faire usage. Et ce, dès maintenant.

Messire George et Selliànda s'étaient détournés. Thelvyn comprit alors qu'ils avaient toujours su ce que Markhaën s'apprêtait à lui dévoiler, sans avoir jamais pu se résoudre à le lui avouer. Thorinn regardait le dragon d'un air sceptique, convaincu que rien ne pourrait jamais ternir la confiance qu'il avait placée en son ami. Solveig avait croisé les bras, l'allure bravache. Un silence de mort était tombé sur les remparts. Les soldats s'étaient figés, attendant fébrilement que le dragon se décide à parler, même si, en leur for intérieur, ils étaient fermement déterminés à ne pas croire un traître mot de ce qu'il allait dire. Thelvyn s'arma de courage. Il avait inconsciemment courbé le dos, comme s'il s'apprêtait à recevoir un coup fatal.

— Tout ce qui a précédé n'était qu'une mise en scène orchestrée par mes soins, reprit Markhaën. Toutes ces belles démonstrations de force auxquelles vous avez assisté ne servaient qu'à faire monter la tension pour mieux vous préparer à ce qui va suivre.

J'ai toujours parfaitement maîtrisé la situation et rien de ce qui s'est passé jusqu'alors n'a été laissé au hasard. J'avais tout prévu, bien avant que les dragons ne franchissent les frontières des Hautes-Terres. Je dois pourtant vous avouer que ma seule récompense réside dans la certitude que nous n'achèterons pas notre victoire au prix d'horribles souffrances et du sacrifice de nombreuses victimes innocentes. Je regrette cependant que vous et vos fidèles compagnons ayez à la payer d'un si lourd tribut. Ma propre sœur ne sera pas épargnée. Sa douleur sera d'autant plus cruelle qu'elle vous est très... excessivement attachée.

Il jeta un coup d'œil en arrière, balayant du regard ses troupes qui patientaient en silence, comme les spectateurs d'une mise à mort attendant la chute du couperet sur la nuque du condamné. Enfin, il se retourna vers le Chevalier-Dragon avec un soupir à fendre l'âme et prit une profonde inspiration.

— Depuis quelques années déjà, les dragons vivent des temps difficiles, des temps de trouble et d'incertitude. Mais je ne vous apprends rien. Vous savez que le Tout-Puissant nous a abandonnés il y a plus d'un quart de siècle. Nous nous sommes subitement retrouvés livrés à nous-mêmes. Pour la première fois depuis des millénaires, il nous a fallu prendre des décisions. Nous sommes d'autant moins doués pour cela que nous n'en avons pas l'habitude. Personne ne savait si le Tout-Puissant nous avait quittés de son propre chef ou s'Il y avait été contraint par les autres Immortels. Nous ignorions tous quand Il reviendrait et craignions même qu'Il ne soit parti pour toujours.

— Je sais tout ça, lui répondit Thelvyn d'une voix monocorde.

— Bien sûr, mais ce n'est qu'à partir de là que commence vraiment toute l'histoire, votre histoire, répliqua posément Markhaën. C'est dans ce contexte de désarroi et d'anarchie que la Prophétie nous a été révélée, une prophétie qui annonçait le retour du Chevalier-Dragon et affirmait qu'il jouerait un rôle essentiel pour l'avenir de notre race ; un rôle si important qu'il allait même décider de notre destinée, provoquant tant d'événements déterminants qu'il bouleverserait notre existence à jamais. Sans doute les dragons se sont-ils un peu trop empressés d'y voir un mauvais présage. Peut-être était-ce même stupide de leur part d'en faire une malédiction ? Quant à moi, je suis plutôt enclin à croire que, si vous infléchissez effectivement le cours de notre destin, ce changement ne pourra être que pour le mieux. Mais le nom du Chevalier-Dragon est indissociable de cette prophétie. Or, ce nom n'a jamais signifié que massacre et terreur pour nous.

» La Nation des Dragons n'était plus alors que détresse et chaos et, devant la panique générale, une faction de rebelles a décidé de prendre les choses en main... à sa manière. Ces misérables ont commis un crime impardonnable : ils se sont retournés contre leurs propres clercs. C'est alors qu'ils ont appris que le Chevalier-Dragon devait naître des entrailles d'une de nos prêtresses. Ils se sont sentis trahis, non seulement par leurs frères, mais aussi par le Tout-Puissant lui-même. Dès lors, leur fureur n'a plus connu de bornes.

— Ma mère ! Une disciple du Tout-Puissant ? s'écria Thelvyn, abasourdi.

— Comme vous l'êtes probablement vous-même, acquiesça Markhaën. Votre mère, Arbenndaël, Grande Prêtresse du Tout-Puissant, était aussi un dragon d'or. J'ignore qui était votre père, s'il était également un dragon ou s'il appartenait à une autre race. Votre mère a été métamorphosée en elfe par magie pour que vous puissiez naître sous une forme adaptée à l'armure du Chevalier-Dragon.

— Vous... vous voulez dire que je suis un... un dragon ! bredouilla Thelvyn, complètement désorienté.

De toutes les possibilités envisageables, c'était bien la dernière à laquelle il aurait pensé. Lorsque les dragons mettaient au monde leurs petits, on lui avait toujours dit que la mère et l'enfant conservaient nécessairement leur apparence originelle. Comment imaginer une seule seconde que, par quelque sortilège dont il ignorait l'existence, il ait pu faire exception à la règle ?

— Pas à proprement parler, non, lui répondit Markhaën. Et vous ne l'avez jamais été. L'apparence que vous avez adoptée dès votre naissance est celle des Eldars, les ancêtres des elfes, si vous voulez. Après les dragons, les Eldars sont la race de prêtres-sorciers les plus forts, les plus robustes et les plus puissants que le monde ait jamais portés. Cependant, le sang d'un dragon d'or coule dans vos veines et je présume que vous détenez le pouvoir de briser l'enchantement qui vous empêche de recouvrer votre véritable identité.

— Mais... mais... balbutiait Thelvyn en secouant la tête.

— Je suis sûr que vous pouvez en déduire la suite, enchaîna Markhaën. Pour assassiner Arbenndaël, les rebelles n'ont pas hésité à violer l'un de nos sanctuaires les plus sacrés, perdu aux confins des forêts du Wendar. Mais elle s'était déjà changée en Eldar et s'était enfuie dans la montagne. Ils l'ont pourchassée sans relâche. Ils ont même fini par l'affronter dans une lutte à mort, rivalisant de magie et de flammes. Cinq dragons rouges y ont laissé la vie. C'est également au cours de cette terrible bataille que votre mère a reçu la blessure qui devait lui être fatale. Peut-être est-ce le hasard ou le Tout-Puissant lui-même qui a placé Messire George sur son chemin ? Toujours est-il qu'il s'est trouvé là au moment même où elle vous mettait au monde, quelques instants avant de trépasser. Depuis, il n'a cessé de veiller sur vous. Il vous a témoigné plus de dévouement, de loyauté et de fidélité que vous ne pourrez jamais l'imaginer et vous ne devez pas lui en vouloir de vous avoir si longtemps caché la vérité.

— Ta mère parlait la langue des dragons, mon garçon, lui expliqua le vieux chevalier d'un air contrit. J'ai donc parfaitement compris tout ce qu'elle m'a dit, cette nuit-là. Même ton nom. Ton vrai nom.

— Mon... « vrai nom » ? souffla Thelvyn, l'esprit en déroute.

— Oui, tu t'appelles Thelvaën et tu appartiens à la noble lignée des dragons d'or, lui annonça Messire George. Passe en revue tout ce que tu sais déjà à ton sujet et tu verras que je ne te mens pas. N'as-tu pas remarqué que ce que l'on appelle le blanc des yeux chez les humains était, chez toi, aussi bleu que les yeux des dragons d'or ? Ne sais-tu pas que ta vue est aussi perçante que celle d'un dragon, que tu peux repérer un élan à deux lieues, même en pleine forêt, et que tu vois aussi bien dans le noir qu'en plein jour ? N'es-tu pas à la fois clerc et magicien, caractéristique spécifique des dragons ? La proximité d'un dragon ne provoque-t-elle pas chez toi un réflexe de défense immédiat, comme il en est de tout dragon mis en présence d'un de ses semblables ?

Thelvyn secouait lentement la tête.

— Vous ne comprenez pas. Je ne doute pas un seul instant que ce soit la vérité. Maintenant que le voile est levé, j'ai même l'impression que je l'ai toujours connue. Je ne nie rien. Je veux juste en apprendre davantage.

— C'est déjà beaucoup pour un seul jour, mon garçon, le sermonna gentiment Messire George.

— De toute façon, ce n'est ni le lieu, ni le moment, renchérit Markhaën. Kharenndaën reviendra bientôt et elle vous dira ce que vous devez faire. Pour l'heure, les circonstances ont radicalement changé et, les choses étant désormais ce qu'elles sont, vous comprendrez certainement que vous ne puissiez plus venir vivre parmi les dragons, à moins d'être prêt à assumer votre véritable identité.

— Dans ce cas, je préfère demander conseil à Kharenndaën, répondit prudemment Thelvyn.

— Ma mission est achevée. Peut-être ai-je mis un peu trop de zèle à l'accomplir ? conclut Markhaën, le regard soudain lointain. Mais, nous avions une telle peur que vous ne deveniez un despote consumé par ses rêves de conquête. La crainte que nous inspirons aux autres nations aurait suffi à vous gagner le soutien et les renforts nécessaires pour envahir celles qui auraient osé vous résister. Plus rien, dès lors, n'aurait pu vous arrêter. J'ai appris, depuis, que vous n'aviez jamais voulu être roi. Las ! le mal était fait. Dorénavant, où qu'il aille, le Chevalier-Dragon trouvera porte close, excepté chez les dragons. Mais, d'après la Prophétie, n'est-ce pas auprès d'eux que se trouve sa véritable place ?

Thelvyn leva un regard interrogateur vers le dragon d'or.

— Je ne comprends pas.

— Ce n'est pas un hasard si je vous ai publiquement dénoncé. En vous révélant vos origines au vu et au su de tous, je savais pertinemment que je vous désignais à l'opprobre public. Mais, si vous avez bel et bien perdu la confiance de vos anciens alliés, vous êtes en bonne voie pour gagner celle des dragons. Nous n'avons plus rien à redouter de vous. Vous savez désormais que vous êtes l'un d'entre nous. Comment pourriez-vous agir délibérément contre vos propres frères ? Quant à savoir si vous allez vous joindre à nous, cela reste à voir. Il vous faut maintenant prendre le temps de méditer tout ce que vous venez d'apprendre pour décider calmement du rôle que vous entendez jouer dorénavant et peut-être même pour constater qu'en définitive être un dragon n'est pas si dramatique que cela. Malheureusement, pour l'instant, vous n'en êtes pas encore là. Vous devez avoir l'impression d'être devenu votre pire ennemi.

— Non, Markhaën, vous faites fausse route. Il y a certaines choses que vous semblez ne pas comprendre. Ce n'est pas parce que je suis le Chevalier-Dragon que je hais les dragons. Vous me confondez avec un personnage qui ne vit que dans vos légendes et avec lequel je n'ai rien de commun. Je ne me suis jamais considéré comme l'ennemi juré des dragons. Dès le début, j'ai compris que les pouvoirs du Chevalier-Dragon m'avaient été donnés pour empêcher les dragons de nuire, tant aux autres qu'à eux-mêmes. Le premier Chevalier-Dragon était un guerrier. Je suis un clerc.

— Comment les dragons auraient-ils pu croire une chose pareille avant que vous ne leur en ayez donné la preuve ?

— Puisque, désormais, la preuve est faite, ils doivent donc également avoir compris que le Tout-Puissant ne les a jamais trahis. Comme vous l'avez dit vous-même, les dragons vivent des temps difficiles. Le Tout-Puissant n'a pas voulu que, dans leur détresse et sous le coup de la fureur qu'elle a engendrée, les dragons s'en prennent au reste du monde, liguant ainsi contre eux toutes les autres nations. Seul le Chevalier-Dragon pouvait empêcher les dragons de semer la destruction. Et qui mieux qu'un dragon aurait pu relever un tel défi ?

Markhaën le dévisageait en silence.

— Il y a encore autre chose que vous devez bien garder à l'esprit, reprit Thelvyn. Je suis toujours le Chevalier-Dragon et j'ai toujours un devoir à accomplir. Que j'aie enfin découvert le secret de mes origines n'y change rien.

— Non. Je suppose que non, admit le dragon d'or. Vous avez un devoir envers le Tout-Puissant, mais, moi, j'ai un devoir envers les miens. Et ce devoir m'appelle. Je ne vous dis pas « adieu », n'est-ce pas ?

Markhaën se détourna brusquement, prit son élan et se propulsa dans le ciel d'une violente poussée des postérieurs. En quelques vigoureux battements d'ailes, il prit de l'altitude et se dirigea vers les lointaines collines du Nord. Tous les dragons l'imitèrent, chaque rangée décollant l'une après l'autre, dans un ordre parfait. Ils passèrent une dernière fois audessus de Braejr avant de prendre un large virage pour filer vers le septentrion. Pendant quelques minutes, le ciel fut noir de dragons. Leur flux ininterrompu semblait ne jamais devoir tarir. Enfin, le temps parut s'éclaircir, comme après un orage : tous les dragons avaient regagné leurs camps pour se préparer une fois de plus à une longue attente.

9

La journée n'était pas encore achevée que déjà l'équilibre des forces en présence commençait à vaciller. Nul besoin d'être devin pour savoir dans quel camp la balance allait pencher. Prétextant la nécessité de faire paître leurs chevaux, les Ethengars avaient déserté Braejr dès le début de l'après-midi pour envahir les champs environnants, là où les dragons se rassemblaient encore le matin même. Les renforts darokinois arrivèrent à la tombée de la nuit et dressèrent le camp sur la berge méridionale de l'Areste. Aucun de leurs officiers ne se présenta devant le roi des Hautes-Terres et, de toute évidence, ils n'avaient nullement l'intention d'entrer dans la capitale. Apparemment, les nouvelles circulaient vite, ces derniers temps... Quant aux dragons, ils n'avaient pas quitté leurs postes d'observation sur les collines. Ils continuaient à envoyer des patrouilles en reconnaissance, mais celles-ci se faisaient plus rares et volaient à grande altitude pour ne pas effrayer la population.

Au début, Thelvyn se demanda pourquoi l'ennemi ne regagnait pas son fief. Le conflit ayant été désamorcé, plus rien ne le retenait dans les Hautes-Terres. Mais, en réfléchissant à la façon dont les choses s'étaient passées, il comprit ce que les dragons attendaient. Si Markhaën lui avait révélé sa véritable identité en public, c'était bien pour le discréditer et, ce faisant, pour semer la discorde dans les rangs de l'adversaire. A présent, il voulait s'assurer que son plan avait parfaitement fonctionné. Or, quelle preuve plus éclatante aurait-il pu obtenir de la défaite du Chevalier-Dragon que la désaffection de ses alliés ? En fait, se disait Thelvyn, le meilleur moyen pour me débarrasser des dragons, c'est encore de précipiter ma propre ruine !

Comble d'ironie, il allait tout perdre sur un stupide malentendu. S'il avait seulement pu rester en liaison avec Markhaën — comme c'était le cas quand Kharenndaën demeurait encore chez lui —, jamais le dragon d'or n'en serait venu à s'imaginer qu'en se faisant couronner roi des Hautes-Terres le Chevalier-Dragon dévoilait enfin sa véritable nature, celle d'un renégat dévoré d'ambition qui, en s'emparant du trône flaemois, posait ses jalons pour l'édification d'un futur empire. Vu sous cet angle, sa réaction est assez compréhensible, songeait Thelvyn. Il se consolait de son mieux en se disant que, finalement, il avait tout de même épargné aux Flaems l'horreur d'une guerre et aux dragons, une probable extermination. En outre, libéré de ses obligations, il allait enfin pouvoir accomplir son devoir de Chevalier-Dragon en toute impartialité. Que demander de plus, n'est-ce pas ?

Markhaën avait visé juste : le Chevalier-Dragon tomba effectivement de son piédestal. Mais pas aussi rapidement qu'il l'avait prévu. Parmi ceux qui avaient assisté aux négociations du haut des remparts, peu avaient été assez près de Markhaën pour l'entendre et la majorité n'apprit donc la nouvelle que par l'inconcevable rumeur que l'on colportait déjà à travers toute la ville, l'après-midi même. Mais il en fallait plus pour ébranler la confiance aveugle des défenseurs flaemois. Le Chevalier-Dragon ne les avait-il pas déjà défendus contre les dragons cinq ans auparavant ? Comment croire qu'il puisse en être un lui-même ? « Ça tient pas debout ! » raillaient les uns. « Ragots de jaloux », s'indignaient les autres. Au reste, les Braejrois étaient trop contents d'échapper à une guerre pour prêter l'oreille à pareilles fadaises. Leur roi aurait bien pu être un dragon, un elfe antédiluvien ou même un orc, pour peu qu'il leur évite un massacre, ils s'en moquaient éperdument.

Cependant, Thelvyn avait eu assez d'une vingtaine d'années pour tâter de la xénophobie des Flaems et il savait pertinemment qu'ils n'allaient pas tarder à se retourner contre lui. En fait, la seule conséquence immédiate et tangible du coup de théâtre savamment orchestré par Markhaën ne fut guère qu'un effet on ne peut plus secondaire : dépités d'avoir dépensé tant d'énergie pour rien et, plus encore, de voir leur butin leur passer sous le nez, les pillards des Terres Brisées s'en retournèrent comme ils étaient venus.

Par prudence, Thelvyn résolut de ne plus prendre aucune part active au gouvernement des Hautes-Terres et abandonna à Harl Gairstaän et à Solveig l'organisation de la démobilisation générale et la levée de l'état de siège. Depuis la fameuse embuscade dans laquelle Thelvyn était tombé avec elle, la nuit de la réception en l'honneur de l'ambassadeur de Darokin, la belle barbare s'était acquis une certaine popularité parmi les Flaems. La petite histoire voulait qu'elle ait reçu ses blessures en sauvant la vie du Chevalier-Dragon : ce noble sacrifice lui valait la plus vive admiration. Elle était déjà célèbre à travers tout le continent pour appartenir au cercle très fermé de ses compagnons d'aventure et sa réputation n'aurait pas à souffrir de la disgrâce qui le frappait.

Curieusement, Messire George ne profita pas de sa propre notoriété pour se placer sur le devant de la scène. Mais, en s'interrogeant sur les raisons de cette soudaine humilité, Thelvyn comprit que le vieux chevalier faisait simplement preuve de plus de clairvoyance que lui. Le Chevalier-Dragon quitterait sans doute les Hautes-Terres très prochainement pour entreprendre le long périple qui le mènerait au pays des dragons et Messire George comptait bien être du voyage. Depuis le temps qu'il révérait ses grands cousins de loin, pour rien au monde il n'aurait raté pareille occasion de les approcher.

— Tu es sûr que ça va, mon garçon ? lui demanda-t-il, cette nuit-là, alors qu'ils étaient tous deux réunis en compagnie de Selliànda dans le cabinet du roi.

— Pardon ? fit Thelvyn, que cette question tirait de ses mornes pensées.

— Tout ça ne t'a pas trop chamboulé, j'espère ?

— « Chamboulé » ? Pourquoi ? Je devrais l'être ?

— Eh bien, ces révélations ont tout de même dû te faire un sacré choc. Les dragons ont assassiné ta mère et, du jour où ils ont découvert que tu étais encore en vie, ils n'ont cessé de te pourchasser pour te faire subir le même sort. Dans de telles conditions, apprendre que tu es toi-même un dragon ne doit quand même pas te laisser tout à fait indifférent.

— Hum... Je ne peux pas dire que je sois vraiment traumatisé, répondit songeusement Thelvyn. Vous savez, quand on vous dit ce qu'au fond vous avez toujours su sans vouloir vous l'avouer, il n'y a pas vraiment de quoi tomber à la renverse. Je n'ai jamais éprouvé de haine pour les dragons, ni même la moindre rancune. Je ne vois donc pas pourquoi je devrais être anéanti à l'idée d'en être un. Un peu triste peut-être, je l'admets, mais rien de plus.

— Triste ?

Thelvyn haussa les épaules.

— Vous connaissez toutes les histoires que je me suis inventées pour résoudre l'énigme de mes mystérieuses origines. Notamment celle à laquelle je tenais le plus et qui voulait que je sois le dernier survivant de Blackmoor la disparue. Ah ! vous avez dû bien rire de mes élucubrations, vous qui saviez tout depuis le début !

— Je savais surtout que les hommes de Blackmoor n'avaient rien d'exceptionnel. C'étaient des gens très ordinaires, de simples mortels, semblables à ceux qui peuplent cette partie du monde aujourd'hui. La seule différence, c'est qu'ils étaient tenaillés par une soif de savoir dévorante et qu'ils ont préféré, à la puissance des armes, celle de la science et de la magie. Ils sont même parvenus à un tel degré de perfection dans ces deux domaines que le génie de leurs sorciers n'a jamais pu être égalé depuis.

— Toi aussi, tu as toujours su qui j'étais vraiment, n'est-ce pas ? fit Thelvyn en se tournant vers Sellìanda. Voilà pourquoi tu m'affirmais si catégoriquement que je ne pouvais pas être l'incarnation de votre légendaire demi-elfe.

— C'est aussi la raison pour laquelle la question de tes origines n'a jamais eu la moindre importance pour moi, confirma la prêtresse. Elle n'en a d'ailleurs pas davantage aujourd'hui.

— Apparemment, Solveig n'en fait pas grand cas non plus, reprit Thelvyn. Mais j'ai bien peur qu'elle ne crée un incident diplomatique avec Thorinn. A moins que... Est-ce qu'ils étaient au courant, eux aussi ?

— Non. Je n'en ai jamais soufflé mot à quiconque, lui assura le vieux chevalier. Tu te souviens sans doute de ce que je t'ai dit au sujet des membres de la grande famille des dragons ? Qu'ils peuvent se reconnaître entre eux au premier coup d'œil, quelle que soit leur apparence ? Eh bien, c'est comme ça que les dragons t'ont percé à jour à Torkynn. Et c'est aussi comme ça que j'ai identifié ta mère dès que je l'ai vue. Elle aussi m'a tout de suite démasqué, évidemment. C'est la raison pour laquelle elle m'a fait confiance. Cette nuit-là, elle m'a fait jurer le secret et j'ai prêté serment de te protéger. Serment qui, par la suite, s'est révélé de plus en plus difficile à honorer : un vrai sacerdoce ! Je savais combien il te tardait de retrouver les tiens, mon garçon, mais j'avais peur que tu ne puisses pas regarder la vérité en face.

— J'ai toujours imaginé que je venais de quelque lointaine contrée dont personne n'avait conservé le souvenir, avoua Thelvyn avec une pointe de regret dans la voix. Pendant des années, j'ai caressé le rêve d'un retour triomphal au pays de mes ancêtres. Je me souviens du jour où l'esprit de ma mère m'est apparu pour la première fois, sur le Pic du Monde. J'ai cru que le grand dragon d'or qui l'avait chassé voulait l'empêcher de me révéler le secret de mes origines. Et voici qu'aujourd'hui j'apprends que ce grand dragon d'or était ma mère elle-même !

— Le Pic du Monde est un lieu de passage entre le monde des mortels et le monde des esprits, lui expliqua Selliànda. Elle a sans doute choisi cet endroit parce qu'elle pensait pouvoir y entrer plus facilement en contact avec toi. Mais, apparemment, elle n'est pas parvenue à entretenir l'illusion aussi longtemps qu'elle l'aurait voulu.

Thelvyn hocha la tête en silence, puis se mit subitement à regarder Messire George avec une insistante curiosité.

— Pourquoi ne m'avez-vous pas dénoncé aux dragons rebelles ? lui demanda-t-il tout à coup. Vous saviez qu'ils étaient à ma recherche et ils vous auraient certainement offert une coquette récompense.

— J'avais promis à ta mère de ne jamais trahir son secret, répondit le vieux chevalier. (Puis il ajouta, avec un flagrant embarras :) Ta mère était très belle,

Thelvyn. A la seconde où elle a posé les yeux sur moi, j'ai su que je ne pourrais rien lui refuser. Et puis, le Tout-Puissant lui avait fait comprendre quel rôle déterminant tu serais amené à jouer pour l'avenir des dragons et elle me l'a répété. Je n'allais tout de même pas m'opposer aux volontés d'un Immortel !

Thelvyn réprima un sourire et résolut de changer de sujet. Il connaissait suffisamment Messire George pour savoir à quel point le vieux chevalier admirait et respectait les dragons. Pour un drak aussi loyal que lui, la parole du Tout-Puissant avait force de loi. Il avait sans doute été très honoré et même extrêmement flatté de le servir.

— Que comptes-tu faire, maintenant que ta mission est accomplie ? demanda-t-il à Sellìanda.

— Elle ne sera pas achevée tant que Kharenndaën ne reviendra pas auprès de toi, lui rappela la jeune elfe. Et elle ne pourra pas revenir tant que tu resteras à Braejr.

Le vent tourna dès le lendemain matin. Et tout à fait dans la direction escomptée. Le bruit courait déjà en ville qu'en fait les dragons et le Chevalier-Dragon n'avaient jamais cessé de se disputer le contrôle des Hautes-Terres et que les Flaems ne devaient donc tous leurs déboires qu'au Chevalier-Dragon lui-même. Il était peu probable que les Braejrois puissent accorder le moindre crédit à de pareilles énormités. Ils ne se souvenaient que trop de la détermination avec laquelle le Roi Jherridan s'était entêté à vouloir faire la guerre aux dragons et des efforts incessants que Thelvyn avait déployés pour l'en dissuader. Et, surtout, personne n'avait oublié la trahison des pyromages.

Malgré tout, on soupçonnait de plus en plus Thelvyn d'être en grande partie responsable de la venue des dragons dans les Hautes-Terres. L'opinion estimait désormais que le Chevalier-Dragon était devenu un véritable danger public et qu'il ne faisait pas bon l'avoir dans son voisinage, quand bien même il aurait eu les meilleures intentions du monde. Malheureusement, elle n'avait pas tout à fait tort. Pour éviter une crise intérieure, Thelvyn décida donc de publier un décret selon lequel il renoncerait au trône dès qu'un successeur compétent serait nommé. Il fit également savoir qu'il avait convoqué un Conseil des Sages en assemblée extraordinaire pour sélectionner le candidat idéal. Etant donné les circonstances, il estimait plus raisonnable de renoncer à son droit souverain de désigner lui-même son dauphin.

Mais Thelvyn n'était pas le seul à se retrouver dans une position délicate. Les nécessités de la politique et la pression des préjugés exigeaient de Thorinn qu'il rompe toute relation avec le Chevalier-Dragon, autrement dit qu'il brise une longue amitié, au mépris de toutes les règles de loyauté et de fidélité auxquelles les nains ne pouvaient déroger sans faillir. Thorinn était pris au piège de ses obligations. Il ne pouvait se permettre d'entacher sa réputation au risque de compromettre sa légitimité au trône de Rocklogis. Gravement blessé au combat lors de la terrible bataille des Terres Brisées, son frère aîné, Dhorinn, semblait ne jamais devoir recouvrer la santé. Il devenait donc de plus en plus probable que Thorinn hériterait de la couronne paternelle. Comme les nains n'avaient pas de pires ennemis que les dragons, son amitié pour le Chevalier-Dragon, d'un formidable atout devenait à présent un sérieux handicap.

Thelvyn comprenait parfaitement le problème de Thorinn et ne lui en voulait pas. Il savait aussi que le nain lui conserverait toujours son amitié, même s'il lui retirait son soutien pour sauver les apparences. Et puis, ce ne serait pas parce qu'il perdait un de ses compagnons qu'il les perdrait tous. Solveig se moquait éperdument du qu'en-dira-t-on et elle entendait fréquenter qui bon lui semblait. Fort curieusement, les Flaems paraissaient la tenir en si haute estime qu'elle aurait bien pu faire tout ce qui lui chantait sans jamais ternir sa réputation. Harl Gairstaän se montrait aussi un des partisans les plus inconditionnels du roi, aussi loyal et dévoué en public qu'en privé. Il était bien placé pour savoir avec quelle énergie Thelvyn s'était battu pour éviter qu'une guerre n'éclate dans les Hautes-Terres et il estimait lui en être redevable.

En fait, pour l'instant tout au moins, Thelvyn n'avait pas vraiment d'ennemis déclarés. Il était néanmoins persuadé que les pyromages ne tarderaient pas à se retourner contre lui pour redorer leur blason à ses dépens. Quoique cette éventualité demeurât fort improbable, il se demandait si les ducs n'allaient pas en faire autant, dans l'espoir de s'arroger la couronne. Pour l'heure, c'était d'ailleurs cette question de succession qui lui causait le plus de soucis. Ce n'était pas tant de désigner son remplaçant qui le tracassait, encore fallait-il en trouver un ! Or, ceux qui auraient été assez téméraires pour poser leur candidature n'avaient pas forcément l'étoffe d'un monarque. Au demeurant, les prétendants au trône se bousculaient tellement que le premier duc qui aurait osé se présenter à la Cour pour revendiquer le sceptre se serait retrouvé roi des Hautes-Terres avant la fin de la semaine.

Quand Solveig et le Capitaine Gairstaän rejoignirent Thelvyn pour le déjeuner, ils avaient, pour une fois, de bonnes nouvelles à lui annoncer.

— Nos éclaireurs sont formels, déclara Harl Gairstaän. D'après eux, plus de la moitié des effectifs ennemis a levé le camp.

— Il fallait s'y attendre, lui répondit Thelvyn. Les dragons ont peut-être gagné une bataille, mais, quant aux Alphatiens du moins, ils n'ont pas encore gagné la guerre. Markhaën a probablement jugé plus sage de rapatrier une armée dans l'Est sans tarder. De toute façon, nous savions parfaitement qu'ils n'auraient pas pu s'éterniser dans les parages, surtout en si grand nombre. Les dragons sont des créatures qui se dépensent beaucoup. Ils ont besoin de grandes quantités de nourriture. Or, le gibier doit se faire rare, à présent.

— Je me demande pourquoi ils ne sont pas tous partis, pendant qu'ils y étaient, fit Solveig.

— Au point où nous en sommes, franchement, ça ne changerait pas grand-chose, reconnut Thelvyn. Mais ils se réjouissent trop de voir notre belle alliance tomber en lambeaux. Quand les rats quittent le navire, les chats les attendent au tournant. Or, comme, bien évidemment, personne ne partira tant que les dragons resteront là, ça peut durer encore longtemps !

— Les nains sont impatients de retourner chez eux, l'informa Harl Gairstaän. Et les elfes en feraient volontiers autant. Comme tout risque de guerre semble écarté, on les comprend.

— De toute façon, si nous voulons nous débarrasser des dragons, nous devons encourager nos alliés à plier bagage, répondit Thelvyn.

Réunir tant d'armées étrangères, stationnées dans une cité aussi peu étendue, n'était pas sans poser quelques menus problèmes. Les soldats de tous bords commençaient à se plaindre et ils savaient se faire entendre quand ils le voulaient. Or, nul ne râlait plus fort qu'un nain. A la tombée de la nuit, les soupçons qui pesaient sur le Chevalier-Dragon s'étaient encore aggravés et avaient même donné naissance à un profond ressentiment populaire. Comme par hasard, cette brusque poussée de rancune collective était due à une poignée de guerriers nains qui, frustrés d'avoir vainement cherché à se distraire dans une ville assiégée et peuplée de gens aussi fermés et méfiants qu'eux, s'en étaient pris, par dépit, au Chevalier-Dragon. Bien que l'armée de Darokin ait semblé prendre racine de l'autre côté de la rivière, ses soldats n'en fréquentaient pas moins les tavernes braejroises et ils n'avaient pas non plus leur langue dans leur poche.

Au début, le brave sujet flaemois ne sut que penser. Il avait accordé sa confiance au Chevalier-Dragon et le Chevalier-Dragon ne l'avait jamais trahi. Cependant, la forfaiture de ses chers pyromages et l'assassinat de son roi bien-aimé ne l'avaient rendu que plus soupçonneux — ce qui n'était pas peu dire quand on connaissait la méfiance notoire des Flaems. Seule sa haine des Alphatiens l'emportait sur sa peur des dragons et, quand tous les autres se mirent à condamner ouvertement le Chevalier-Dragon, ces accusations ne tombèrent pas dans l'oreille d'un sourd.

Thelvyn n'ignorait rien des calomnies que ses alliés nains faisaient courir à son sujet. Aussi fut-il d'autant plus surpris quand Thorinn frappa à sa porte, cette nuit-là. Le nain était visiblement mal à l'aise en franchissant le seuil. Fort heureusement pour lui, Thelvyn était seul avec Selliànda. La présence de Messire George et de Solveig n'aurait assurément rien fait pour lui faciliter la tâche.

— Crois-tu qu'il soit bien sage pour toi de venir jusqu'ici, Thorinn ? lui demanda son ami, après l'avoir chaleureusement accueilli. Les tiens sont-ils au courant de ta démarche ?

— Seulement ceux en qui j'ai toute confiance, avoua le nain. A t'entendre, tu sembles avoir déjà compris le problème.

— Evidemment, le rassura Thelvyn en lui offrant un verre de son meilleur vin. Il ne me viendrait jamais à l'esprit que tu puisses te retourner contre moi de ton plein gré. Je te connais trop pour te croire capable d'une chose pareille.

— Oh ! je me retrouve devant un dilemme impossible ! soupira Thorinn en s'asseyant sur le siège que Thelvyn lui désignait. Ou je trahis mes amis ou je trahis ma famille, mon pays et mon clan. Si sauver ma réputation n'était pas si important pour l'avenir de Rocklogis, je n'agirais pas comme je le fais. J'ai appris que mes propres guerriers répandaient d'infâmes ragots sur ton compte et je ne suis même pas en mesure de faire cesser ces commérages.

— Ne t'inquiète pas. Après tout, ils n'ont fait que prendre les devants. Les pyromages ne tarderont pas à liguer tous les Flaems contre moi, s'ils n'ont déjà commencé. Si je tenais absolument à conserver la couronne, je ne dis pas. Mais ce n'est pas du tout le cas et tu le sais aussi bien que moi. Je ne m'accrocherai au trône des Hautes-Terres qu'aussi longtemps qu'il le faudra pour que les choses rentrent dans l'ordre et qu'un successeur acceptable veuille bien prendre ma place. Cependant, les dragons ne partiront pas tant que mes alliés resteront à Braejr et personne ne partira avant que les dragons n'aient levé le camp. On n'en sortira jamais si quelqu'un ne se décide pas à donner le coup d'envoi. Je ne te cache pas que je comptais un peu sur toi pour ça. Les nains n'en ont-ils pas assez ? D'après ce que j'ai cru comprendre, ils semblaient pressés de s'en aller, non ?

— Oh ! ils ne le sont que trop ! Mais, vois-tu, pour nous, c'est une question de fierté. Aucun nain ne voudrait être le premier à décamper. Et encore moins sous le regard de l'ennemi. Ça ressemblerait trop à une désertion. Non seulement nous donnerions l'impression aux dragons de te laisser tomber, mais, en plus, ça pourrait facilement passer pour une preuve de lâcheté. Cela dit, je ne pensais pas que notre départ t'aurait arrangé.

— Pas s'il en va de ta réputation. En outre, ça ne m'étonnerait pas que les Ethengars regagnent les steppes dès demain matin.

— Dans ce cas... Bon. Il faut que j'y aille, maintenant, dit le nain en se levant. Je suis désolé qu'on en soit arrivés là. J'espère que les choses vont se tasser et que tu me pousseras une petite visite à Dengar. A condition que tu me promettes de ne jamais mettre tes grosses pattes de dragon sur mon trésor !

Thelvyn s'esclaffa.

— Je te le promets. Mais ne t'attends pas trop à me voir avant que cette question de succession au trône n'ait été réglée. Ça risque de prendre du temps. Je ne veux pas précipiter les choses. La situation est déjà bien assez explosive comme ça.

Thorinn le salua et sortit. Thelvyn le regarda s'éloigner en se demandant s'il reverrait jamais son ancien compagnon d'aventure. Il s'était rendu plusieurs fois à Dengar avec Kharenndaën, au cours des cinq dernières années, mais il savait qu'il ne serait plus le bienvenu en Rocklogis avant longtemps. Quand il se retourna vers Selliànda, il surprit avec étonnement une petite lueur ironique dans ses prunelles.

— C'est la réflexion de Thorinn qui me fait sourire, expliqua-t-elle devant son regard interrogateur. Tu possèdes déjà le fabuleux trésor du plus puissant des rois renégats. S'il savait ça, n'importe quel nain s'arracherait la barbe de jalousie !

— C'est vrai. Je l'avais oublié. Je suppose que Markhaën m'a fait une énorme faveur en m'en désignant le légitime propriétaire. Si je me souviens bien, il a même insisté pour qu'il me revienne.

— Tu sais, quoi que tu en penses, Markhaën fait de son mieux pour te défendre, encore maintenant.

— Hum... fit Thelvyn d'un air sceptique. Je me demande s'il ne s'est pas un peu trop avancé en affirmant que j'étais un dragon. Ma mère était un dragon d'or, certes. Et il serait assez logique d'en déduire que mon père en était un aussi. Mais personne ne le sait vraiment, en fait.

— Non. Seuls ta mère, ton père et le Tout-Puissant lui-même le savent.

— En tout cas, il semble bien décidé à m'interdire son fief tant que je n'aurai pas troqué mon armure contre une carapace. Il a simplement oublié de me donner le mode d'emploi ! Je n'ai pas la moindre idée de la façon dont il faut s'y prendre pour se changer en dragon, moi !

— Tu es sous l'influence d'un puissant enchantement qui t'empêche de reprendre ta véritable apparence. Les circonstances de ta naissance l'exigeaient. Si tel n'avait pas été le cas, ta mère n'aurait jamais pu te mettre au monde. Tant que cet enchantement ne sera pas brisé, tu resteras un Eldar. Peut-être le Tout-Puissant est-Il le seul à pouvoir rompre ce sortilège ? Il n'en demeure pas moins que tu es un dragon. Seul un dragon peut à la fois maîtriser des sorts de magicien et de clerc.

— Tu m'as pourtant bien dit que je n'étais pas un véritable clerc. Tu as même ajouté que j'étais plutôt une sorte d'Immortel aux pouvoirs limités.

— N'importe quel clerc dragon de haut niveau peut rivaliser avec un Immortel. Et puis, Markhaën t'a donné d'autres preuves de ta véritable nature. Sans compter ce que t'a dit Messire George.

— Tu as sans doute raison. Mais il y a encore une petite chose qui me chagrine. Sous mon apparence actuelle, j'ai vingt et un ans. Si je me change en dragon, est-ce que je conserverai ma maturité, quitte à prendre deux siècles d'un coup, ou est-ce que j'aurai l'apparence d'un dragon de vingt et un ans avec l'âge mental d'un gamin de quatre ans ?

— Je n'avais pas pensé à ça ! s'exclama la jeune elfe avec un haussement de sourcils. Et j'avoue que je n'en sais rien. Pour tout dire, ton cas est unique : aucun dragon n'est jamais venu au monde sous une autre forme que la sienne. Je suppose que tu seras un dragon adulte. A la réflexion, c'est tout de même dommage qu'en t'imposant la charge de Chevalier-Dragon on t'ait ravi cent ans d'enfance...

Comme Thelvyn s'y attendait, les Ethengars levèrent le camp au point du jour. Ils franchirent le pont de l'Aalban, au nord de Braejr, et traversèrent les territoires des elfes des Hautes-Terres méridionales pour passer entre les Monts du Colosse et les Terres Brisées. C'était là une région de collines arides qui, aux inconvénients d'un terrain très accidenté, ajoutaient ceux d'une contrée dangereuse peuplée d'orcs et d'autres créatures tout aussi malfaisantes. Mais les guerriers des steppes étaient trop nombreux pour craindre une embuscade et, de toute façon, ils n'auraient pas dédaigné une bonne petite bataille. Occire quelques dizaines d'orcs et fendre le crâne d'autant de gobelins suffiraient à peine à panser leur orgueil blessé. On leur avait promis une guerre et ils n'avaient même pas décoché une flèche ! Frustrant, non ?

Soucieux du protocole, Thorinn et ses officiers patientèrent jusqu'en début de matinée pour se présenter devant le roi des Hautes-Terres et s'assurer qu'il n'avait plus besoin de leurs services avant de prendre congé. Le commandant des forces darokinoises fit de même quelques heures plus tard. Sous peu, la saison des pluies battrait son plein et il devait sans tarder rapatrier ses troupes avant que la route du sud ne devienne impraticable. C'est, du moins, la raison qu'il invoqua pour justifier son impatience à quitter les Hautes-Terres. Seuls les elfes d'Alfheim ne semblaient pas pressés de plier bagage : les véritables origines du Chevalier-Dragon ne les intéressaient pas. Ils ne se sentaient absolument pas concernés.

Ce jour-là, la réputation de Thelvyn essuya un sérieux revers — mais pouvait-on tomber plus bas dans l'estime d'autrui qu'il ne l'était déjà ? La dernière rumeur en date alléguait qu'il n'avait jamais rien ignoré de sa véritable identité, mais qu'il l'avait sciemment déguisée, et qu'il aurait allégrement continué à berner ses alliés et tous ceux qu'il s'était engagé à défendre, si les dragons eux-mêmes n'avaient révélé la supercherie. La plupart des Braejrois n'en croyaient pas un mot, mais, à force de l'entendre dénigrer à longueur de journée, ils commençaient à douter vraiment de son intégrité. On ne salissait pas à ce point l'honneur d'un homme sans raison, n'est-ce pas ? Surtout quand cet homme n'en était même pas un... Et puis, somme toute, Thelvyn Œil de Renard — vous parlez d'un nom ! — n'était bel et bien qu'un orphelin aux origines douteuses. C'était déjà louche, vous ne croyez pas ?

Profitant de ce climat de suspicion générale, les pyromages décidèrent qu'il était temps de dénoncer la duplicité du Chevalier-Dragon — histoire de noircir encore le tableau, sans doute. Ils connaissaient désormais nombre de ses secrets : ils détenaient donc les mêmes armes que les dragons. Pour détruire une réputation, ils ne craignaient personne et, sur ce terrain-là, ils se faisaient fort de les battre à plate couture. Ils s'empressèrent de rappeler à ses fidèles sujets que leur roi s'était toujours bien gardé de leur dire qu'il était prêtre — une fonction plus que suspecte aux yeux des Flaems — et même très probablement un disciple du Tout-Puissant, dieu des dragons, par-dessus le marché ! N'avait-il pas, de surcroît, trahi les siens, puisque les dragons eux-mêmes le haïssaient et le craignaient au point de ne pas hésiter à déclarer la guerre à une nation aussi puissante que la leur, uniquement pour se débarrasser de lui ? Ils ne manquèrent pas d'insister sur le fait qu'ils avaient percé à jour cet être malfaisant dès qu'ils avaient posé les yeux sur lui et que, s'ils n'avaient pas clamé sa perfidie pour épargner les âmes sensibles, ils s'étaient toujours efforcés de se mettre en travers de son chemin pour l'empêcher de nuire.

Le soleil déclinait à peine que déjà les pyromages exigeaient l'abdication du roi, allant même jusqu'à revendiquer le droit de régenter le royaume jusqu'à ce qu'un nouveau monarque soit couronné, au nom de la Loi du Peuple Flaem dont ils étaient toujours — devaient-ils le rappeler ? — les seuls garants au regard de la sacro-sainte Tradition Flaemoise. Thelvyn ne faisait pas grand cas des accusations portées contre lui. Mais il était encore roi des Hautes-Terres et il ne prenait pas son devoir de souverain à la légère. Il n'allait certainement pas laisser les pyromages s'emparer du pouvoir. La dernière chose qu'il pourrait encore accomplir pour le bien du royaume serait de le protéger contre ses propres sujets. Il était bien décidé à tout mettre en œuvre pour que ces fourbes de pyromages ne parviennent plus jamais assez près du trône pour seulement caresser le rêve de s'en emparer. Le soir même, il convoquait Alessa Vayledaar dans son cabinet.

La jeune magicienne ne se fit pas tirer l'oreille. Mais, dès qu'elle fut en sa présence, elle se drapa dans sa dignité et afficha une froideur hautaine. Elle avait revêtu, pour l'occasion, les robes des pyromages de haut rang, avec ce col rigide typique de l'aristocratie flaemoise. Thelvyn ne se leva pas pour l'accueillir et elle-même demeura debout, près de la porte.

— Vous ne semblez plus si pressée de vous rapprocher de moi, dirait-on, lui lança-t-il avec une ironie grinçante.

— Très franchement, ce serait avec le plus grand plaisir. Mais je ne pense pas que ce soit très recommandé, ni pour vous, ni pour moi. Les choses ont bien changé ces derniers jours. Vous êtes à présent le seigneur des dragons et je ne suis pas assez stupide pour me jeter dans vos griffes. D'ailleurs, nous sommes, sans doute, déjà allés un peu trop loin.

— Si vous aviez été plus patiente et si vous aviez gentiment attendu que je m'en aille, vous auriez pu avoir la mainmise sur les Hautes-Terres et étancher cette soif de pouvoir qui vous tenaille tous depuis toujours. J'allais partir de toute façon et vous le saviez. Ce n'est pas en répandant d'abjects mensonges sur mon compte que vous vous débarrasserez de moi plus vite. Honnêtement, reconnaissez que j'ai servi le royaume avec un dévouement dont vos chers confrères ne peuvent assurément pas se prévaloir. Et c'est justement parce que j'entends accomplir fidèlement mon devoir de monarque jusqu'au bout que je veux vous limer les crocs avant de me retirer. Tout comme les dragons ont su comment s'y prendre avec moi, je sais comment m'y prendre avec vous.

Alessa fronça les sourcils.

— Vous ne me diriez pas cela si vous n'étiez pas sûr de votre fait. Puisque, apparemment, ni mes pairs ni moi ne pourrons rien contre vous, je suppose que vous ne verrez aucun inconvénient à me dévoiler où vous voulez en venir.

— Je ne voudrais surtout pas vous gâcher la surprise. Elle devrait d'ailleurs me valoir vos plus vifs remerciements. Mais j'ai bien peur que ce ne soit au-dessus de vos forces. Vous savez, vous arriveriez peut-être à quelque chose, si vous ne perdiez pas autant de temps à comploter vos sempiternelles intrigues. Accepteriez-vous que je vous donne un petit conseil ? fit-il en lui désignant un fauteuil. Mais asseyez-vous donc, je vous en prie.

— Comment refuser ? répondit-elle en prenant place en face de lui. Les dragons ne sont-ils pas réputés pour leur sagesse et leur ruse légendaires ?

— Eh bien, essayez donc de pratiquer un peu plus de la première et un peu moins de la seconde, lui rétorqua-t-il sèchement. Votre peuple est arrivé dans ce monde depuis plus d'un siècle maintenant et, très franchement, qu'ont accompli vos pyromages en cent ans ? Pas grand-chose. Vous possédez l'une des plus riches bibliothèques du monde et vous ne savez pas vous en servir. Vous n'avez rien appris. Vous détenez le pouvoir de la Radiance et vous ne parvenez toujours pas à le maîtriser au-delà de quelques tours de passe-passe tout juste bons à éblouir le badaud désœuvré. Vous passez un temps fou à soigner votre réputation et vous l'avez stupidement ruinée. Si vous en consacriez seulement la moitié à vous rendre utiles, elle serait déjà faite.

— Vous n'êtes qu'un étranger, riposta la magicienne, montant sur ses ergots. Vous ne pouvez pas nous comprendre. Nous sommes les gardiens de la Loi.

— Oh ! n'essayez pas ce petit jeu-là avec moi ! Ça ne prend pas. J'ai vécu ici toute ma vie. Je comprends probablement mieux les Flaems qu'ils ne se comprennent eux-mêmes pour la bonne raison que j'ai dû me battre, dès mon plus jeune âge, pour ne pas leur ressembler. Pour autant que cela puisse changer quoi que ce soit, vous devriez vous asseoir un moment, prendre votre plus belle plume et réécrire entièrement votre fameuse loi. Tout ce en quoi vous prétendez croire ne vous apporte que des ennuis. Vous avez déjà détruit votre propre monde et je n'ose imaginer de combien d'autres vous avez été chassés avant d'arriver dans celui-ci.

— Le sermon est-il fini, Mon Père ? se gaussa la jeune femme avec un rictus méprisant.

— Inutile que j'use davantage ma salive. Ça ne servirait à rien. Et puis, après tout, protéger les Flaems contre eux-mêmes n'est pas mon problème. En fait, c'est ce que je suis censé faire pour les dragons.

— Ah çà ! vous nous en avez fait une éclatante démonstration !

Thelvyn haussa les épaules.

— Personne n'aurait eu intérêt à ce que les dragons nous déclarent la guerre. Oh ! Je sais que les apparences me donnent perdant, mais, finalement, je serais assez enclin à croire que tout s'est passé pour le mieux.

Alessa balaya l'argument d'une chiquenaude.

— Croyez ce que vous voulez. Mais j'ai, quant à moi, toutes les raisons de le penser. Le conflit avec les dragons a été réglé sans que Braejr ait eu à en pâtir ; nous aurons bientôt un nouveau roi qui ne témoignera sans doute pas le quart de la méfiance dont vous avez toujours fait montre à notre égard et, personnellement, je ne peux que m'en féliciter : j'ai gagné sur tous les tableaux.

— Vraiment ? Et quelle est donc la part que vous avez prise dans cette affaire ? Mais peut-être ne préféreriez-vous pas divulguer la longue liste de vos manigances ?

— Au contraire, répliqua Alessa avec une flagrante satisfaction. Comme vous l'aviez manifestement deviné dès le début, Byen Kalestraan m'avait choisie pour vous espionner et pour vous influencer par tous les moyens. Et, quand je dis « tous les moyens », je pèse mes mots. Bien entendu, je savais déjà qu'il complotait quelque chose, quelque chose qui visait à obtenir assez de pouvoir pour vous supprimer, vous et, si possible, Jherridan Maarsten par la même occasion.

» Je me trouvais donc dans une position extrêmement avantageuse. Si Kalestraan réussissait, j'avais suffisamment prouvé ma loyauté pour gagner ses faveurs et donc quelque flatteuse promotion. Mais j'avais fort lucidement estimé les chances d'un pyromage, si éminent fût-il, face aux plus puissants sortilèges de Blackmoor et j'avais vite compris que vous risquiez de l'emporter. C'est pourquoi je vous ai averti. Oh ! J'aurais pu vous en dire bien davantage, mais je croyais que Kalestraan tenterait de se débarrasser de vous, avant de s'en prendre à Jherridan, et je n'ai donc jamais pensé que quiconque puisse être vraiment en danger.

— Au moins peut-on vous reconnaître une certaine loyauté envers les vôtres !

— Evidemment, je ne m'attendais pas que la couronne vous revienne, poursuivit la magicienne, qui se gargarisait trop de son propre discours pour relever le sarcasme. Mais, une fois de plus, je me suis retrouvée dans une position on ne peut plus favorable : j'avais tout à y gagner. Si vous vous battiez contre les dragons et remportiez la victoire, j'étais persuadée de parvenir à vous convaincre de demeurer roi des Hautes-Terres. Je n'aurais pas dédaigné un titre de souveraine et régner sur le royaume, en même temps que sur votre cœur, ne m'aurait pas déplu. Au pis, je comptais bien me servir de mes excellentes relations avec vous pour prendre la place de Kalestraan à la tête de la Guilde et de l'Académie. Ce que la disparition de tous les plus puissants pyromages de mon ordre ne pouvait que faciliter. Il va de soi que, quand les dragons ont commencé à vous mettre dans l'embarras — appréciez l'euphémisme ! —, il m'a fallu rompre toute relation avec vous pour sauver la face. A dire vrai, je n'en ai acquis que plus d'autorité. En terme de pouvoir, je me suis donc enrichie à vos dépens, en quelque sorte.

— Quelle habileté ! commenta Thelvyn, caustique. Et vos chers confrères ont-ils réussi à se mettre d'accord sur le choix d'un nouveau Supérieur ou sont-ils encore trop empêtrés dans leurs rivalités de pouvoir pour y voir clair ?

— Pour ne rien vous cacher, je vais probablement conserver cette éminente fonction. Les jours qui viennent devraient le confirmer. J'ai, bien sûr, des rivaux plus expérimentés que moi, mais j'ai sur eux l'avantage de la jeunesse et je ne doute pas de parvenir à retourner à mon profit la situation désastreuse dans laquelle se trouve actuellement le royaume. Ainsi, même si vous avez vraiment les moyens de nous évincer, professionnellement parlant j'ai déjà obtenu plus que je ne pouvais l'espérer.

— Belle réussite ! Dommage que je ne vous aie pas connue plus tôt. Vous auriez pu me donner des leçons de stratégie politique. Si j'avais pu bénéficier de vos lumières, il y a cinq ans, ça m'aurait grandement simplifié la vie. Et maintenant, que comptez-vous faire ? Vous semblez convaincue d'avoir tiré de la situation tout ce qu'elle avait à vous offrir. Envisagez-vous d'essayer de vous rendre utile, ou préférez-vous attendre de voir s'il n'y a pas encore quelque chose à grappiller ?

Pendant un court instant, Alessa sembla prise au dépourvu. Mais elle ne tarda pas à se ressaisir et revint à la charge :

— Alors, comme ça, vous pensez pouvoir jeter sur nous un tel discrédit que nous serions définitivement écartés de la scène politique ?

— Tel n'est pas mon propos. Et, de toute façon, vous y êtes déjà parfaitement parvenus sans moi. J'ai l'intention de changer la façon dont le royaume est gouverné de telle sorte que personne, individu ou groupe constitué, ne puisse utiliser ce pays pour satisfaire ses ambitions. Et vous ne pouvez rien faire pour m'en empêcher. Même si vous répugnez à l'admettre, la population des Hautes-Terres me fait toujours confiance. Ou, du moins, elle a davantage confiance en moi que dans ses propres pyromages. Quant à savoir s'ils auront une place dans ce nouveau gouvernement ou s'ils en seront totalement exclus, ça reste à voir.

— Et, après cela, vous me soutiendrez que vous êtes incapable de faire de la politique ! railla aigrement la magicienne. Que voulez-vous que je vous dise ? soupira-t-elle. Je suis tout à fait consciente de l'ampleur de notre disgrâce et, comme prudence est mère de sûreté, le mieux qu'il me reste à faire, c'est encore d'avoir l'élégance de reconnaître ma défaite et de vous apporter mon soutien. Le devenir de mon pays et le bonheur de mon peuple ne me sont pas aussi indifférents que vous semblez le croire. Or, les Hautes-Terres ont énormément souffert au cours de ces dernières semaines et tout est à reconstruire.

— Et les Alphatiens ?

Alessa fronça les sourcils.

— Comme vous, j'ai toujours su que nous n'étions pas de taille à nous attaquer aux Alphatiens. Cela ne m'a jamais empêchée de dormir. De toute façon, vos dragons ont anéanti tout espoir de former une quelconque coalition contre Alphatia dans un proche avenir et, avec leur flotte envoyée par le fond, les Alphatiens ne représentent plus une bien grande menace pour qui que ce soit. Personne ne voit plus la nécessité d'envahir Alphatia et tous nos alliés potentiels préfèrent garder leurs armées chez eux. Nous ne ferions pas mal d'en faire autant, d'ailleurs.

— Votre lucidité me confond, persifla Thelvyn. Ah ! Encore un petit conseil, si vous me le permettez : vous feriez mieux de poursuivre vos recherches pour retrouver le Collier des Dragons. Pour peu que vous accordiez encore le moindre crédit à ma parole, écoutez bien ce que je vous dis là : un jour ou l'autre, les dragons reviendront le chercher. Et, cette fois, je ne serai pas là pour les arrêter.

Mettant leurs pas dans les empreintes des Ethengars, les nains quittèrent Braejr à l'aube. L'armée de Darokin s'apprêtait, elle aussi, à prendre congé. Elle n'aurait même pas traversé l'Areste une seule fois pour entrer dans la capitale flaemoise. Vu le nombre de chariots, de bataillons et d'escadrons concernés, il ne lui fallut pas moins de toute la matinée pour se mettre en ordre de marche. A midi, les soldats darokinois prirent enfin le chemin du retour.

Avec le départ des régiments alliés, l'ennemi voyait son attente comblée. Il avait obtenu satisfaction : il pouvait s'en aller. En début d'après-midi, Thelvyn gagna le chemin de ronde pour regarder les dragons prendre leur essor et survoler la cité, avant de filer vers le nord. Quel spectacle impressionnant que cette longue colonne de créatures ailées envahissant les nuées de leur vol majestueux ! Comme toujours, les dragons semblaient plus nombreux qu'ils ne l'étaient réellement. Il ne devait guère en rester plus de quatre ou cinq cents sur les deux mille qu'avait comptés l'armée assiégeante.

La disparition du dernier des dragons levait officiellement le siège de Braejr : enfin, tout allait pouvoir redevenir normal ! Oui, la vie reprendrait assurément son cours, mais Thelvyn ne serait pas de la partie. S'il avait eu le cœur à rire, il ne s'en serait pas privé à ses dépens. Quand on savait avec quelle impatience il avait attendu, toute sa vie, de quitter à jamais ce pays et ces gens, c'était plutôt comique de voir à quel point cet adieu l'attristait. Mais les Hautes-Terres avaient été la seule patrie qu'il ait jamais connue. Là, il avait gravi tous les échelons, de l'orphelin indésirable au monarque absolu, en passant par conseiller du roi, commandant de l'armée et même héros national, avant de redevenir un paria méprisé de tous. La boucle était bouclée : l'heure du grand départ avait sonné.

Pourtant, il ne pouvait s'empêcher de se demander si la vie dans les Hautes-Terres serait jamais la même. Il espérait que les Flaems bénéficieraient de tout ce qu'il avait fait pour eux et, surtout, de ce qu'il se devait de faire avant de rendre sa couronne. Bien qu'il n'ait jamais voulu monter sur le trône, il avait accepté la charge de roi avec un sens aigu des responsabilités qu'il endossait. Quoi qu'il arrive, il était résolu à laisser le royaume en meilleur état qu'il ne l'avait trouvé. Ce qui ne serait pas une mince affaire. Le plus grand danger qui n'avait cessé de menacer les Flaems n'était jamais venu de l'extérieur : le Flaem était un loup pour le Flaem.

Quand il rejoignit son cabinet royal, Solveig l'y attendait depuis un bon moment déjà. Elle en avait profité pour jeter un coup d'œil dans la malle qu'il avait apportée lors de son déménagement et qui contenait tout ce qu'il possédait. Elle semblait passablement déçue.

— Je suis ravi que tu aies pu te libérer si vite, lui dit Thelvyn en s'asseyant derrière son bureau. Je dois me présenter devant le Conseil des Sages pour officialiser mon abdication, ce matin, et j'ai encore des tas de choses à mettre au point.

— J'imagine ! fit la guerrière en prenant place en face de lui. Le Conseil n'a même pas commencé à te chercher un remplaçant. Si tu abdiques maintenant, celui que tu as désigné dans ton testament devra monter sur le trône.

— Je ne t'ai jamais demandé ce que tu pensais de tout ça, dit-il, comme s'il changeait délibérément de sujet.

Solveig parut troublée.

— Que veux-tu que j'en pense ? Les pyromages se sont si bien fait rogner les ailes qu'ils ne voleront pas de sitôt. Il n'en demeure pas moins qu'ils constitueront toujours une menace et que ton remplaçant devra avoir de la poigne s'il veut les tenir. Quant aux ducs, il semble bien qu'aucun ne veuille se coltiner la couronne. Ce serait donc beaucoup plus simple pour tout le monde si tu nommais ton successeur. Et puis, tu en as le droit.

— Quel qu'il soit, le nouveau roi que je choisirais hériterait fatalement du ressentiment dont je suis l'objet. Son autorité en pâtirait dès le début. Or, tu dis toi-même qu'il devra être assez fort pour tenir ses ennemis en respect. Mais je voulais surtout savoir quels étaient tes projets, maintenant que Messire George et moi allons partir.

— Tu es bien gentil, mon petit Thelvyn. Toi, tu peux partir quand tu veux. Mais, avec ton fichu Conseil, tu me retiens coincée ici pour un moment. Quant à savoir ce que je ferai après ça, ma foi, je n'en ai pas la moindre idée. George et moi ne reprendrons pas notre florissant commerce avant qu'il ne revienne de je ne sais où tu l'emmènes et je doute de pouvoir vous suivre. Tu ne vas pas tarder à te retrouver plongé dans les affaires des dragons jusqu'au cou et je me vois mal fourrer mon gracieux appendice nasal dans ce nœud de vipères. Comptes-tu partir bientôt, en abandonnant les Hautes-Terres au malheureux bougre que tu as désigné pour prendre ta succession ?

— Dès que le « malheureux bougre » aura été informé de son infortune... comme tu l'es en ce moment...

Surprise par le ton lourd de sous-entendus de son interlocuteur, la barbare le dévisagea, marqua un temps, puis grimaça un sourire crispé.

— Ah ! Ah ! Elle est bien bonne ! grommela-t-elle.

Dans le silence qui s'ensuivit, elle écarquilla soudain les yeux.

— Mais c'est que tu es sérieux, en plus ! s'écria-t-elle, alarmée.

— J'en ai bien peur. Certes, j'ai une solution de rechange. Je peux tout simplement priver les Flaems de roi — ou de reine, en l'occurrence. Aussi longtemps qu'ils en auront un, les ducs et les pyromages ne penseront qu'à s'emparer du pouvoir. Au mieux, s'ils ne s'écharpent pas, ils trouveront encore bien le moyen de s'attirer les pires ennuis — en déclarant la guerre à des ennemis qu'ils n'ont aucune chance de vaincre, par exemple.

— Ça, c'est couru d'avance.

— En fait, j'avais dans l'idée une sorte de conseil bipartite ou de parlement, si tu veux. Il y aurait une assemblée permanente de représentants élus à la majorité qui siégeraient à Braejr pour traiter le tout-venant et les impondérables et, un certain nombre de fois dans l'année, les ducs ou leurs mandataires et un délégué des pyromages s'y adjoindraient pour tracer les grandes lignes de politique générale. Ce conseil aurait un président qui assumerait un peu les mêmes fonctions que le Premier Porte-Parole du Parlement des Dragons. Il prendrait la tête du conseil et représenterait les Hautes-Terres dans les affaires de politique étrangère.

Solveig semblait sceptique.

— Pourquoi se compliquer la vie ? Tu pourrais tout aussi bien placer un roi à la tête de ton conseil. Et ne va pas croire que je te dis ça pour m'accrocher à mon sceptre. Non mais ! tu m'imagines vraiment avec une couronne de reine sur la tête ? Je vois ça d'ici !

— Si j'ai échafaudé tout ça, c'est parce que je garde à l'esprit le problème du pouvoir absolu. Un président se sentirait davantage investi de la confiance du peuple et d'un devoir de tutelle envers lui. Alors qu'un roi passe plus de temps à asseoir son autorité et à défendre ses prérogatives qu'à gouverner. Les bases du système sont déjà en place. Il suffirait d'élargir le Conseil des Sages pour qu'il devienne le nouveau parlement.

— Qu'est-ce qui te fait croire que les Flaems seront d'accord ?

— Si jamais ils refusent, je ne bougerai pas de ce palais avant qu'ils n'aient retourné les Hautes-Terres du nord au sud et d'est en ouest pour trouver quelqu'un d'assez sage et d'assez honnête pour être digne de monter sur le trône. Tu sais comme moi le temps que ça prendra.

— Eh bien ! On n'est pas sortis de l'auberge !

Pour Thelvyn, cette menace n'était pas très sérieuse. La petite histoire de ses véritables origines avait déjà fait le tour du royaume — pour ne pas dire du continent — et sa cote de popularité était au plus bas. Nul ne doutait plus que tous les problèmes avec les dragons venaient de lui et qu'ils le suivraient où qu'il aille : tout le monde voulait le voir quitter le pays aussi vite que possible. Apparemment, il devait s'attendre à ce genre de réaction quelle que soit sa destination.

Quand la nouvelle de son abdication prochaine se répandit, nombre de diplomates étrangers s'empressèrent de venir le voir. Chacun y alla de son petit laïus. En substance, ils respectaient toujours le pouvoir du Chevalier-Dragon et ils seraient trop heureux de l'avoir à leurs côtés si les dragons se profilaient à l'horizon. Mais ils lui firent clairement comprendre que, en toute autre circonstance, il ne serait pas le bienvenu chez eux.

Dans de telles conditions, les membres du Conseil des Sages ne purent qu'accepter sa proposition. Ils auraient besoin de plusieurs mois pour mettre en place le nouveau gouvernement, mais ils étaient prêts à administrer le pays en attendant que les derniers détails soient réglés. A son grand étonnement, Solveig fut élue Premier Ministre. Elle occuperait la propriété que Thelvyn libérait. Le palais serait rebaptisé Parlement des Hautes-Terres et, pour lors, personne n'y résiderait à l'exception des gardes et du personnel d'intendance.

Durant toutes ces péripéties, les pyromages avaient gardé profil bas. Apparemment, Alessa Vayledaar avait pris Thelvyn au mot. Non seulement elle n'avait rien fait pour contrecarrer ses plans, mais elle était même devenue l'un des plus ardents supporters de Solveig. Thelvyn ne parvenait pas à déterminer si les déboires de Kalestraan lui avaient finalement servi de leçon ou si elle rongeait son frein en attendant son heure. En tout cas, il était sûr d'une chose : si Alessa voulait jouer au plus fin avec Solveig, elle n'était pas au bout de ses peines !

10

THELVYN ABDIQUA, AVEC LE SENTIMENT DU DEVOIR ACCOMpli, sans cérémonie. Il ne lui fallut pas plus d'une heure pour rassembler ses affaires, mais il ne put guère rentrer chez lui avant d'avoir réglé les derniers détails d'intendance qui s'imposaient. Messire George et Selliànda l'attendirent au palais et, quand ils furent prêts à partir, Solveig les rejoignit pour les accompagner. En tant que future occupante du manoir, il lui fallait prendre possession des lieux. Taëryn tint à porter lui-même les bagages de celui qu'il considérait toujours comme son seigneur et maître. Le petit page faisait grise mine, ne cachant ni sa tristesse, ni son inquiétude.

— Les gens peuvent bien penser ce qu'ils veulent, s'insurgeait-il en se dirigeant vers la charrette qui attendait discrètement devant une porte de service. N'empêche que les Hautes-Terres n'auraient jamais pu rêver meilleur roi que vous.

— Merci, Taëryn. Ta sollicitude me va droit au cœur, lui assura Thelvyn en lui tapotant l'épaule. Je crains, toutefois, que beaucoup ne l'entendent pas de cette oreille.

— Oh ! Je sais. Mais, s'ils passaient moins de temps à cancaner, ils réfléchiraient davantage.

Thelvyn se faisait une joie de retrouver son logis,

cadre familier de ces cinq années de vie braejroise qu'il avait partagées avec sa fidèle amie Kharenndaën. Mais, à la vue du vieil entrepôt, resté à l'abandon depuis le départ de Seldaëk, son enthousiasme retomba aussitôt. Cette vaste bâtisse, aujourd'hui vide et sombre, lui avait bien souvent servi de refuge quand, écrasé par son fardeau de responsabilités, il allait y chercher le réconfort d'une longue conversation au coin du feu. Il repensait au temps où le fier Chevalier-Dragon parcourait le monde sur le dos de son fidèle dragon d'or. Du jour où Kharenndaën était partie, il avait eu l'impression que son armure était devenue trop grande pour lui, trop grande et trop lourde à porter.

Toujours soucieux de son petit confort, Messire George avait fait remplir le garde-manger en début de journée. Cependant, la plupart de ses gens l'ayant suivi au palais, Thelvyn dut préparer lui-même le dîner.

— Il va te falloir engager de nouveaux serviteurs, dit-il à Solveig en prenant place à table. Mais, à mon avis, tu ferais mieux d'attendre que je sois parti. Désormais, dans l'esprit des Flaems, le Chevalier-Dragon attire les ennuis et personne n'acceptera de servir au manoir tant que j'y serai.

— Oh ! je ne me fais aucun souci, lui assura-t-elle. Les candidats se bousculeront à ma porte. Je ne saurais vraiment pas te dire pourquoi, mais il semble que je sois devenue extrêmement populaire. On aurait pu penser que nous tomberions tous en disgrâce en même temps que toi. Pourtant, je crois bien que ces braves Flaems auraient fait de George leur nouveau roi, s'il avait seulement accepté de rester dans les Hautes-Terres au lieu de courir, une fois de plus, après ses chers dragons.

— Oh ! rassurez-vous ! Je n'ai aucun regret, affirma le vieux chevalier. D'ailleurs, je me vois assez mal en roi des Flaems. Imaginez leur tête, s'ils avaient découvert ma véritable identité ! Ça les aurait achevés. Avouez qu'avoir arraché la couronne à un dragon pour la redonner à un drak, ce serait un peu difficile à digérer !

Le repas terminé, les quatre convives gagnèrent le salon pour discuter paisiblement devant une bonne flambée.

Calé dans son fauteuil, Thelvyn écoutait ses amis, sans prendre part à la conversation. Selliànda était assise à ses côtés et ne parlait pas davantage. Cela faisait déjà un bon moment que le vieux chevalier dévorait des yeux sa bouteille d'eau-de-vie, comme si c'était la dernière — ce qui était fort possible, du moins avant longtemps. Solveig n'avait pas repoussé le grand verre qu'il lui avait servi, événement d'autant plus exceptionnel qu'elle détestait cet « infâme tord-boyaux », selon ses propres termes. Entendait-elle marquer ce jour d'une pierre blanche ? Après tout, en acceptant sa nomination à la tête du parlement flaemois, elle tirait à Thelvyn une belle épine du pied. Elle méritait bien cela !

A moins qu'elle ne veuille se donner du courage, avant d'affronter la lourde tâche qui l'attend, se disait le jeune homme qui l'observait à la dérobée, en pensant à ce que l'avenir lui réservait. Elle avait bien changé en cinq ans. Quand il l'avait rencontrée, elle professait une haine viscérale pour tout ce qui touchait de près ou de loin à la politique. Peut-être avait-elle mûri ? Solveig Pluie d'Or, la farouche guerrière avide d'aventures, prenait congé et Valéria Dorani, la fille adoptive de l'une des premières familles de Thyatis, ne tarderait pas à reprendre du service. Pour l'heure, elle était encore un peu des deux : à la fois la belle barbare, au regard frondeur et au coup de langue aussi meurtrier que le coup d'épée, et la Dame de haut parage, aussi digne et altière qu'une impératrice, mais aussi avisée et calculatrice que le plus fin stratège des empires de Thyatis et d'Alphatia réunis.

— Comptes-tu rester ici longtemps ? lui demanda-t-il subitement.

Solveig haussa les sourcils, manifestement déconcertée par la question.

— Je n'en ai pas la moindre idée. Ici ou ailleurs ! Et puis, les Flaems ont l'air de tenir à moi. Il se peut que je m'attarde en leur compagnie... jusqu'à ce que je me lasse d'eux ou eux de moi.

— Et que devient le beau Capitaine Glantri dans tout ça ? s'enquit Messire George d'un air détaché.

Darius avait regagné Thyatis la veille.

— Je verrai, fit-elle avec un geste vague de la main qui semblait reléguer le sujet au rang des broutilles sans intérêt. Mais, dis-moi, Thelvyn, n'étais-tu pas censé retrouver ton dragon favori ?

— Je ne vois pas vraiment comment faire autrement. Si j'en crois Markhaën, tout ce que je ferai, à partir de maintenant, me sera dicté par sa sœur. Je suppose que c'est le Tout-Puissant qui la guide. Jusqu'ici, on a toujours tout décidé pour moi et j'ai bien l'impression que ce n'est pas près de changer. Je ne devrais pas tarder à me retrouver avec des tonnes de responsabilités sur les épaules...

— C'est à ton protecteur divin d'en décider, lui fit observer Selliànda. Tu as attendu seize ans pour devenir le Chevalier-Dragon et cinq pour que les derniers événements viennent une fois de plus bouleverser ton existence. Combien se passera-t-il de temps avant que ta vie ne prenne un nouveau cours ? Lui seul le sait. Mais, que feras-tu d'ici là ?

— Eh oui, mon garçon, rejoindre Kharenndaën, c'est bien joli. Mais comment comptes-tu t'y prendre ? renchérit le vieux chevalier. Quant à moi, il me semble que si nous nous dirigeons vers le Grand

Nord, Kharenndaën devrait nous trouver facilement. Qu'en dis-tu ?

Thelvyn consulta Selliànda du regard.

— Messire George a raison, affirma la prêtresse. Nous partirons vers le nord dès demain.

— « Nous » ? Mais... je croyais que tu devais rentrer à Celebrìnhìth, objecta Thelvyn, troublé.

— Je t'ai déjà dit que je devais demeurer auprès de toi tant que Kharenndaën ne serait pas revenue, rétorqua fermement Selliànda. Quand tu partiras, je partirai avec toi.

Toujours prévoyant, Messire George avait mis ces deux derniers jours à profit pour convertir sa propre fortune et celle de Thelvyn en valeurs sûres et les avait fait transférer en Darokin, où elles demeureraient sous bonne garde en leur absence. Thelvyn, quant à lui, avait fait le nécessaire pour que son titre de propriété sur le manoir soit mis au nom de Solveig. Elle avait insisté pour le lui acheter, arguant que son florissant commerce, en tant qu'associée de Messire George, lui en avait donné largement les moyens. Après tout, elle était désormais Premier Ministre du Parlement des Hautes-Terres et, si elle voulait acquérir un fleuron du patrimoine flaemois, ses investissements ne concernaient qu'elle. Solveig était très fière de sa nouvelle demeure et se targuait d'être probablement la seule au monde à posséder une chambre d'ami pour dragon.

Heureusement que Messire George n'a pas, lui aussi, une maison à vendre, se disait Thelvyn, sinon nous ne partirions jamais d'ici avant que les Braejrois ne nous flanquent leur pied au derrière ! Le vieux chevalier s'était fait un devoir de superviser les transactions. Bien entendu, « personne n'oserait rouler le Chevalier-Dragon... », avait-il insisté. Thelvyn avait tout de suite compris l'avertissement. A voleur, voleur et demi ! Messire George lui avait cependant promis qu'il serait prêt à partir dès le lendemain matin.

— Vous n'êtes pas obligé de venir avec moi, vous savez, lui dit Thelvyn. Je ne suis pas sûr que les dragons aient renoncé à se débarrasser de moi et je ne suis sans doute pas d'une compagnie très fréquentable. Vous pourriez rester ici avec Solveig, ou même retourner en Darokin et reprendre la direction de vos affaires. Ce serait certainement moins dangereux.

— Ça reste à prouver, répliqua le vieux chevalier. Et puis, tu frayes toujours avec les dragons et je n'en ai pas encore eu mon content. De plus, nous sommes logés à la même enseigne, toi et moi : deux dragons qui ne ressemblent pas à des dragons, un pied dans chaque monde et aussi indésirables dans l'un que dans l'autre. Ça ne t'ennuie pas que je vienne avec toi, au moins ?

A dire vrai, le départ de Thelvyn ne s'imposait plus vraiment. Depuis qu'il avait abdiqué, les pyromages avaient cessé leur campagne de dénigrement : à quoi bon monter la population contre lui puisqu'il partait, de toute façon ? En outre, son déménagement du palais, la nomination de Solveig et la formation du nouveau gouvernement avaient fait diversion. L'annonce de la création d'un parlement flaemois avait pris tout le monde au dépourvu. Les Flaems finirent tout de même par comprendre qu'en renversant la monarchie il n'avait cherché qu'à leur épargner les sempiternelles rivalités de pouvoir entre le roi, les pyromages et les ducs, dont l'équilibre du pays avait si cruellement souffert. Ils furent alors saisis d'une brusque bouffée de gratitude pour celui qui avait tant fait pour eux. A défaut de partir en héros, Thelvyn ne quitterait donc pas Braejr sous les haros d'une foule vindicative. La méfiance et la peur qu'il inspirait désormais à ceux qui l'avaient encensé le déprimaient déjà bien assez comme cela.

Reprendre la route aux côtés de Messire George n'était pas sans lui rappeler ses premières aventures, quand il n'était encore qu'un jeune garçon, des rêves plein la tête et de l'audace à revendre. Cela faisait bien longtemps qu'il n'avait plus ressenti ce bon vieux fourmillement dans les jambes, cette impatience à la perspective d'un long voyage, quand on laisse derrière soi ses obligations et ses soucis pour plonger dans l'inconnu, prêt à relever tous les défis.

Bien entendu, Messire George ne l'avait pas attendu pour parcourir le vaste monde. Au cours de sa longue et palpitante existence, il avait déjà vu se succéder une ribambelle de compagnons et autres associés de tout poil, dont les noms et les mésaventures venaient émailler ses conversations à la veillée. Thelvyn en avait déjà entendu citer quelques-uns, comme Messire David Southworth, Adriann Kélius, Rujy Njalsson ou le maître voleur Bartholomiou Mellow. Il y avait aussi Tennett, le mage, et la belle enchanteresse Lériane, qui aurait porté quelque temps le titre de Dame Kirbey — bizarrement, Messire George se montrait très évasif sur le sujet. Leurs chemins s'étaient croisés, puis l'aventure les avait tous entraînés sur des routes différentes. Certains n'étaient jamais revenus. D'autres étaient tout simplement devenus trop âgés pour vagabonder par monts et par vaux, bien avant que Thelvyn et Solveig n'aient vu le jour. Tout le monde n'avait pas la longévité d'un drak !

Ils s'éveillèrent quelques heures avant l'aube et se rendirent aux écuries pour seller leurs montures. Thelvyn sortit le cheval de bât dans la cour, tandis que Selliànda harnachait ce même gracile cheval elfique qui l'avait amenée d'Alfheim à Braejr. Solveig les accompagnerait jusqu'à la porte nord et, si le portail était fermé, elle veillerait à ce qu'on les laisse sortir sans problème, expliqua-t-elle. Cette précaution fit sourire Thelvyn. Il n'y aurait sans doute pas un seul Braejrois pour l'empêcher de partir. On le pousserait plutôt dehors au besoin. Les fers des chevaux résonnaient sur les pavés des rues désertes et l'air froid cristallisait de petits nuages blancs autour de leurs naseaux. La porte nord était ouverte et les gardes qui les virent approcher les ignorèrent souverainement. Ils franchirent la barbacane et chevauchèrent encore quelques milles ensemble avant de se séparer.

— Quelle direction comptez-vous prendre ? s'enquit Solveig.

— Nous suivrons la route des dragons, répondit Thelvyn.

— Si je comprends bien, les Immortels commandent, et, toi, tu obéis.

— Quoi que je fasse, j'ai toujours fini par arriver là où ils m'attendaient, alors...

— Mais, ma parole ! tu deviens aussi fataliste qu'un prêtre ! railla la guerrière. Aurais-tu contracté la foi, mon pauvre petit Thelvyn ?

— Pas du tout. Je n'ai jamais eu la vocation et je n'ai rien d'un dévot. J'ai juste appris à faire ce que l'on attendait de moi parce que je sais, par expérience, que je finirai par le faire, de toute façon. Il fallait bien trouver quelqu'un pour le rôle et c'est tombé sur moi. Maintenant, je suis condamné à le jouer jusqu'au bout, et à me coltiner tous les méchants de la pièce, par-dessus le marché !

— A t'entendre, on dirait que tu as baissé les bras.

— Non. J'ai juste estimé, d'une part, ce que je pouvais y gagner, d'autre part, ce qu'il m'en coûterait et j'ai décidé que le jeu en valait la chandelle.

— Je ne te comprendrai jamais, soupira la barbare. (Elle se tourna vers le vieux chevalier.) Je sais que je perds ma salive, mais, au moins, j'aurai la conscience tranquille. George, tâche de veiller sur Thelvyn, qu'il n'aille pas encore se fourrer dans le premier guêpier venu. D'autant que je ne serai plus là pour l'en tirer.

Solveig s'en retourna chez elle, tandis que ses compagnons s'éloignaient sur la grand-route. Au lever du soleil, Braejr était déjà loin derrière eux. Cependant, comme ils avaient décidé tant de contourner les fermes et les villages que d'éviter les pèlerins de rencontre, ils furent vite contraints de ralentir l'allure pour prendre à travers bois. En rase campagne, ils mettaient pied à terre pour guider leurs montures en bordure de champs, parfois sur plus d'une lieue.

Avec le départ des dragons, la vie reprenait son cours normal et la grand-route devenait très fréquentée. Les soldats venus défendre Braejr rejoignaient leurs garnisons ; les familles, qui avaient fui devant l'envahisseur, regagnaient leurs foyers ; les convois de matières premières repartaient vers le sud et les marchands remontaient vers le nord.

Thelvyn ne prêtait guère attention à toute cette agitation. Le visage fermé, il chevauchait en silence. Pensant que son jeune compagnon broyait du noir, Messire George faisait de son mieux pour le distraire de ses sombres méditations, chantant à tue-tête des chansons à boire et racontant, avec force mimiques, des plaisanteries de corps de garde. Mais il perdait son temps. Contrairement à ce qu'il croyait, Thelvyn ne ressassait pas ses déboires. Il fouillait sa mémoire, passant en revue tout ce qu'il avait appris sur lui-même au cours de sa vie, et songeait avec regret à ce grand rêve jamais réalisé de retour triomphal dans sa mystérieuse patrie.

Levés bien avant l'aube, les trois cavaliers firent halte en fin d'après-midi pour bivouaquer dans une clairière, à l'abri des futaies, sur la rive occidentale de l'Aalban. Ils étaient, à présent, à la latitude de Braastar, mais l'ancienne capitale des Hautes-Terres était beaucoup trop loin à l'est pour qu'ils puissent l'apercevoir. Thelvyn dessella Cadence, ce même étalon qu'il avait chevauché pour rejoindre la frontière nord avec l'Armée des Hautes-Terres. Le fougueux destrier était endurant et, en dépit de son apparente fragilité, la monture de Selliànda semblait infatigable. Mais les longues heures de route avaient épuisé leur bête de somme qui demandait grâce.

— Tu t'occupes du feu ou tu étrilles les chevaux ? lui dit Messire George.

— Sont-ce bien là des façons de parler au Chevalier-Dragon, de surcroît dernier Roi du Peuple Flaem ? s'écria Thelvyn, feignant l'outrage, tout en se dirigeant néanmoins vers le cheval de bât pour le délester de son fardeau.

Le lendemain, ils approchaient déjà de la Frontière. Fermes et hameaux se faisaient de plus en plus épars ; les voyageurs, de plus en plus rares, et les trois cavaliers menaient bon train. Au crépuscule, ils franchissaient le pont enjambant l'Aalban, aux portes de Traagën.

Thelvyn aurait bien aimé passer la nuit dans une auberge, d'autant plus que l'orage menaçait. Ses compagnons n'auraient sans doute pas dédaigné un copieux souper et le confort d'un lit douillet, eux non plus. Mais le Chevalier-Dragon était connu comme le loup blanc et ils trouveraient partout porte close. Malgré l'heure tardive, ils poursuivirent donc leur chemin pour retrouver le couvert des futaies.

Parvenus à deux bonnes lieues du bourg, ils dressèrent le camp dans une trouée, non loin de la route. Messire George se mit aussitôt en quête de bois mort pour faire le feu et il avait déjà commencé à préparer le dîner quand Thelvyn et Selliànda vinrent s'asseoir devant la flambée après avoir bouchonné les chevaux. Au même moment, un éclair éclaboussa les ténèbres, à l'ouest. Thelvyn avait presque oublié la saison des pluies et il leva un regard anxieux pour scruter le ciel à travers les ramures. Aucun nuage ne troublait la limpidité des nuées et il estima qu'il dormirait au sec.

— Est-ce qu'on continue vers le nord ? demanda Messire George.

— Ombrelac, notre destination, se trouve dans le Wendar et nous allons devoir prendre un peu plus à l'ouest pour traverser la cordillère, répondit Selliànda.

— Nous accompagneras-tu donc jusque-là ? s'étonna Thelvyn. Maintenant que nous sommes loin de toute région habitée, Kharenndaën ne devrait plus tarder à nous rejoindre.

L'elfe fronça les sourcils.

— J'ai besoin de me dégourdir les jambes, fit-elle tout à coup. Veux-tu venir avec moi ?

Elle lui prit la main et l'entraîna dans la forêt. Il faisait nuit noire, mais tous deux trouvaient leur chemin sans peine dans l'obscurité. Thelvyn savait que le douloureux moment de la séparation approchait. Bientôt Kharenndaën reviendrait prendre sa place auprès de lui et la prêtresse elfe devrait retourner à Celebrìnhìth, dans sa lointaine patrie d'Alfheim. Après avoir marché quelques minutes, ils atteignirent une vaste clairière où Selliànda arrêta ses pas. Thelvyn se tourna aussitôt vers elle, cherchant désespérément son regard.

— Ne va pas croire que j'ai hâte de te voir partir, s'empressa-t-il d'expliquer. Je me demandais seulement s'il était bien raisonnable de retarder l'inéluctable. Tu as déjà suffisamment négligé tes devoirs de prêtresse pour moi. Ton ordre a besoin de toi. Et puis... il faut regarder la vérité en face, Selliànda : je suis un dragon et je doute que tu veuilles passer ta vie avec un dragon.

— Kharenndaën aussi est un dragon.

— Ne me dis pas que tu es jalouse d'elle, tout de même !

— Je sais que tu l'aimes beaucoup et qu'elle t'a manqué.

— Plus que je ne l'aurais cru, je l'avoue. Mais c'est normal. Elle est mon amie, une amie fidèle et dévouée avec laquelle j'ai partagé bien des choses. Ensemble, nous avons vécu des moments qui ont beaucoup compté dans mon existence. Elle a quitté les siens pour moi et nous avons quand même passé cinq longues années côte à côte. Mais je n'ai pas imaginé un seul instant que notre amitié puisse cacher d'autres sentiments. Certes, si, comme le prétend Messire George, les dragons se reconnaissent entre eux au premier coup d'œil, elle a toujours su qui j'étais réellement et je dois admettre qu'elle a dû envisager la situation tout autrement. Mais, de là à en tirer tout de suite des conclusions...

— Elle t'aime, Thelvyn. C'est bien ce qui lui fait peur. Et c'est pour cette raison qu'elle tarde tant à revenir. Elle craint ta réaction.

Thelvyn réfléchit en silence.

— Je trouve ça plutôt flatteur. Et puis, étant donné les circonstances, j'estime même que j'ai beaucoup de chance. Mais je comprends que tu ne voies pas vraiment les choses de cette façon...

— Ce que Selliànda pense importe peu, Thelvyn, car, vois-tu... je suis Kharenndaën.

Pendant quelques minutes, Thelvyn la dévisagea sans comprendre. Elle s'écarta doucement de lui, gagna le centre de la clairière et se retourna pour lui faire face. Soudain, un halo scintillant l'enveloppa. La lumière se fit bientôt si vive que Thelvyn ne vit plus qu'une forme noire auréolée de rayons aveuglants. Il crut percevoir un mouvement brusque et, au même moment, la silhouette noire se mit à grandir démesurément tandis que ses contours se modifiaient peu à peu. Devant ses yeux écarquillés, apparut un jeune dragon aux courbes féminines, tout nimbé d'or. La lumière disparut et, soudain, Kharenndaën fut à quelques pas de lui. Elle étendit le cou pour venir se frotter le museau contre son torse, dans ce geste si familier que Thelvyn aimait tant. Il lui caressa la joue, ému.

— Chez les dragons, dit-elle, cette marque d'affection est réservée aux amoureux. C'était sans doute un peu audacieux de ma part. Mais comme, jusqu'alors, tu n'en connaissais pas la signification... Et puis, cela m'a donné le courage d'attendre que nous soyons encore un peu plus proches l'un de l'autre.

— Je suis si heureux de te revoir, lui murmura-t-il. Mais je n'ose espérer que nous sommes enfin réunis pour ne plus jamais nous séparer. Je suppose qu'il ne faut pas y compter.

— Je l'ignore. Mais si l'on ne devait construire sa vie que sur des certitudes, on ne ferait jamais rien. Autant profiter de ce qui nous est offert pendant qu'il en est encore temps. Pour l'heure, je crois que nous ferions mieux de retourner auprès de Messire George avant qu'il ne commence à trouver notre absence un tantinet suspecte. Je ne tiens pas à supporter ses commentaires.

— Moi non plus ! s'esclaffa Thelvyn.

Kharenndaën se redressa. Tout à coup, son corps irradia une lumière si éblouissante que Thelvyn dut fermer les yeux. Quand il les rouvrit, le dragon d'or avait laissé place à une femme qu'il n'avait jamais vue. Elle n'avait plus rien de l'elfe gracile aux longs cheveux de miel, mais avait pris l'apparence d'une Eldar, presque aussi grande que lui, avec cette même chevelure de jais et ces mêmes yeux noirs en amande au regard si pénétrant. Bizarrement, Thelvyn lui trouvait une ressemblance frappante avec Kharenndaën.

— Il te faut comprendre que Selliànda n'existe pas, lui dit-elle en lui prenant la main pour rebrousser chemin. Il n'y a et il n'y a jamais eu que Kharenndaën. Selliànda n'était qu'une enveloppe provisoire, une sorte de masque qui me permettait de vivre parmi les elfes d'Alfheim. Jamais ils n'auraient accepté qu'un clerc dragon au service du Tout-Puissant s'installe à demeure au sein de leur communauté. (Elle tourna vers lui un regard incertain.) J'avais si peur que tu ne t'attaches trop à Selliànda ! Parce que, vois-tu, j'ai toujours su que tu étais un dragon.

— Mais, je croyais que Selliànda était une prêtresse de Terra. Certes, il me souvient à présent t'avoir entendue dire, il y a fort longtemps, que Terra et le Tout-Puissant avaient été de fidèles alliés à une époque et que le Tout-Puissant avait des disciples chez les elfes.

— C'est exact. Celebrìnhìth est un sanctuaire du Tout-Puissant et non de Terra. Je n'ai jamais servi que Lui.

Messire George avait gardé le dîner au chaud pour leur retour. Le vieux chevalier remarqua immédiatement la transformation de Kharenndaën, mais, sa véritable identité n'ayant jamais fait aucun mystère pour lui, peu lui importait son aspect.

— Ah ! J'aime assez, fit-il néanmoins, toujours galant. Ça a beaucoup d'allure, vraiment. Le seul petit problème, ma chère Kharenndaën, c'est qu'à présent tu ressembles à Thelvyn comme une sœur.

Kharenndaën semblant a priori le guide idéal, Thelvyn et Messire George s'étaient imaginé qu'avec elle traverser la cordillère serait un jeu d'enfant. Ils durent vite déchanter. Kharenndaën connaissait certes parfaitement la région, mais elle en avait surtout une vue... aérienne. Quand il franchit une montagne, un dragon cherche les vents portants : il repère les pics et les grandes falaises dont les parois dévient les masses d'air, provoquant des courants qu'il doit connaître s'il ne veut pas risquer de s'écraser. Qu'a-t-il à faire des brèches et des éboulis ? Il ne marche pas, lui. Il vole. Kharenndaën n'était même pas persuadée qu'il existe une piste reliant la Frontière au Wendar à travers la montagne. Les Flaems étaient toujours restés en deçà de la Cordillère Wendarienne et les elfes du Wendar, au-delà. Peu de gens s'aventuraient dans la montagne elle-même. Qui aurait donc tracé un chemin et à quoi aurait-il servi ?

La jeune prêtresse décida de reprendre sa forme originelle pour partir en éclaireur. Elle quitta ses compagnons et survola le parcours afin de localiser l'itinéraire le plus praticable. Mais elle ne tarda pas à revenir à tire-d'aile.

— Des dragons nous épient à distance, leur annonça-t-elle. Ils patrouillent par petits groupes de six ou huit et suivent notre progression.

En regardant les dragons quitter les Hautes-Terres, Thelvyn s'était bien demandé si, pour eux, l'affaire était déjà classée ou s'ils ne lui accordaient qu'un sursis. La présence de ces vigilantes sentinelles semblait confirmer la seconde hypothèse. Il ne pouvait cependant pas reprocher aux dragons de surveiller la cordillère. Après tout, c'était leur territoire. Il ne lui restait qu'à prendre son mal en patience. A moins qu'ils ne l'attaquent de front, il ne voyait pas vraiment comment remédier au problème.

— Ils nous laisseront probablement tranquilles quand nous atteindrons Ombrelac, n'est-ce pas ? s'enquit-il.

Ils avaient fait halte pour la nuit et regardaient avec inquiétude les feux de camp des dragons qui flamboyaient dans les ténèbres. Kharenndaën semblait nerveuse.

— Si tu entends par là qu'ils n'oseront pas violer le sanctuaire du Tout-Puissant, je préfère te prévenir tout de suite qu'ils l'ont déjà fait par le passé. Quand la Prophétie nous a annoncé le retour du Chevalier-Dragon, les rebelles sont venus en force à Ombrelac pour demander des comptes aux clercs du Tout-Puissant. Et, quand ils ont appris que c'était une prêtresse qui te mettrait au monde, ils les ont persécutés pour s'assurer que tu ne verrais jamais le jour. Ombrelac est resté à l'abandon depuis lors.

— Je sais. Markhaën me l'a raconté.

— Mais le Tout-Puissant avait déjà prévenu ta mère, enchaîna Kharenndaën. Et elle a pu s'enfuir dans la montagne. Ils l'ont pourchassée sans relâche. L'un d'eux est même parvenu à lui briser les reins d'un coup de queue. Craignant pour ta vie, le Tout-Puissant est alors intervenu. Il a créé une illusion : une image de ta mère qui a entraîné ses poursuivants vers le sud.

— Je me suis toujours demandé pourquoi ils avaient continué leurs recherches au lieu de venir directement à Graez, intervint Messire George. C'était le seul hameau des environs et ça semblait la destination la plus logique pour un fugitif. Voilà qui résout l'énigme.

— Je ne pense pas que ceux-ci nous veuillent du mal, dit Kharenndaën en désignant les feux d'un geste de la main. Je crois qu'ils sont surtout curieux de voir ce que l'avenir leur réserve. Comment leur en vouloir ?

Les dragons semblaient effectivement n'avoir aucune intention de perturber leur voyage, mais ils n'en relâchaient pas pour autant leur vigilance. Kharenndaën informa ses compagnons qu'elle escomptait atteindre le Wendar le lendemain soir, quoiqu'elle ne puisse en être absolument certaine avant d'avoir fait un petit vol de reconnaissance. Tard dans la matinée du lendemain, au sortir d'un défilé, l'immensité sylvestre du Wendar s'offrit enfin à leurs yeux. Kharenndaën pointa l'index presque droit devant elle, en direction d'une enclave de verdure cernée de crêtes dénudées.

— Bois-Renard, annonça-t-elle. C'est dans ces futaies que se cache Ombrelac.

A l'est de Bois-Renard, la montagne se refermait sur une cuvette semblable, mais plus vaste, tandis qu'à l'ouest la cordillère faisait un coude, jetant un éperon rocheux à l'assaut des forêts. Ils avaient encore plusieurs lieues à couvrir avant d'atteindre leur destination et le terrain semblait particulièrement accidenté.

Où que se porte le regard, des dragons se découpaient sur le gris du ciel, survolant la cordillère, en solitaire ou en petites formations de trois ou quatre. Il ne devait guère y en avoir plus d'une trentaine en tout, mais une telle concentration de dragons dans un périmètre aussi restreint, loin de toute terre habitée, était par trop inhabituelle pour ne pas être alarmante. Thelvyn commençait à se demander s'ils ne cherchaient pas à l'empêcher d'atteindre Ombrelac. Une façon comme une autre de prendre leur revanche sur la Prophétie, se disait-il. Quand il lui fit part de ses craintes, Kharenndaën reconnut qu'une telle éventualité ne pouvait être écartée.

Les nuages s'agglutinaient au-dessus d'eux depuis l'aube et, en début d'après-midi, l'orage éclata. Luttant contre le vent et l'averse, les trois voyageurs peinaient sur le trajet. Le crépuscule était encore loin quand ils rendirent les armes. Harassés et ruisselants, ils résolurent de ne pas pousser plus loin ce jour-là. L'orée de Bois-Renard n'était plus qu'à quelques milles et ils pouvaient espérer la franchir le lendemain matin. Mais les dragons semblaient en avoir décidé autrement : à peine montaient-ils en selle que déjà de jeunes dragons rouges s'amusaient à voler en rase-mottes au-dessus d'eux, terrifiant les chevaux qui se cabraient avec des hennissements d'effroi. Les cavaliers avaient toutes les peines du monde à les maîtriser et leur progression s'en ressentait.

En milieu d'après-midi, Kharenndaën commença à perdre patience. Elle hésitait à reprendre son apparence première pour chasser ces insolents trublions. Tous les dragons la connaissaient et la respectaient trop pour oser la braver. Mais leur nombre augmentait d'heure en heure et la Grande Prêtresse en vint bientôt à craindre pour la vie de ses compagnons.

Au bout d'un moment, Thelvyn finit pourtant par oublier leur présence. Non pas qu'il s'en moquât, mais une poignante sensation d'urgence s'était emparée de lui et il avait hâte de toucher au but. Certes, il ignorait les intentions de ses poursuivants et n'avait pas l'esprit tranquille, mais il n'avait pas peur. S'il lui tardait tant de rejoindre Ombrelac, ce n'était pas pour s'y réfugier — même s'il avait une cinquantaine de dragons à ses trousses. Non. Bien que cela ne lui soit jamais arrivé, il se sentait... appelé. Le Tout-Puissant l'avait sommé à comparaître devant lui et il savait, oui, il savait, sans l'ombre d'un doute, qu'il devait y arriver avant la nuit.

En fin d'après-midi, les trois compagnons pénétraient dans les futaies de Bois-Renard. Ils avaient encore une bonne heure de chevauchée devant eux avant de rejoindre Ombrelac. Sous les frondaisons de ces immenses pins millénaires, Thelvyn se sentait envahi par une étrange sensation de bien-être et de sérénité, comme un voyageur fourbu retrouvant un havre familier, après un long et éprouvant périple.

Kharenndaën l'avait conduit jusqu'ici sans un mot d'explication et il l'avait suivie sans poser de questions. Il ne s'était jamais vraiment considéré comme un clerc — et n'était toujours pas convaincu d'en être un —, mais, pour une fois, il s'en était remis aux Immortels et s'était laissé guider par leur disciple sans discuter. Au reste, il n'aurait pas vraiment pu faire autrement.

Kharenndaën chevauchait devant lui — ou, du moins, la belle Eldar qui lui ressemblait tant. L'ombre des grands pins s'étirait déjà quand elle contourna la dernière des collines qui protégeaient le sanctuaire. Thelvyn immobilisa sa monture et jeta un regard circulaire. Il n'avait jamais vu d'édifice construit par des dragons et il ouvrait de grands yeux devant les proportions du temple. Ce n'était guère qu'un rudimentaire bâtiment de pierre et de bois, mais il était si gigantesque qu'il épousait la courbe des collines presque jusqu'à leur sommet. Ses lourdes portes et ses persiennes étaient fermées. Les feuilles mortes s'étaient amoncelées contre la façade. Impressionné, Thelvyn se sentait ridiculement petit et bien insignifiant. Seule la partie de l'aile droite réservée aux clercs elfes lui parut d'une taille raisonnable.

Après avoir mené leurs chevaux aux écuries, les trois compagnons gagnèrent le temple. A peine franchissait-elle le seuil que Kharenndaën jetait un sort pour enflammer les torches fichées dans les porte-flambeaux, le long des parois. Mais les flammes luttaient vainement contre les ténèbres qu'elles parvenaient à peine à repousser vers l'insondable voûte. Messire George s'empressa de faire un feu dans l'immense cheminée qui occupait à elle seule tout un mur. Ils s'assirent tous trois devant l'âtre en s'adossant contre leurs sacs.

Ils ne s'étaient pas beaucoup parlé pendant le trajet, mais, à présent, ils partageaient tous la même impatience et ressentaient secrètement le besoin de se rassurer. Thelvyn se tenait un peu en retrait, à la lisière du halo lumineux que dessinait la flambée sur le sol. Messire George préparait déjà le dîner.

— Sais-tu ce qui va se passer, maintenant ? entendit-il le vieux chevalier demander à leur guide.

— Je n'en ai pas la moindre idée, avoua Kharenndaën. Le Tout-Puissant m'est apparu avant que je ne vienne vous rejoindre à Braejr et ce qu'il m'a dit me paraît extrêmement alarmant.

— Aurais-tu peur pour lui ?

— Pour nous. Le Tout-Puissant recouvre sa puissance d'antan et n'aura bientôt plus rien à redouter de ses pairs. Mais il m'a annoncé que le Chevalier-Dragon avait fait son temps et que je servirais bientôt le Roi-Dragon.

— Voilà qui devrait réjouir les tiens ! persifla le vieux chevalier.

— Les dragons ignorent tout de cette prophétie. Ils savent seulement que le Chevalier-Dragon ne leur fait plus peur. Ils se sont doutés que quelque chose se préparait et ils nous ont suivis jusqu'ici pour voir de quoi il retournait. Ils n'attendent qu'une chose : que le Chevalier-Dragon devienne vulnérable. Or, ils savent que le moment est proche et ils entendent bien être là quand ce moment arrivera.

Thelvyn semblait plongé dans ses pensées et feignait l'inadvertance, mais il avait parfaitement entendu. Il n'en concevait pourtant aucune inquiétude. Pourquoi les dragons l'auraient-ils combattu, à présent ? Il avait accompli son devoir de Chevalier-Dragon au mieux de ses possibilités et, si on le lui demandait, il rendrait son armure sans un regret. Il était toutefois convaincu que sa tâche n'était pas achevée. Au contraire, on avait fait de lui le défenseur des dragons et sa véritable mission ne faisait que commencer.

L'appel ne leur parvint pas avant le milieu de la nuit. Calé contre son sac, Thelvyn s'étais assoupi et Kharenndaën dormait dans ses bras. Tout à coup, elle sursauta et se leva d'un bond. Thelvyn l'imita aussitôt tandis qu'elle se précipitait vers le centre du grand hall et, dans un éclair, recouvrait son apparence première. Elle se saisit de son harnachement, soigneusement rangé dans un coin lors de sa précédente visite, et demanda à Thelvyn d'invoquer son armure. Quand il en fut revêtu, il ôta son heaume et le téléporta. Il ne pensait pas en avoir besoin. En la circonstance, l'armure du Chevalier-Dragon ne lui servirait pas de protection. Elle serait l'emblème de son rang et de sa charge.

Kharenndaën ouvrit les portes, sortit dans la cour et s'allongea sur le sol pour permettre à Thelvyn de monter en selle. Dehors, l'obscurité était profonde. Seul le frémissement des feuillages troublait le silence. Thelvyn boucla ses sangles et leva un regard inquiet vers le ciel. Aucune ombre suspecte ne masquait le firmament étoilé. Kharenndaën enjamba la rivière et suivit le sentier ourlé de pierres blanches qui s'enfonçait entre les arbres. Elle rejoignit bientôt le ravin et jeta un coup d'œil en contrebas. La rivière plongeait dans l'abîme, cascadant de surplombs en corniches avec fracas. La clairière sacrée était déserte. Kharenndaën s'élança alors dans le vide et, de quelques puissants battements d'ailes, s'éleva dans la nuit.

Elle survola bientôt la forêt à grande altitude. Quand Thelvyn regarda autour de lui, une brusque vision de sa mère, telle qu'elle lui était apparue en rêve, lui traversa l'esprit et il comprit soudain qu'il venait de basculer dans un autre univers. Le paysage qui défilait au-dessous de lui ne ressemblait en rien à celui qu'il avait aperçu depuis les hauteurs de la Cordillère Wendarienne. Il baignait dans une clarté lunaire argentée. Or il n'y avait aucun astre au firmament. Le vent qui le fouettait au visage était aussi vif et glacé qu'un blizzard.

Kharenndaën prit un brusque virage sur l'aile et fila vers le nord, en direction de la plus impressionnante chaîne de montagnes que Thelvyn ait jamais vue. Il n'y avait pourtant aucun relief au nord de Bois-Renard... Le dragon d'or planait en ligne droite, sans même battre des ailes pour conserver son assiette, en dépit des rafales qui les assaillaient de toutes parts. Elle semblait avancer sans effort, paisiblement, alors même que le paysage n'était plus qu'une vague traînée de couleurs brouillées par la vitesse.

— Où sommes-nous ? demanda-t-il.

— Je ne suis jamais venue ici, lui répondit Kharenndaën en jetant un bref regard en arrière. Je pense que nous avons quitté le monde des mortels pour rejoindre le royaume du Tout-Puissant. D'après moi, nous n'y sommes pas vraiment. Nous sommes endormis dans la clairière d'Ombrelac et tout ceci n'est qu'un rêve.

Ils avaient déjà parcouru des centaines de lieues et la silhouette noire des montagnes se rapprochait à toute allure. Poussée par une force invisible, Kharenndaën prit de l'altitude et gagna les sommets. Là, trônant à la cime d'un pic vertigineux, apparut une gigantesque forteresse, presque aussi vaste qu'une cité. Elle ne semblait pas avoir été bâtie sur la montagne mais taillée à même le roc. De faibles lueurs jaunâtres luisaient aux croisées des tours, mais aucune sentinelle ne montait la garde et le chemin de ronde était désert. Cette massive citadelle noire avait quelque chose de lugubre qui glaçait le sang.

Le dragon d'or ralentit pour négocier son approche et tournoya lentement pour repérer l'entrée. Thelvyn ne comprenait pas comment Kharenndaën s'y était prise pour atteindre, si vite et sans la moindre hésitation, une destination qu'elle ne connaissait pas, et se sentait gagné par une terrible appréhension. Il tenta de lui dire qu'il ne voulait pas mettre les pieds dans ce château de cauchemar, mais aucun son ne sortit de sa gorge. Kharenndaën localisa le portail sans tarder : deux énormes vantaux de bois sombre bardés d'acier. Il n'y avait ni chemin, ni escalier pour y accéder ; seulement une corniche à flanc de paroi : c'était manifestement là le fief d'un dragon.

Au moment où Kharenndaën se posait sur le surplomb, la porte s'ouvrit devant elle. Elle la franchit d'une démarche assurée et s'engagea dans un long couloir. Une lumière brillait au loin et elle marchait vers elle, se laissant guider sans se poser de questions. Ils débouchèrent dans une vaste pièce dépourvue de tout mobilier. D'énormes poutres étayaient la voûte de pierre et d'immenses tapisseries, représentant des scènes épiques de dragons aux prises avec d'effroyables monstres, recouvraient les murs. Il n'y avait ni porte, ni fenêtre. Hormis le couloir qu'ils avaient emprunté et celui qui lui faisait face, de l'autre côté de la pièce, il n'existait aucune issue.

Thelvyn leva les yeux vers Kharenndaën. Il se tenait debout près d'elle, bien qu'il ne se souvînt pas avoir quitté sa selle. Tandis qu'ils patientaient en silence, il sentait l'angoisse resserrer peu à peu son étreinte. Soudain, il perçut une présence. Quelqu'un approchait dans le couloir opposé, quelqu'un qu'il ne pouvait ni voir, ni entendre. Persuadé que c'était là une rencontre qu'il devait à tout prix éviter, il fut saisi d'une brusque envie de prendre ses jambes à son cou. Mais il savait qu'il n'avait nulle part où aller : il était pris au piège.

Emergeant lentement des ténèbres, apparut alors

un dragon, un dragon d'or, le plus grand dragon d'or que Thelvyn ait jamais vu. Même Markhaën n'aurait pu rivaliser avec lui. Avec son large poitrail, ses cornes élégamment recourbées et sa crête souveraine cascadant le long de l'échine, il était la puissance et la grâce incarnées. Sa tête avait quelque chose de si noble, de si digne, qu'il inspirait immédiatement le respect. La délicatesse de ses traits contrastait avec la vigueur de son corps musculeux et racé. Son museau, long et fin, ses joues creuses, son front haut évoquaient ceux d'un pur-sang. Le regard de ses immenses yeux bleus, pétillants d'intelligence, semblait vous pénétrer jusqu'à l'âme. Son attitude sereine, à la fois calme et assurée, laissait deviner une profonde sagesse. Le dragon s'immobilisa juste sous l'arche de pierre et s'assit sur ses postérieurs, bombant le torse et incurvant le cou, avec un port de tête altier.

Kharenndaën eut un haut-le-corps, comme si elle le reconnaissait, et fit un pas en avant. Elle semblait retenir son souffle et répondre à quelque impulsion involontaire, comme attirée par un aimant. Thelvyn l'observait avec une inquiétude grandissante. Son regard exprimait un suprême ravissement, proche de l'extase. Venait-elle de voir apparaître son dieu ? Non. Sans comprendre comment, il sut immédiatement que celui qui se dressait devant eux n'était pas le Tout-Puissant. Qui était-il donc ? Et pourquoi Kharenndaën le dévorait-elle des yeux avec cette expression de bonheur émerveillé ? Elle dut sentir le regard de son ami, car elle inclina la tête vers lui dans un salut qui ressemblait à un adieu, avant de se diriger vers le grand dragon d'or. Elle marcha d'abord lentement, puis se mit à courir à sa rencontre comme un captif vers la liberté. Le cœur serré, Thelvyn la vit alors caresser du bout du museau le poitrail du dragon d'or, avec ce même geste familier qu'il croyait lui être réservé. Les deux dragons multiplièrent ainsi les témoignages d'affection pendant un moment qui lui parut interminable.

— Cela fait si longtemps que je t'attends, disait Kharenndaën, un sanglot dans la voix. J'ai l'impression de revenir d'un exil de cinq longues années.

— Je sais, répondit doucement le dragon en la serrant contre lui.

Tout en lui parlant, il n'avait pourtant cessé de regarder Thelvyn. Le jeune homme chercha dans ces prunelles braquées sur lui une lueur de compassion ou d'arrogance. Il n'y trouva qu'indifférence.

— Je t'aime tant, souffla Kharenndaën en fermant les paupières pour cacher des larmes de joie.

Thelvyn observait la scène, pétrifié, incapable de détourner les yeux alors même qu'il sentait son cœur se briser. Jusqu'à cet instant, il n'avait jamais vraiment pris conscience de ce que Kharenndaën représentait pour lui. En la perdant, il mesurait combien il l'aimait. Il savait qu'il serait inutile de lutter. Elle s'abandonnait totalement à l'amour qui la consumait. Le combat était perdu d'avance. Même les armes du Chevalier-Dragon n'y pourraient rien changer. Il était déjà vaincu. Il était un dragon, lui aussi. Mais, tant qu'il ne saurait pas comment recouvrer sa véritable apparence, il n'avait aucune chance de l'emporter. Pour la première fois de sa vie, il se sentait enfermé dans son propre corps comme dans un cachot dont il ne pouvait s'échapper. En cette minute, il aurait tout donné pour rompre le sortilège qui le retenait prisonnier. Il n'avait jamais ressenti une honte aussi cuisante, un tel dépit, une telle détresse. Il souffrait d'autant plus qu'il ne pouvait qu'accepter l'évidence.

— Laisse-nous, à présent, dit le dragon en caressant tendrement le cou de Kharenndaën. Je te rejoindrai bientôt et, cette fois, nous ne nous quitterons plus jamais.

Kharenndaën se frotta le museau contre son poitrail, puis s'écarta de lui et disparut dans l'ombre du couloir. Thelvyn ne put la suivre des yeux, fasciné par le regard de son rival comme un papillon par la flamme qui va le brûler.

— Qui êtes-vous ? demanda-t-il, le souffle court.

— Je suis le Roi-Dragon.

— Mais quel est votre nom ?

— Je te connais mieux que tu ne te connais toi-même, répondit le dragon. Pourtant les cruels arrêts du destin t'ont interdit de me voir. Tu m'as toujours servi avec dévouement et, sans toi, je ne serais pas là aujourd'hui. Je regrette que cet instant, qui scelle en même temps notre rencontre et notre séparation, doive t'être si douloureux.

— Il ne me sera donc plus permis de vous servir dorénavant ?

— Tu le voudrais que tu ne le pourrais pas, affirma le Roi-Dragon en s'avançant lentement vers lui. Le moment est venu pour moi de mener mes propres combats, d'utiliser mes propres ressources, mes propres pouvoirs et de renoncer à ceux de sorciers depuis longtemps disparus. Il était rassurant de t'avoir à mon service et il serait tentant de te garder. Mais l'heure est proche où le Chevalier-Dragon devra retourner dans les limbes et les livres d'histoire.

— Qui êtes-vous ? répéta Thelvyn. Un titre n'est pas un nom. Quel est votre nom ?

Le Roi-Dragon se pencha vers lui, les yeux fichés dans les siens.

— Je suis celui que tu aurais toujours dû être. Je suis ton avenir. Je me nomme Thelvaën.

Soudain, Thelvyn crut que la pièce basculait. Sa vue se brouilla et, autour de lui, tout disparut dans une lumière aveuglante. D'indescriptibles sensations le submergèrent. Il lui sembla qu'il était aspiré au loin, puis propulsé en avant, comme un noyé emporté vers le large et rejeté sur la côte par une déferlante. Il eut l'impression d'être dépecé, écartelé, pétri, étiré, sans pourtant éprouver la moindre souffrance. Il se dit qu'on avait dû l'ensorceler, qu'il était mort, peut-être. Après tout, que savait-il de la mort ? C'était peut-être cela, mourir : être arraché d'un monde puis projeté dans un autre ? « L'heure est proche où le Chevalier-Dragon devra retourner dans les limbes », lui avait dit le Roi-Dragon. Alors peut-être que... Le tourbillon de lumière éblouissante commença à se dissiper pour laisser place à une douce pénombre.

Thelvyn se retrouva tout à coup dans la clairière sacrée d'Ombrelac. Il cligna des paupières et redressa la tête. Ce simple mouvement lui procura une sensation étrange, comme si, entre son désir de bouger et l'exécution du geste, il y avait eu une sorte de décalage. L'obscurité était profonde et silencieuse. Pourtant la clairière était toute nimbée de clarté. Kharenndaën se précipita vers lui pour l'aider à se lever et il réprima un mouvement de recul au souvenir de la scène d'amour à laquelle il avait assisté et qui brûlait encore sa mémoire comme un fer rouge. Il essaya de se mettre debout, mais fut pris de vertige tant il se sentait loin de ses propres... pattes ! Il s'inspecta en écarquillant les yeux et, soudain, tout fut limpide. L'enchantement avait été rompu et il avait été métamorphosé en dragon, ce même grand dragon d'or qu'il avait rencontré dans la forteresse de son rêve. Il était ce dragon ! Mais alors il était... Messire George se tenait devant lui, là, tout en bas, aussi petit et chétif qu'un enfant de cinq ans. Le vieux chevalier le regardait avec une manifeste inquiétude et, pour une fois, semblait incapable d'articuler le moindre mot.

Thelvyn s'assit tant bien que mal sur ses postérieurs et se figea en percevant une sourde menace. Il leva la tête. Ils n'étaient pas seuls en ces lieux. Tout autour de la clairière, penchés au-dessus du ravin, se dressaient des dragons, des centaines de dragons de toutes les espèces, braquant sur lui un regard assassin. Il y en avait d'autres au fond du ravin, juchés sur les rochers. Au moins une trentaine avaient osé franchir la lisière de la clairière sacrée et l'encerclaient dans un silence religieux. Des dragons d'or pour la plupart.

— Les clercs du Tout-Puissant sont revenus à Ombrelac, lui chuchota Kharenndaën en désignant discrètement ces derniers. Mais nous ne sommes pas encore assez nombreux pour tenir tête aux rebelles et je crains qu'ils ne nous obligent à combattre. Ils sont terrorisés.

— Pourquoi ? demanda Thelvyn. (Sa voix avait déraillé dans les graves. Une voix qu'il ne reconnaissait pas et qu'il ne parvenait même plus à maîtriser. Il s'éclaircit la gorge.) Que veulent-ils ?

— Ils veulent des explications. Ils veulent être rassurés.

Agacés par ces conciliabules, les dragons avaient commencé à s'agiter avec des murmures insatisfaits. La colère grondait. Les clercs réagirent aussitôt en refermant leur cercle autour du trio. Thelvyn se sentait horriblement démuni. Il ne pouvait invoquer l'armure du Chevalier-Dragon tant qu'il était un dragon et il ne savait pas comment recouvrer sa forme initiale. Il ne pourrait assurément pas combattre comme un dragon : il n'était même pas certain de pouvoir marcher ! Sa propre masse lui paraissait affreusement encombrante et les pouvoirs des dragons lui étaient totalement étrangers.

Il y eut soudain un profond silence. Tous les dragons avaient levé la tête vers le ciel. Un dragon d'or plongeait en piqué vers le ravin. Il ralentit sa course et se posa dans la clairière. Il se dressa alors sur ses postérieurs, s'empara du gigantesque espadon qu'il portait sur le dos et le brandit avec défi.

— Je suis Markhaën, Premier Porte-Parole au Parlement des Dragons, déclara-t-il d'une voix de stentor. Je vous avertis que si vous osez violer ce sanctuaire une seconde fois ou vous opposer aux volontés du Tout-Puissant, vous m'en répondrez, foi de dragon !

Markhaën n'était pas venu seul. Daresha et Gheradaën avaient rallié maints rois et reines qui se rassemblaient maintenant derrière lui. Tous avaient entraîné leurs clans à leur suite et une centaine de dragons d'or tournoyaient au-dessus de la clairière. Beaucoup de ceux qui s'étaient regroupés au bord du ravin rejoignirent les rangs des dragons loyaux. Mais plus nombreux encore étaient ceux qui restaient campés sur leurs positions, fulminants de rage. La supériorité numérique des dragons rebelles était accablante. Ai-je donc déployé tant d'efforts pour éviter une guerre et voir finalement les dragons se déchirer entre eux ? songea Thelvyn.

— Il doit bien y avoir quelque chose que je puisse leur dire pour les calmer, murmura-t-il, alarmé.

— Je crains que non, soupira Kharenndaën. Le malheur des dragons, c'est que leur sagesse les abandonne toujours au moment où leur colère ou leur peur prend le dessus.

Déterminé à empêcher, coûte que coûte, les dragons de se battre, Thelvyn tenta de se dresser. Il parvint à se mettre debout sur ses postérieurs, mais ses pattes semblaient à peine le porter et il chancelait dangereusement. Son équilibre était encore précaire et il redoutait une chute qui aurait achevé de le ridiculiser. Les rebelles se turent brusquement en dardant sur lui des regards atterrés. Comment pourraient-ils encore redouter un ennemi qui ne tenait même pas sur ses pattes ? Thelvyn faisait de son mieux pour conserver un minimum de dignité. Il craignait que les rebelles ne profitent de sa vulnérabilité pour l'attaquer. L'un des plus gros dragons rouges s'élança alors dans les airs et atterrit dans la clairière à quelques milles de lui. Il s'avança à pas lents. Les dragons d'or s'écartèrent pour lui livrer passage. Seul Markhaën refusa de s'effacer, brandissant toujours son énorme glaive devant lui. Thelvyn reconnut aussitôt Jherdar. Il savait que le Porte-Parole des dragons rouges exerçait une influence déterminante sur ses pairs. S'il décide de se battre, je suis perdu, pensa-t-il.

— Je te connais, toi, fit Jherdar en toisant Thelvyn avec insolence. Et, malgré les années, je n'ai pas oublié que tu m'as laissé la vie sauve. De toute façon, mon cher ami Markhaën se ferait un plaisir de me le rappeler, si ma mémoire devait se montrer défaillante. Mais les temps ont changé. Toi aussi, tu as changé. Que veux-tu à présent ? Est-ce pour nous asservir que tu es venu jusqu'ici ?

— Comment pouvez-vous penser une chose pareille ? s'indigna Thelvyn, abasourdi.

— C'est pourtant ce que dit la Prophétie, rétorqua le grand dragon rouge. Un jour, le Chevalier-Dragon reviendra. Il régnera sur les dragons et bouleversera leur destinée à jamais.

— Je crois que vous ne comprenez pas la Prophétie, lui répondit calmement Thelvyn. Le Chevalier-Dragon a vécu et n'est plus. Par la volonté du Tout-Puissant, je suis désormais le Roi-Dragon.

Ulcérés, tous les dragons se levèrent d'un bond avec des cris de rage. Ils battaient furieusement des ailes comme s'ils se préparaient à donner l'assaut. Le Roi-Dragon était leur ultime espoir, un héros de légende, invincible et glorieux. Comment osait-on leur dire que leur suprême défenseur et leur ennemi honni ne faisaient qu'un ? Intolérable sacrilège ! Ils se sentaient trahis. La Prophétie les condamnait tous à un esclavage servile. Ils lutteraient jusqu'à la mort, s'il le fallait, mais jamais ils ne capituleraient. Thelvyn commençait à succomber à la panique. Même ses compagnons avaient semblé stupéfiés par sa déclaration et il se demandait s'il n'avait pas outrepassé ses prérogatives en révélant son titre. Après tout, peut-être était-ce là un secret qu'il n'avait aucun droit de dévoiler, du moins pour le moment ? Effrayés par l'agitation des rebelles, ses partisans serrèrent encore les rangs pour le protéger.

— Crois-tu donc que ton destin est de nous commander ? fulmina Jherdar.

— Loin de moi l'intention de commander qui que ce soit, protesta Thelvyn. Mon seul désir est de servir.

— Pourquoi te croirions-nous ? Qu'est-ce qui nous prouve que c'est bien par la volonté du Tout-Puissant que tu revendiques le titre de Roi-Dragon ? Qu'est-ce qui nous prouve que tu ne l'usurpes pas pour satisfaire ta soif de pouvoir ?

— Comment peux-tu encore mettre en doute la volonté du Tout-Puissant ? explosa Markhaën.

— Nous voulons des preuves ! martela Jherdar. Si telle est la volonté du Tout-Puissant, pourquoi ne nous la fait-Il pas connaître Lui-même, comme Il le faisait autrefois ?

— Si c'est la seule façon de vous convaincre, qu'il en soit ainsi.

Thelvyn sursauta au son de la voix forte et impérieuse qui s'élevait derrière lui. Un silence de mort était tombé sur la foule des dragons et tous écarquillaient les yeux, médusés. Markhaën abaissa son glaive et ceux qui l'entouraient reculèrent en inclinant le cou jusqu'au sol avec humilité. Thelvyn se retourna maladroitement, écartant largement les pattes pour conserver son équilibre. Un dragon se tenait juste derrière lui, ou, plus exactement, l'image scintillante d'un dragon, un dragon d'une taille gigantesque dont le cou musculeux portait trois énormes têtes. Les six yeux écarlates surveillaient l'assemblée. Leur regard flamboyait de colère. Après un long moment d'intolérable tension, les rebelles courbèrent la tête comme des enfants honteux d'avoir été pris en flagrant délit : le Tout-Puissant lui-même avait été témoin de leur scepticisme.

— Comment osez-vous me défier ? tonna-t-il. Comment osez-vous défier mon propre champion ? J'ai toléré vos doutes, tant que je n'étais plus là pour vous guider. Mais ce temps est révolu. Peur et incertitude appartiennent au passé et j'entends désormais être obéi. Maintenant, partez ! Partez tous ! Et laissez ce sanctuaire recouvrer la paix et le silence que vous avez profanés de vos blasphèmes. Hors d'ici !

L'apparition se dissipa et les ténèbres ensevelirent la clairière. Alors, par petits groupes de trois ou quatre, les dragons prirent leur envol. Pendant quelques minutes, le ciel disparut derrière une nuée de dragons. Ils étaient si nombreux que Thelvyn se demandait comment ils parvenaient à s'éviter. Ils prirent rapidement de l'altitude et filèrent vers l'est, en suivant la Cordillère Wendarienne pour retourner chez eux.

— Ouf ! souffla Messire George. Il s'en est fallu d'un cheveu. Comme quoi, c'est tout de même bien pratique d'avoir des appuis influents.

— En tout cas, ce n'était sans doute pas le meilleur moment pour me retrouver métamorphosé en dragon ! fit Thelvyn en se laissant lourdement tomber sur l'herbe. Je me vois assez mal apprendre à voler à mon âge. Je peux déjà à peine marcher.

— Tu es un très beau dragon, affirma Kharenndaën en se blottissant contre lui.

— Il a plutôt une tête de renard, si tu veux mon avis, grommela Markhaën en remettant son glaive au fourreau.

— J'aimerais quand même bien être averti quand il se passe des choses pareilles ! s'insurgea subitement Thelvyn, trop ébranlé pour se contenir plus longtemps. On pourrait peut-être me demander mon avis aussi, avant de me transformer en dragon sans prévenir. Je commence vraiment à en avoir assez des mésaventures et des retournements de situation. Je suis fatigué, voilà !

— Tu as bien mérité un peu de repos, c'est vrai, répondit la voix du Tout-Puissant, quelque part au creux de la nuit.

Thelvyn releva vivement la tête, pris de court.

— Mais, si je suis bien le Roi-Dragon, mes nouveaux devoirs ne vont-ils pas m'accaparer complètement ? demanda-t-il sur un ton radouci.

— Il est peu de choses que tu puisses faire pour l'instant, affirma le Tout-Puissant. Avant d'être le Roi-Dragon, il te faut apprendre à être un dragon. Tu dois aussi trouver le Collier des Dragons, puisqu'il t'appartient désormais. Mais je t'accorde un répit jusqu'au printemps prochain. Après cela, les dragons auront besoin de toi.

— Mais... pourquoi moi ? protesta Thelvyn, au désespoir.

— Te déplaît-il de me servir ? Regrettes-tu mon choix ?

— Non, bien sûr que non. Peu importe ce que j'ai enduré et endurerai encore, si le bonheur des dragons est à ce prix. Mais pourquoi ai-je été choisi ? Pourquoi suis-je si important pour l'avenir des dragons, alors que je ne sais même pas ce qu'être un dragon veut dire ?

Cette fois, sa question demeura sans réponse. Le Tout-Puissant avait décidé de garder ses secrets.

Thelvyn baissa la tête, déçu. Pour l'heure, il devait retourner à Ombrelac et doutait d'y parvenir jamais. Markhaën lui annonça qu'il devait suivre les dragons rebelles et prit congé de sa sœur. Kharenndaën et ses disciples aidèrent Thelvyn à rejoindre le temple. Il tenta bien de reprendre sa forme initiale — au moins pour le trajet — mais, manifestement, c'était encore une chose qu'il lui faudrait apprendre.

On lui prépara une chambre dans le sanctuaire et, cette nuit-là, il dormit allongé sur une couche de dragon avec sa compagne Kharenndaën. Du moins, il essaya. Malgré sa fatigue, il avait bien du mal à trouver le repos. Il se sentait énorme et son nouveau corps lui paraissait étranger. Mais ce n'était pas ce qui le perturbait le plus. Il lui semblait que tout ce qui avait fait sa vie jusqu'à présent lui avait été arraché d'un seul coup : son pays natal, ses amis, la fierté qu'il tirait de sa charge et même son corps. Il savait qu'il n'avait pas encore accompli sa destinée, mais il ne se sentait pas de taille à affronter ce qui l'attendait.

En comparaison, tout ce qui s'était passé jusqu'ici avait été d'une enfantine simplicité. Le Chevalier-Dragon était toujours parfaitement en sécurité sous son armure, avec les pouvoirs de Blackmoor pour le protéger. Tout le monde le respectait, puisqu'il ne pouvait être ni vaincu, ni ignoré. Mais le Roi-Dragon, lui, aurait bien d'autres défis à relever. Inutile de compter sur ses qualités physiques pour s'imposer. Il ne serait sans doute ni le plus impressionnant, ni le plus rapide, ni le plus puissant. A cet égard, il partait même avec un sérieux handicap. Non, c'était en lui-même qu'il devrait puiser sa force. Il ne se concilierait estime et considération que par sa sagesse et son autorité naturelle. D'ici au printemps, non seulement il lui faudrait apprendre à marcher, à voler et à se battre comme un dragon, mais aussi à être roi.

Sa dernière pensée avant de sombrer dans le sommeil fut pour le premier Chevalier-Dragon. Un sourire ironique se dessina sur ses lèvres. Quel effet ça lui aurait fait s'il avait découvert que son successeur serait le descendant de ceux qu'il s'était acharné à détruire ? Son héritier, un dragon ! Non seulement un dragon, songea Thelvyn, mais le Roi-Dragon ! Et il s'endormit.

LEXIQUE

Académie (de Magie du Peuple Flaem) : Haute Ecole de pyromagie flaemoise. Située à Braejr, capitale des Hautes-Terres. Dirigée par Byen Kalestraan.

Aéromage : élémentaliste de l'air. Désigne tout magicien alphatien.

Alenndhaë : vieux sorcier vivant à Brise-Bise. Ami de Markhaën (Eldar).

Alessa Vayledaar : pyromagicienne envoyée par Byen Kalestraan pour servir le Chevalier-Dragon (Flaem).

Alfheim => la Forêt d'Alfheim, patrie des elfes au sud des Hautes-Terres.

Alphatiens : habitants d'Alphatia, puissant empire colonialiste. Ennemis des Flaems.

Arbenndaël : mère de Thelvyn.

Blackmoor : empire disparu, patrie du premier Chevalier-Dragon et des puissants sorciers qui ont forgé sa légendaire armure.

Bois-Renard : enclave sylvestre du Wendar dans laquelle se niche Ombrelac.

Braastar : première capitale des Hautes-Terres.

Braejr : capitale des Hautes-Terres (habitants = Braejrois).

Brise-Bise : cité interdite, fief secret des dragons, aux confins du Normonde.

Cadence : nom de toutes les montures de Thelvyn.

Celebrìnhìth : nom elfique signifiant Brume d'Argent. Communauté de clercs elfes d'Alfheim et dont la Supérieure n'est autre que Selliànda.

Collier des Dragons : artefact d'un pouvoir fabuleux et d'une splendeur inégalée. Offert par les sorciers de Blackmoor aux dragons en gage de paix au terme de la Guerre du Chevalier-Dragon, il ceindra le cou du légendaire Roi-Dragon.

Cornélius : Empereur de Thyatis.

Daresha : reine d'un clan de dragons d'or, compagne de Markhaën.

Darius Glantri : Capitaine de l'Armée Impériale thyatienne.

Darmouk : cité oubliée édifiée par les ancêtres des nains, fief de Kardayeur.

Daroban V : alias Doric, roi des nains, père de Thorinn.

Darokin (République de) : patrie de Messire George et du Mage Perrantin.

Demi-elfe : être mythique issu de l'union d'un humain et d'un elfe et cumulant les qualités des deux races sans en avoir aucun des défauts.

Dengar : capitale de Rocklogis, royaume des nains.

Dhorinn : fils aîné de Doric, frère de Thorinn (nain).

Doric : fils de Kuric, père de Dhorinn et de Thorinn. Roi de Rocklogis sous le nom de Daroban V (nain).

Drak : cousin éloigné des dragons pouvant adopter forme humaine ou demi-humaine. Les draks se subdivisent en drakhumains (ou draks terriens) ; drakelfes (ou draks sylvains) et draks des neiges (ou draks polaires).

Duc Aalban : gouverne l'un des sept duchés (au nord-ouest) des Hautes-Terres.

Duc Ardelan : gouverne l'un des sept duchés (au nord-est) des Hautes-Terres.

Eldars : souche la plus ancienne de la race des elfes. Oubliés de tous, les derniers survivants de ces puissants prêtres-sorciers ont élu domicile à Brise-Bise.

Ethengars : habitants des Steppes d'Ethengar. Guerriers nomades (humains).

Flaemois : du peuple Flaem.

Flaems : habitants des Hautes-Terres (humains).

Frontière : région frontalière en cours de colonisation au nord des Hautes-Terres.

Gheradaën : membre du Parlement des Dragons, confrère de Markhaën (dragon d'or).

Graez : petit hameau de la Frontière, village natal de Thelvyn.

Grande Pluie de Feu : cataclysme accompagnant la chute de Blackmoor et qui a changé la face du monde mystarien.

Guerre du Chevalier-Dragon : guerre ancestrale au cours de laquelle le premier Chevalier-Dragon, défenseur des sorciers de Blackmoor, décima les dragons.

Guilde des Mages du Peuple Flaem : cénacle des pyromages, gardiens de la Loi flaemoise gouvernant les Hautes-Terres aux côtés du roi.

Harl Gairstaän : commandant en second de l'Armée des Hautes-Terres, bras droit de Thelvyn.

Hautes-Terres : contrée du nord-ouest de Brün et patrie des Flaems.

Immortel : dieu.

Jherdar : Porte-Parole des dragons rouges au Parlement de la Nation des Dragons.

Jherridan Maarsten : Roi des Hautes-Terres (Flaem).

Kaguyar : dieu des nains.

Kardayeur : le plus puissant des rois renégats (dragon rouge). Vit à Darmouk, son fief.

Kharenndaën : Grande Prêtresse du Tout-Puissant, envoyée par le Parlement des Dragons pour servir le Chevalier-Dragon. Sœur de Markhaën (dragon d'or).

Lhorann : Porte-Parole des dragons bleus au Parlement des Dragons.

Mage Byen Kalestraan : Supérieur de l'Académie de Magie du Peuple Flaem. Puissant pyromage et plus proche conseiller du Roi Jherridan Maarsten.

Mage Eddan : pyromage de Graez, ancien professeur de Thelvyn.

Mage Perrantin, dit Perry : magicien, ancien compagnon d'aventure de Thelvyn et vieil ami de Messire George (humain).

Markhaën : Premier Porte-Parole au Parlement de la Nation des Dragons, frère de Kharenndaën (dragon d'or).

Messire George Kirbey : ex-Chevalier de l'Ordre des Routes de Darokin devenu marchand d'antiquités après avoir perdu la main gauche au combat. Grand aventurier, protecteur de Thelvyn dont il a fait son héritier (drakhumain).

Ombrelac : ancien sanctuaire du Tout-Puissant, situé dans le Wendar, à Bois-Renard.

Parlement (de la Nation) des Dragons : la plus haute instance de la Nation des Dragons où siègent les Porte-Parole des dragons rouges, verts, noirs, bleus, blancs et or et dont le Premier Porte-Parole est le dragon d'or Markhaën. (Sis au cœur du Temple du Tout-Puissant, à Brise-Bise.)

La Prophétie (du Tout-Puissant) : annonce le retour du Chevalier-Dragon et prédit qu'il tiendra entre ses mains la destinée de la Nation des Dragons.

Pyromage : magicien flaemois spécialisé dans la magie du feu.

Radiance : source à laquelle les pyromages puisent leurs pouvoirs magiques.

Rebelles : faction sécessionniste de jeunes dragons belliqueux prônant le recours à la force et ignorant délibérément les décisions du Parlement.

Renégats : puissants dragons bannis de la Nation des Dragons n'agissant que pour leur propre compte dans l'unique but de détruire et de tuer.

Rocklogis : royaume des nains.

Roi-Dragon : être mythique – le seul à pouvoir ceindre le Collier des Dragons. D'après la légende, sous sa férule, les dragons retrouveront la splendeur de leur glorieux passé.

Saërna : Mère Prieure de tous les ordres voués au culte du Tout-Puissant, doyenne des dragons (dragon d'argent).

Seldaëk : jeune clerc, adepte du Tout-Puissant. Compagnon de Messire George dans la quête du Collier des Dragons (dragon d'or).

Selliànda : Supérieure de Celebrìnhìth, communauté de clercs elfes en Alfheim. Amie de Thelvyn et de Messire George depuis qu'elle leur a prêté son concours dans la quête de l'armure du Chevalier-Dragon.

Solveig Pluie d'Or : guerrière barbare des Terres Nordiques, ancienne compagne d'aventure de Thelvyn et associée de Messire George. Alias Valéria Dorani, fille adoptive de l'une des premières familles de Thyatis.

Steppes d'Ethengar : contrée de farouches guerriers nomades.

Taëryn : page du roi des Hautes-Terres.

Thalbar : Porte-Parole des dragons noirs au Parlement des Dragons.

Thelvyn Œil de Renard : orphelin de race inconnue, héritier de Messire George. Devenu capitaine et conseiller du roi des Hautes-Terres pour avoir défendu la nation flaemoise contre les dragons rebelles, il a été choisi par les dieux pour incarner le second Chevalier-Dragon.

Thorinn Terreur des Ours : fils cadet de Doric, Roi des Nains, et ancien compagnon d'aventure de Thelvyn.

Thyatien, thyatienne : de Thyatis.

Thyatis : capitale de l'Empire de Thyatis, puissant rival d'Alphatia.

Torkynn : dernière grande cité des gnomes. Tombée sous l'assaut des dragons rebelles. But de la première expédition de Thelvyn et cadre de sa rencontre avec son premier dragon.

Tout-Puissant : un des Immortels, dieu des dragons.

Traagën : bourg des Hautes-Terres.

Valéria Dorani : fille adoptive de la Maison de Doranius, première Maison de Thyatis. Alias Solveig Pluie d'Or.

Wendar : contrée sylvestre inexplorée au nord de la Cordillère Wendarienne.

4798

Composition Nord Compo
Achevé d'imprimer en Europe (France)
par Brodard et Taupin à La Flèche (Sarthe)
le 17 mars 1998. 6624T-5
Dépôt légal mars 1998. ISBN 2-290-04798-8
Éditions J'ai lu
84, rue de Grenelle, 75007 Paris
Diffusion France et étranger : Flammarion